推薦序暨導讀

U0124485

老鳥公門飛

公務人員保障暨培訓委員會主任委員
兼國家文官學院院長／郝培芝

對於仍駐足穿梭於補習班街巷之中尋找公職敲門磚的考生們，對於還在公部門外盤旋躊躇是否踏入，覺得公門深似海卻無法一探究竟的莘莘學子們，過去或許會藉由年輕公務員魚凱所著的《公門菜鳥飛》一書作為參考，透過公門菜鳥的視野初探公部門的林林總總與虛虛渺渺，而現在終於換公門的老鳥出場，這本《公門新鮮人成功3部曲》是由一位在公部門歷練三十八年的公門老鳥，現身說法老鳥如何闖進公部門，又如何在公門中成長與飛翔的故事。

當公門菜鳥飛遇上老鳥公門飛，兩相對照，一位是歷練公部門職場六年的新鮮人，一位是歷練公職近四十年的職場老手，雖有著不同的年紀，雖有著截然不同的歷練經驗，雖有著迥然差異的觀察角度，但卻非彼此打對台，反而兩位作者都是抱持著一樣的目的，並從一樣的焦慮開始：不希望莘莘學子投身公職後，最後變成因誤解而結合，因了解而分離的一對怨偶，而是希望是彼此因深刻了解而結合，因彼此相愛而歷久彌長的恩愛佳偶，因此希望

透過自身經驗的真實分享，讓已在公部門內的夥伴們重啟熱情，讓還在盤旋公門外的學子們真心嚮往。

作者廖世立委員公職經驗豐富，歷經警察與人事行政體系，服務機關橫跨行政院人事行政局、考試院銓敘部與公務人員保障暨培訓委員會，並於民國九十七年接任國家文官培訓所（後改制為國家文官學院）所長，不僅歷練過人事行政的各主責機關，熟稔人事制度與運作，在擔任國家文官培訓所所長期間辦理各項訓練業務，每年迎接一批又一批的考試錄取新鮮人，在第一線接觸無數公職的新生力軍，看盡無數公職新鮮人的不同發展，深深感觸到菜鳥不重要，新鮮人沒關係，重要的是成為一個充滿希望快樂的公門新鮮人，只要心裡有光，腳下就有路，因此老鳥整翅飛出，願作提燈人。

公門新鮮人成功3部曲，就是由老鳥歷經公職三階段所組成的三部曲樂章。首部曲透過敲響公門鐘聲為始，拋出你為什麼選擇公職場這個最重要的靈魂問題，但卻是許多人最不敢真實面對的尖銳問題。作者鋪陳七種就業選擇類型以及公部門所需的人格特質，提醒莘莘學子要知己也要知彼，要瞭解自己也要瞭解公門，尋找工作與尋找心愛的人道理是相通。作者也不吝提供終南捷徑秘訣，包括國考考試類科的選擇與準備，以及取得公門門票後的其它各項準備。

二部曲則是正式成為公職新鮮人的基本認知與觀念。公職新鮮人如同晨曦中初生的陽光，新進文官群體的羽翼初長。作者以清新、輕盈的筆法，描繪了在公職生涯的最初歷練，可能遇到的各種挑戰和機遇，我們被引領進入一個充滿希望與冒險的旅程，也感受到剛踏入公共事務舞臺的澎湃心情。作者提醒新鮮人在機關的前三至五年不要計較的事情，更用豆芽理論比喻過度追求短期績效而忽略實質內涵，建議新鮮人不要操之過急追求短線成果，也用等公車比喻實力與機會的微妙關係，永遠培養好實力以等待機會的來臨。

第三部曲則是以如何在公門之中如何練就扎實的基本功。踏入公職數年後，不再只是初生的雛鳥，而是展翅高飛的熱血公務員，面對著更加複雜的挑戰中如何繼續成長，在建制浩瀚的體系中如何繼續綻放風華。作者提出公門職場成功三角：品德為基，態度與能力為左右兩大支柱，也歸納出優秀傑出公務員共同的DNA：成為具有自燃性的人，學習力為關鍵競爭力，同理心與使命感為創新的泉源，使命必達向不可能說不，高情緒智商帶來更多成功機會。

且讓我們跟隨著這位經驗豐富的資深老鳥文官一同探索，從新進公務員的迷茫與成長開始，繼而蛻變成在公共領域翱翔的新生力量。我相信，《公門新鮮人成功3部曲》將成為培養菁英文官的瑰寶，讓每一位踏足公共行政領域的年輕心靈都能在其中找到共鳴，也激勵著新一代的公共事務工作者，引領他們在風起雲湧的公職中勇往直前。

推薦序一

鐵飯碗挑戰多 需有真材實料

考選部前部長／邱華君

公務人員昔日被形容是「捧鐵飯碗」的職業，現代仍有不少人認為公務人員是夢幻職業，因其固定上班時間、舒適的辦公室環境（與其他室外工作相比）與一定比例的退休金，因此每年都有許多人搶著通過國考窄門進入公家機關。不過隨著時代改變，公務人員的工作內容和環境也和過去大不相同，有基層公務人員感嘆，內部法制行政部分僵化，工作無力感很重，對外面對民眾的第一線人員則被要求「服務業化」，失去公務人員的專業，只強調服務，讓不少年輕公務人員產生質疑，應主動調適抑是被動適應來面對。

尤其每年遇到業務高峰期時，民眾常要排隊3、4個小時才能辦理申辦業務，但也常有民眾排到之後，發現因為文件不齊或資格不符不能及時辦理，就會情緒失控，甚至有人會以髒話飆罵，公務人員無故被罵，然而主管卻因為不希望事情擴大，要求屬員只能忍受以對。甚而，聽過其他同樣在第一線替民眾處理事情的公務人員抱怨，認為工作環境被「服務業化」，每位專職人員的位置前都有一個給民眾評價的燈號，但有時候民眾不是不滿公務人員態度，而是因為不符法規事情無法辦成，就

會按「不滿意」的燈號，主管就會要求他們寫報告解釋，讓他們感到非常無言又無奈。

另有公務人員反映，公務單位沒有要求適當淘汰機制，有些資深同事已經明顯不適任卻能繼續留在位置上，存在所謂彼得原理（The Peter Principle），常遇到事情就閃躲或拖延，甚至不會操作電腦excel，上級主管只好把工作分給資淺同事，結果變成不是能者多勞，而是「能者過勞」。

然而，每當討論到「年輕人要不要擔任公務人員」的問題，往往掀起關心有志從事公職前途發展，激起針鋒相對的討論。而公務人員考試錄取率近年始終低於10%、甚至有許多錄取率5%以下的類科，可說「競爭激烈的國考」，也足以反映出每年有數萬應考人以考上公務人員為目標的「心願」。從種種調查都顯示，大部分的應考人之所以想當公務人員，主要誘因是公務人員為安穩職位、定時上下班，以及退休後的福利等。關於朝九晚五是一項「迷思」，對此公職的傳統認知就是「好混又輕鬆」，實際上，公務人員現況是「錢少」、「人少」、「事多」，工作量大到週末也得加班，如認好混，這樣你將永遠無法累積真正的職場競爭力，也不具備遭遇危機時的反應力，哪天這個賴以為生的系統出問題，就萬劫不覆，難以翻轉公務人生。目前能夠每天都準時打卡下班的是少數，下班後，在辦公室挑燈夜戰者仍很多，況且加班時數與加班費卻不一定成正比，由於許多機關的加班費上限為20小時，超過部分就只能換取補休。另外，隨著通訊軟體的普遍，如今基層公務人員在下班後接到長官用LINE交辦事情的也不在少數，連休假時間也不得鬆懈。雖然現今公務人員的工作品

質，或許已不若以往，但對於想要追求未來生活更穩定的年輕人和同學們，公家機關相較於大部分民間企業分秒緊繃的工作節奏仍相對輕鬆些，且保持著薪給收入穩定、工作穩定等優點，如果心中還具備替國家服務、謀人民福利的理想，那公務人員對你而言確實就是最佳職業。

凡事都有一體兩面，工作的選擇沒有絕對的好壞，重要的是自己的心態（Mindset）要正確，無論身處在任何的工作環境，都應該保持積極的態度，畢竟自己的態度決定未來的高度，付出決定傑出，這樣說法，並不是否定公務人員這項志業，而是希望給有志於公職者能更瞭解公務人員的真實情況，倘若還存著只要考上公務人員，就不必再努力，可以讓國家養一輩子的觀念，那麼踏入公職這條路，可能會失去人生的意義和價值。

雖然公職文化民眾負面評論不少，可能是公務人員自己本身不適合公務人員體系，認為薪水與付出不成正比，生活吃不飽也餓不死，服務刁民跟噢客太多，有時心灰意冷，萌生離開或退意。但還是有人認為公務人員的優點就是穩定的薪水、不容易失業；也有人安慰自己要有韌性只要堅持住，不要同流合污、得罪人，都還是能夠安然度過職場生活，希望有機會轉調到相對符合自認理想的機關單位。

再者，公務人員已經不分資深資淺、績效優劣，直接被一視同仁地當成「肥貓」、「米蟲」，就算想站出來為自己應有權益發聲，在政治語言操作下，仍難以得到社會認同。其實，面對變化飛快且不確定的未來，不論在公務體系與否，我們都必須有這樣的認知：**只要你的工作是別人給的，別人就隨時有權力把它拿**

走！因此，想要生活得有保障，無論你現在是否在公務人員體系中，一定要想辦法趁著下班時間充實自己、終身學習，讓自己在不違法條件下斜槓人生「擁有滿足收入」、「不與時代脫節」的能力。再透過合法正確妥善理財、規劃好階段性財務目標等方式，才可能真正擁有財務穩定的生活。靠自己，不是靠別人，也不完全寄望於體制，才是立於職場不敗之地的最佳基石。現時要成為好的公務人員，除具備了辦事能力解決問題外，個人的品德和操守行為也成為入職的關鍵。無論是在公在私都要謹言慎行，秉持自己的本事和本分，抱著適應環境、調適心境及提升意境工作態度，做好自己該做助人利他的事，貢獻所學所能於國家社會至善之境界，盡一份棉薄之力。

世立兄公務資歷近40年，歷經警察及人事行政職，曾擔任過苗栗縣警察局通霄分局巡官、刑事警察局偵查員、台灣省保安警察第四總隊人事助理員；行政院人事行政局科員、專員，行政院公平交易委員會人事室科長，銓敘部科長，國家文官培訓所組長、主任秘書、所長，國家文官學院副院長，公務人員保障暨培訓委員會處長、主任秘書、委員（政務職），學經歷完整豐富，是位傑出公務人員。鑑於後輩莘莘學子，如何尋找一份適合自己的工作，竭盡自己過往經驗，埋首心力撰寫一部年輕人欲往公部門生涯發展，極具參閱價值的書冊，歷時2年，終將以《公門新鮮人成功3部曲》書名出版印行，內容充實，文字淺白流暢易懂，對期待進入公部門備位為公務人員，閱後選擇心理準備以及對公部門發展各方面瞭解，實有相當地翻新和助益。茲值付梓印行之際，先睹為快。囑余用序推薦，除敬佩祝福外並冀望普及流傳受用，嘉惠年輕學子，再現公部門風華，謹綴數語為之序！

推薦序二

慎選職場　經驗傳承

銓敘部政務次長／朱楠賢

根據銓敘部統計，最近三年公務人員的辭職人數及比率有逐年攀升現象，就辭職人數而言，109年1,969人、110年2,192人、111年2,496人；就辭職比率而言分別是109年0.68%、110年0.75%及111年0.86%。上述辭職人員的辭職原因中絕大部分（約85%）表示是個人因素（另有他就、進修升學、興趣不合等等）所致，常言道「男怕入錯行，女怕嫁錯郎」，確實任何行業的選擇都需慎於始。

本書作者是從最基層的職務做到比照簡任十三職等的政務官，學驗豐富，特別從自身經驗解析公部門的特性，指出如何進公部門，以及進入公部門應有什麼基本認知，甚至指出什麼是公部門成功的方程式（「態度」、「能力」、「品德」三要素）娓娓道來，懇切務實，是一本引領有志從事公職者的參考好書。

當然，面對世代交替，新世代（有人稱作Z世代）逐漸進入各職場之際，管理者也要去思考如何管理新世代，如何與他們共處，新的世代更重視「工作生活的平衡」（Work life Balance），喜歡合作夥伴關係勝於上對下關係，同時也較關心自身的權益，面對這些變化趨勢，管理階層在觀念、心態及實際作法上恐怕也要有所因應。在私部門如此，在公部門也更是如此（公部門不是常被詬病太過僚氣嗎？）建議作者將此議題當作下一部曲，另闢專書處理，且讓我們拭目以待！

推薦序三

做一個準備好的人

世新大學行政管理學系教授／邱志淳

《左傳‧襄公》云「太上有立德，其次有立功，其次有立言，雖久不廢，此之謂不朽」。指稱立德、立言、立功三件是可以永遠受人懷念和敬仰的事。亦即，此「三不朽」係凝結著人生追求的恆久價值，以及探索生命的意義，乃至為人處事的最高智慧，勉勵吾人應當把「三不朽」當做衡量人生價值的一把尺。換言之，也就是做人、做事、做學問的依據與標竿。三不朽，即立德、立功、立言，是人文思想領域的一個價值命題，對於吾人的思想和人生追求有著重要的影響。國學大師錢穆認為，西方人把不朽視為活在上帝的心裡，而東方人則認為人應該活在其他人的心裡，這就如其人之復活，即是其人之不朽。

曹雪芹《紅樓夢》云「世事洞明皆學問，人情練達即文章」，好友世立兄投身公職近四十年，曾任中華民國訓練協會理事長，致力於產官學及與國外培訓機構之交流；尤以任職期間擔任國家文官學院副院長，致力於公務員初任、升官等及高階公務員培訓不遺餘力，作育英才無數！其立身處世及豐富歷練堪為公務界典範楷模，乃是「一步一腳印、一步一蓮花」，不啻是三不朽精神的最佳寫照，令人感佩！所撰《公門新鮮人成功3部曲》一書乃其一輩子公門生涯

心路歷程的現身說法、智慧結晶，對於矢志投身公門的新鮮人無疑是指路明燈、教戰手冊，全書共分三部曲，由淺入深、按部就班地娓娓道來，是一部公門新鮮人成功的葵花寶典。

本書首部曲「敲響公門鐘聲」即率先指出「公門好修行」的旨趣，所謂「機會是留給準備好的人」。在楔子當中開宗明義即針對「慎選職場」及「公務經驗傳承」做現身說法，諄諄告誡公門新鮮人應該做好準備，可謂苦口婆心、用心良苦！期許每位新鮮人在選擇踏入公職之前，必須有職涯（career）觀點而非單純短視地找一份工作（job），務必以全局觀點思考如何尋找適合自己的工作，做一個「準備好」的人！並採行戰略思維進行SWOT分析-- S（Strength,優勢）、W（Weakness,弱點）、O（Opportunity,機會）、T（Threat,威脅），給自己的競爭力把脈。針對為何選擇公職、了解公門及自己，以及如何進入公門，做了鉅細靡遺的說明。其中「以終為始」觀點，正是呼應時間管理及目標管理的思維，而「尋找伴侶模式」的精神則是一種「擇你所愛、愛你所擇」的執著與堅毅精神！

在二部曲「新鮮人的基本認知與觀念」當中，指出「會讀書不等於會做事」、「學歷不等於能力」、「常識不等於知識」……等語，揭櫫在公門職場當中「常識」固然重要，但是公門新鮮人應該避免「只顧追求短期績效而忽略實質內涵」的「豆芽現象」，以及養成「培養實力、等待機會乃贏家法則」的「公車理論」之觀念，真是一語中的。當然，有良好的專業知識才有底氣，這是公門新鮮人應該具備的基本條件，尤其是面對今日全球化世代的

挑戰，公門新鮮人應該檢視自己該做什麼？能做什麼？及應做什麼？所謂「術業有專攻」，各行各業，都有其專業知識，或可稱為專業的智商（IQ），今天的公務員常給人的印象是「專業不精，底氣不足」，乃至「傲氣十足，骨氣不存」。所謂「專業有深度、常識有廣度、學習有熱度」，專業知識乃是公門新鮮人進入職場的最低門檻及最起碼的要求。語云「家財萬貫，不如一技在身」，在以往社會只需擁有一項專長、技能、能力者，就像「I」這個字母一樣，只靠一隻腳來支撐自己的工作，然當遇到經濟風暴，或公司大裁員時，卻容易支撐不住而倒地，這是所謂站不穩的「I型人」。至於擁有兩項以上專長、技能、能力者，就像擁有兩隻腳的「π」一樣，不僅能穩穩立足、抗壓性強，且可以跨領域整合自己的能力，在職場中成為不可取代的重要員工，不會淪為不景氣時代下的被淘汰者，這就是站得穩穩的「π型人」。企管大師大前研一認為，在瞬息萬變的時代，單一專長已無法滿足顧客或主管的要求，成為「π型人」將是重要的職場趨勢，這是公門新鮮人應該具備及強調的第二個以上的專業知識能力。從全人及博雅教育觀點出發，專家乃「一門深入」，易犯「見樹不見林，知偏不知全」及「明察秋毫，不見輿薪」之弊端，通才雖稱「門門略通」，卻可以其「廣博知識、平衡思想、遠大眼光及領導能力」，必要時能夠針砭專家的流弊。此觀乎儒家教育係以培養「全人」（六藝）思維，使其成為儒家所稱兼善天下、立志學大道、辦大事之「君子儒」，而非獨善其身、致力於求名求利的「小人儒」可見一斑。因此，就現代意義來看，孔門以四科（德行、言語、政事、文學）教導學生，其根本在於培養「全人」，這是公門新鮮人迎向新的出發所應具備的基本條件與素養。

最後，在第三部曲呼籲公門新鮮人應該「練就扎實基本功」，誠如（Alfred Bernhard Nobel）所云「態度決定高度，格局決定結局」。除了職場專業能力（IQ），公門新鮮人還要具備「情緒智商」（EQ）、「社交智商」（SQ）、「面對逆境的商數」（AQ）及堅持道德良善的「道德智商」（MQ）。其中EQ指的是管理自我情緒的能力對於公門新鮮人尤為基本功，良以公門新鮮人心性未定，致工作時經常見異思遷、朝三暮四，動輒放棄！有云「滾石不生苔」，「真積力久則入」，沒有歲月的積澱何來厚積薄發？此外，在適當時機敢於嘗試改變與創新是非常重要的！公門新鮮人易於戀棧自己的乳酪而遲遲不肯走出「舒適圈」，最後終將被潮流所淘汰、淹沒。心理學家曾說「壓力帶來動力，動力帶來美麗」，唯有放開依賴習慣的安全感，激盪中才有生生不息，變異中才有萬鈞之力！游伯龍教授提出習慣領域（habitual domain, HD）概念，指出「有好的習慣，很難失敗；有壞的習慣，則很難成功」。公門新鮮人應該擴大習慣領域並培養創意，正如聖吉（Peter Senge）在其《第五項修煉》（The Fifth Discipline）當中，也鼓勵我們應該跳脫傳統思維方式，進行系統思維及創意思考。當然，公門的修煉並非一蹴可幾，黃蘗禪師云「不經一番寒徹骨，焉得梅花撲鼻香」，唯有歷經艱難境況或嚴峻的「寒徹骨」（指寒氣透入骨髓）的考驗，方能迎來梅花清幽香氣的「撲鼻香」（比喻高尚的品格、深邃的哲理或圓滿的修行境界）。

本書結語呼籲「做一個充滿希望快樂新鮮人」，本人感同身受、心有戚戚！期許面對時代的挑戰與變遷，每一位公門新鮮人都能矢志做一個「專業知識有深度（知）、人際常識有廣度（情）、

堅持良善有熱度（意）」的人。公門新鮮人都能具有「不站高，怎知潮流將流向何方；不看遠，怎知版圖能延伸多大」的格局與胸懷，以及體悟青年杜子美「會當凌絕頂，一覽眾山小」的浪漫與激情。《周易》曰「天行健，君子以自強不息；地勢坤，君子以厚德載物」。梁啟超在清華大學講演《論君子》時，便引用「自強不息，厚德載物」八字箴言，勉勵青年應該像天宇一樣運行不息，即使身處顛沛流離之境，也要不屈不撓；期許君子的品德應如大地般厚實可以載養萬物，能夠承擔重大任務（心包太虛，量周沙界）。亦即要能夠精進、有承當，要有「己立立人，己達達人」的胸襟與氣度。本人在此也願借花獻佛用之以勖勉公門新鮮人能夠經由各種學習及修行次第，最終獲致圓滿成功。

再三仔細咀嚼世立兄大作，不禁油然而生德國詩人歌德（Johann Wolfgang von Goethe）曾以一首小詩概括人生走向成熟與完美的經歷之嘆--「少年，我愛你的美貌；壯年，我愛你的言談；老年，我愛你的德行」，少年要有禮讚生命的感恩，青年要有自覺信念的價值，老年要有歡喜生活的平靜。以上說明人生是一個不斷學習的過程，也是一個自我成長的過程。以此觀之公門新鮮人的修行次第亦復如是！正如張潮《幽夢影》所指「少年讀書如隙中窺月，中年讀書如庭中望月，老年讀書如臺上玩月」，皆以閱歷之淺深為所得之淺深耳。公門職涯有「藝」、有「道」、更有「人」，《公門新鮮人成功3部曲》一書將藝、道及人有機結合起來，標誌著公門新鮮人應具備的準備、素養及條件（態度、能力、品德），以及實際的操作步驟，實為一本極具實用及不可多得的職涯規劃指南。今值本書即將付梓，謹此大力推薦並樂為之序！

自序

傳承改變公門的力量

魚凱所著《公門菜鳥飛》一書，引起廣泛的迴響。他歸納出公務體系產生很多問題的核心元素：公務選才方式不合時宜、防弊制度綁死創新性、無效的績效評估、施政找不到重點、邏輯不清下的決策混亂、做了很多白費力氣的事等。但作者更相信，「台灣要更好，靠的是大家齊心努力，改變的力量能凝聚，才能看到新政治、新政府。**新政府，需要台灣公務員共同參與。**」台灣生態工法發展基金會副執行長邱銘源也在上述書推薦序中期待：「**台灣公門的年輕菜鳥，要勇於改變大步向前**」，「**年輕菜鳥要成為夜空中熱情燃燒的星光，不要溫馴地被姑息主義的黑暗所吞噬；一起為台灣奮鬥，只要動手去做，願意昂首高飛，根本不必等風起，馬上就可以自己振翅。**」並期許「**有心改變公門的菜鳥，莫忘初衷，一路向前，KEEP WALKING**」。獨立記者朱淑娟則以，「**公務員，是個需要理想的行業；台灣，需要有更多熱忱、具憧憬、行動派的公務員加入！**」這句話來共勉。

的確，現代政府需要有改革，才能帶來新契機、新氣象；而這些新的氣息，都需要具有使命感的公務員共同參與、努力以赴。但這些具有改革、行動派的公務員從何而來？筆者的答案是「**從公門新鮮人著手**」。這也是本書三部曲的主要目標：首部曲，鼓勵這些新鮮

人，自大學求學起，能瞭解自己的特質、興趣，知道職場行業的特性，知己知彼後試著找尋未來的發展方向，再配合於學校修習發展所需的專業，由此踏出正確的的第一步一真正覓得公門是適合自己的路。未來進入公門成為新鮮人，進入第二、三部曲，從職前的考試錄取人員訓練開始，我們要給他們基本的認知及正確的工作觀、價值觀，並練好札實的基本功，將來回到職場，正式成為政府機關堅強的接棒手，如此一批批新血輪的加入，滴水成河，相信必能慢慢改變公門的生態，達到改革的目標。

此外，獨立記者朱淑娟，在魚凱上述書的推薦序文中，認為書裡所提問題都是環環相扣，而政府存在的理由就是解決人民問題，但前提是要有一個被人民信賴、行政效率高的政府。她認為只要做到三件事就好：

1. 建立一套具激勵性的績效考評及人力制度，讓好的公務員受到應有的肯定。

2. 減少政治力介入行政系統，讓公務員本其專業好好做事。

3. 真正落實公民參與，讓公務員能廣聽各方意見，並將這些意見納入政策之中。

其實，這三件事情，都是目前在公務體系中，持續積極進行的事，前兩者有很多就是筆者所服務的人事體系的事。其中激勵性的績效考評及人力制度，涉及任用、陞遷、考績及獎懲法規制度；減少政治力介入行政系統，主要是人的因素，尤其民意代表、政務官等位高權重者。在筆者曾任職的行政院人事行政局（以下稱人事局，目前改制為行政院人事總署）、銓敘部及公務

人員保障暨培訓委員會（以下稱保訓會），正是扛起改革責任的機關。

改革的腳步，就筆者瞭解，涉及公門新鮮人第一關的考試「分發」，在早期每年高普考放榜後，關說信件滿天飛，因此，改革的第一步就是從封閉走向公開，建立起公平、公正的分發制度，有效杜絕了多年的人情關說文化；第二步就是從人工分發改為電腦分發，當時筆者有幸參與其中，這個電腦選填志願的分發制度，更進一步強化了分發的公平公正，而有了今日憑錄取分數高低，在線上選填志願，不必擔心有人介入，即可分發到自己所要的機關。另為落實公務人員公平晉陞機制，也通過「公務人員陞遷法」，完成陞遷法制化，開啟公務人員更為公開、公平、公正的陞遷；在改進績效考評方面，改革更是不餘餘力，先是在考試院，建立了公務人員考績的平時考核制度，改進考績委員會委員的組成（必須有公務員選出的代表）與功能，以及前院長關中推動的3%考績丙等改革等；後有人事局的「績效獎金」制度等。而在減少政治力介入行政系統方面，早在85年考試院成立保訓會，負責公務人員培訓，其中公務人員行政中立訓練就是該會重要職掌之一，筆者於91年調任該會培訓處處長，即奉命訂定「公務人員行政中立訓練辦法」，全面推動公務人員行政中立訓練，3年內全國公務人員至少參加過一次講習或訓練，使公務人員初步具有行政中立觀念；而銓敘部為使行政中立法制化，更早於84年就開始研擬「公務人員行政中立法」草案，經折衝多年，法案進出立法院多次，終於在98年6月通過實施（筆者86～88年有幸在銓敘部法規司服務時，負

責本法推動，多次到立法院參與朝野協商，充分瞭解該法的敏感性、重要性及推動的困難性）。此外，修正公務人員任用法，適度限制行政首長（尤其民選機關首長及政務首長）調動所屬人員的權限（包括降調，如主管調非主管等），減少了很多選舉後政治報復或其他不當的干預；同時法務部也建置了「公職人員利益衝突迴避法」，對減少民意代表及政務人員介入行政系統的機會，有相當的助益。

但改革之途艱辛困難，加上「徒法不足以自行」。例如上述關前院長的考績制度改革，在眾多反彈、立法院不支持下無疾而終，績效獎金也因與現實產生扞格，致無法全面實施；而其他多種改革立意良好的法規，在相關有權的首長、單位主管，處處鑽法律漏洞下，成效也不彰，造成公務人員不平、民眾觀感不佳、社會詬病，也就是魚凱上述書中所描述諸多不合理、不正常的現象。凡此都是需所有公務人員共同繼續努力以赴，再接再厲持續參與改革。所謂「**改革公門尚未成功，公務人員仍須努力**」。

基於以上認知，97年10月筆者接任國家文官培訓所所長，深感責任重大，因為各層級公務人員都是參與改革的一份子，而考試錄取新鮮人更是持續改革的新血輪、新動力。因此，在培訓所或改制後的國家文官學院辦理各項訓練，所有同仁都全力以赴，希望受訓後的公務人員，能將正能量帶回服務的機關，產生更大的正面效果，尤其考試錄取人員是一張白紙，更是重中之重，因此，保訓會及培訓所（文官學院）在考試錄取人員訓練，著力甚深。例如，澈底落實考試錄取人

員訓練（按早期考試錄取人員是不需經過訓練，考試放榜後即可取得考試及格證書，後來因為用人機關反映，被分發的錄取人員，很多認為被分發的機關不理想或不符合自己的意願，就不報到、或報到後不久即辭職或請調離開，致使用人機關仍然無人可用，影響業務推動至鉅。為改善這種缺失，乃設計了考試錄取人員訓練制度，其實最主要的目的就是要留住這些新人，至少在訓練期間〈當時規定訓練長達2年，後來改為1年，目前為4個月〉可在用人機關服務。但這種徒有其名的訓練，當然也就無訓練之實。直到保訓會成立，專責辦理考試錄取人員訓練，才逐步落實這項新鮮人訓練）：**在基礎訓練方面**，從訓練課程的安排、實施，師資名冊的建立及聘請，教材的編定，多元化的訓練方法，評量方式的改進及雙輔導員的建立等，都有很大的變革；而**在實務訓練方面**，也是從由服務機關自行安排到保訓會訂定各種規範實施，包括請機關選擇續優輔導員、輔導員接受講習（提昇輔導知能）、推行一個月不署名制度（即現行高普初考4個月訓練期間，自報到起1個月內，錄取人員學習辦理公文，不用簽名或蓋章）、實務訓練期間協調業務主管機關辦理專業集中訓練等措施，就是冀望這些新鮮人，在將來投入公門，經過札實的訓練後，有了正確的觀念、培養厚實的基本功及專業知能，能有一番作為，服務人民，報效社會國家，實實在在改變公門一向為人所詬病的官僚、無效率等惡習。

當然，魚凱在上述書中，提及菜鳥在文官學院新生訓練，便被耳提面命「依法行政、廣結善緣、全身而退」，的確

是有待斟酌改進的地方，因為這些似是而非的消極概念，與
學院訓練的宗旨背道而馳。據筆者的瞭解，這些話其實是公
務界在茶餘飯後常聽到自我消遣的話語，講座把這些消遣材
料，帶到新生訓練上，本就不妥適，更需要小心以對。因為
新鮮人第一次訓練就聽到這些帶有負面的公務人員現象，通
常印象深刻，有些人也許會當作笑話，但有些人就會認真看
待，認為這就是老鳥的生存之道，惟如此，可以想見這些新
鮮人將來會變成甚麼樣子。嗣後，相信相關負責訓練的機關
（構）應會持續與聘請的講座加強溝通，也會在訓練期間囑
咐輔導員（或助理輔導員）以身作則，表現出公務員該有的
態度及待人處事之道，以導正新鮮人正確的觀念（這也是筆
者書寫本書目的之一）。

本書的付梓，幸蒙保訓會主任委員兼國家文官學院院長郝培
芝賜序並導讀，考選部前部長邱華君、銓敘部政務次長朱楠
賢、世新大學教授邱志淳的賜序，使本書倍增光彩，至為感
謝！此外，書寫期間考選部邱前部長、保訓會主任委員郝培
芝、前副主委鄭吉男、現任副主委許秀春、參事洪淑姿、銓
敘部前參事林起潛、考選部科長陳麗雯等人提供諸多寶貴意
見及資料，保訓會前委員劉昊洲介紹出版社；內人陳艷瑜、
小女廖冠婷的精神支持，才能順利完成寫作，一併致上最誠
摯的謝意。惟因倉卒付印，疏漏之處，在所難免，尚祈方
家，多方指正，實所企盼也。

廖世立

目次

楔 子　為什麼寫這本書

第1部　敲響公門鐘聲－你為什麼選擇公職場

第2部　迎向新的出發—新鮮人的基本認知與觀念

第3部 **邁向成功的關鍵－練就札實的基本功**

結　語　做一個充滿希望快樂的新鮮人

附　錄　公門職場對公門人的給與和要求

為什麼寫這本書

楔子

有人說，「知道是一回事，做到才重要」。的確，知道了不一定做得到，但重點在於如果不知道，就不曉得從何下手，更甭談做到了，所以「知道」是先決條件。因此，個人基於以下兩點考慮，及對公門職場的認知及體悟，乃著手整理了這本書冊，主要目的就是分享給大家「**知道**」為何要入公門，「**如何**」步入公門，以及入公門後如何「**發展**」自己。

慎選職場

「**花十年考公職做一年就辭職**」這是聯合報民國93年1月2日刊登的新聞，斗大的標題，令人震撼！接著102年12月30日又以「**不想浪費生命，每年千人辭鐵飯碗**」為題，報導公務人員辭職狀況。新聞內容報導，一名公務人員花了十年時間才考上公職，結果考上後，才做一年就請辭，原因是「**非個人志趣**」、「**與理想落差大**」，主動揮別鐵飯碗。「看見台灣」導演齊柏林也在當了廿二年公務員，差三年就能領月退，卻辭職追尋夢想。

依據銓敘部每年的統計資料可發現，每年雖有幾十萬人考公職，但如上述「花十年考公職做一年就辭職」或像齊柏林放棄鐵飯碗的人也不少。近四年中，108、109年辭職每年都近

二千人，110、111年每年都超過二千人請辭，且有愈來愈升高趨勢。統計也顯示，年資在5年以下請辭人數最多，其次是6到10年的公務員，再次則為11到15年中生代公務員。離職者也不乏有年資在20年以上，離「千萬月退」不遠者。

銓敘部官員分析離職原因，以**個人因素**（包括另有他就、自行創業、興趣不合、健康欠佳、照顧家屬等）比例最高，其次為**工作因素**（包括辦公環境不良、工作繁忙、工作乏味、工作危險、壓力大等），再次為**管理因素**（包括勞逸不均、考核不公平、主管過於嚴苛、主管難以溝通、與長官理念不合、人際關係不協調等），再再次為**待遇福利**（與民間企業相當職位相較薪資待遇〈調薪幅度〉偏低、文康活動欠缺等），最後為**訓練發展**（包含缺少訓練機會、缺乏工作輪調機會、輪調頻繁、陞遷不易、工作成果不受重視、職務發展無願景等）。

何以年輕人花十年功夫，謀得一份僅待一年的公職工作。從上述離職的原因中，不難看出竟是「**個人志趣不合**」、「**另有他就**」、「**待遇偏低**」、「**辦公環境不良、工作繁忙、工作乏味、工作危險、壓力大**」、「**主管過於嚴苛、主管難以溝通、與長官理念不合**」、「**缺少訓練機會、缺乏工作輪調機會、陞遷不易、工作成果不受重視、職務發展無願景**」等。這些原因的本質，其實就是「不知己」也「不知彼」：

既不能認識自己－不知道自己是否適合公門工作；也對公門認識不清－不瞭解公門的本質特性、工作屬性、運作制度、環境及公門人的特質及權利、福利、義務與責任等。從而就如魚凱《公門菜鳥飛》一書中，所描述的感嘆與無奈：「**從來不曾瞭解過公務員是個怎樣的行業，自己的個性是否適合當公務員**，總之，把對外在世界無奈、內在世界茫然的人生難題，交給了一試定終身的國考。國考，讓內在小宇宙的紛雜得以被救贖；考上了，人生難題也就迎刃而解，真是一帖速解良方。但，難免還有一絲猶豫不定的心緒，『**一輩子當公務員，真的是我想要的嗎？**』」

其實這些是可以避免的，可事先瞭解的，主要在事前稍用點心，多做一點功課，就可以輕易掌握，少走很多冤枉路，究竟人生沒有幾個十年？據考選部統計每年投入公職考試約數十萬人，為免廣大求職者的不瞭解，而誤入了公門，乃依據個人從事公職近40年的經驗、觀察及體悟，決心寫一本有關公門這個行業的種種，期有助於有志從事公門工作者，事先能知己知彼，而做出正確的規劃與抉擇。

公務經驗傳承

97年10月我接任了國家文官培訓所所長,每次高普考試錄取人員基礎訓練開訓時,都有50分鐘的開訓時間,除了介紹所裡幹部、輔導人員及其負責服務的事項,並與學員合影外,主要約有30分鐘勉勵這些初入公務機關新鮮人員。就學員而言,訓練最重要的是要通過測驗,完成考試程序,拿到考試及格證書,取得正式公務人員身分。但,其實更重要的是要利用這個職前訓練,好好努力學習汲取共同基本的法律規範、行政管理、團隊合作、情緒管理、公務倫理等課程內涵,因為這些都是公門每個公務員必備的基礎認知與能力。訓練單位安排這些課程目的,就是要公門新鮮人,能夠建立正確的公門觀念,養成良好工作態度,瞭解基礎法律規範及做事方法,以便將來回到職場上能有效辦理業務,服務廣大民眾。

為了開訓30分鐘的講話,能達到上述目標,我除了簡單介紹本項訓練的目的、課程大概內容、期許學員努力學習外,並參考了很多公私部門有關新鮮人必要的認識、觀念及相關的資料,同時以自己多年公務經驗及所見所聞加以佐證說明,做一整體概略的分享,看到學員每個人專注的眼神,我看到未來的希望。

有感於開訓講話時間有限，無法傳達完整詳細的概念內涵，乃在基楚訓練課程「公務經驗與傳承」（2小時）中，自己也擔任講座，想把多年公務經驗、所見所聞及公私部門一些基本觀念，有系統完整地介紹傳承給每位新鮮人。課程中，我從「**您為何要當公務員？**」談起，再討論「**30～40年公務生涯如何過？**」、「**起跑幾年後後，發展大不同！**」。主要內容，包括喚醒報考公務員的初衷、新鮮人的一些基本認知與觀念，並從歷年模範及傑出公務人員的表現，綜整出一個成功公門職場的黃金三角圖，包括：**態度、能力及品德**等三個面向，並以小故事、自己的經驗與體悟，講解這三個面向的重要、內涵及培養，期盼型塑積極正面的**工作態度**、建立厚實的**能力**及堅持廉潔的**品德**，最後以「西行的馬」作為總結，希望學員未來在職場上能找到正確的方向，不斷努力與累積經驗，必能從小河、溪流到大海。

不過因為是課程，授課的對象有限，無法普及所有有志從事公職的人，因此，退休後再拾起往日的授課簡報資料，燃起以書寫方式，送給有意從事公職的廣大學校畢業生及考試錄取的新鮮人參考。

敲響公門鐘聲一
你為什麼選擇公職場

第**1**部

每年6月大四的應屆畢業生將陸陸續續離開校園，踏入社會，不管是已經找到工作的，還是正在準備考試的，以及準備自己創業的、還有進企業的，每個人都有自己的選擇。其實，每年的這個時候，就業問題就是畢業生們必須面對的難題。很多人都遇到同樣的問題，我該選擇何種行業？適合從事哪種行業？

在「公務經驗傳承」課程裡，上課對象都已經考入公門了，所以在「我的開場白」中第一個問題是「您為何要當公務員？」就是要大家好好想想，為何當初你選擇了公職場當公務員。一方面喚醒大家的初衷與抱負，另一方面分享傳承正確的公門觀念，目的就是要導正一些只抱著混一口飯，謀得一份職業，或對公門一些似是而非或錯誤的看法與認知。但其實最好的狀況是在進公門前，甚至在學生時代，就要認真思考及瞭解未來的職場方向。因此，在這裡我特別以「敲響公門鐘聲」當作序曲，作為進入公門的首部曲，希望你能儘早探索，並審慎選擇自己所要從事的行業，以免重蹈前人「花十年考公職，做一年就辭職」、「從來不曾瞭解過公務員是個怎樣的行業，自己的個性是否適合當公務員？」或「一輩子當公務員，真的是我想要的嗎？」的慘痛經驗。

七種就業選擇

俗云「三百六十行，行行出狀元」，比喻不論從事何種行業，皆能有所成就，也道出了社會職場千百種的狀態。做為一位學生或社會新鮮人，如何從三百六十行去選擇一行適合你的行業？其實是個大哉問，不是三言兩語可道盡。以下謹就概括式的說法，給大家能在第一步對各種大行業的特質及優缺點，有初步的認識，以便瞭解選擇適合你的職場方向。

知名作家郝明義在「工作DNA」一書中，認為一個新出社會的人，面臨的工作，大約有大企業、小公司、公家機關、自由業及創業等五種。一般而言，社會職場可概分為公、私兩大塊領域，前者為公部門，本質為服務，經費來自人民納稅，其種類大致可分為，政府機關、公立學校、公營事業及軍職機關等4類；後者為私部門，特質為盈利，經費來自公司賺錢，其類別大致可分為私人企業、自由業、創業等3類，郝明義上述所提大企業、小公司就是屬於私人企業範疇。近代社會又發展出第三部門，既不屬於公部門，也無私部門的特性，目的為關心社會公益、監督政府，費用來自政府補助、募捐、企業贊助等，又可分為非營利組織（NPO，Non-Profit Organization）及非政府組織（NGO，Non-Governmental Organization）兩類。

換言之，一位畢業學生，選擇人生發展的道路，除軍職是屬性特殊行業（主要職責為保家衛國、抵禦外敵，嚴格紀律管理）不計外，大致有七種：私人企業、自由業、創業、政府機關、學校、

公營事業、第三部門（NPO、NGO）。這七種，各有不同的特質與陷阱，除了要考慮你所學的專長外，更重要的是還要評估一下自己的個性及興趣，看看到底最適合往哪一類發展。例如你就讀會計系，可選擇政府機關、公營事業相關部門（如會計部門等），或私人企業的財務或會計部門，或學校教書，或到第三部門貢獻所學，或自己創業（如開設會計事務所），甚或從事寫作、畫畫等自由業。如何選擇，自己的本質特性及興趣，就是關鍵因素了。

私人企業

私人企業，就是民間經營牟利事業體的通稱，管理學上稱私營企業，會計學上稱私有公司（private corporation）。我國有公司法作為規範，分為無限公司、有限公司、兩合公司及股分有限公司等4類。在市場上又可分為上市公司與非上市公司，通常上市公司需達一定規模，且須公開，因此資本大、經營多年、管理上軌道、知名度高，也就是大家所熟悉的大企業；相對地，非上市公司資本有限（僅有少數幾個朋友投資或家族持有）、剛創業不久、資訊未公開、有自己管理模式，通常就是所謂的小公司。大企業及小公司的優缺點，郝明義在上述書中，說得蠻貼切：

◆ **大企業**

在大企業裡工作，有許多好處

1. 大企業提供的薪資報酬與福利制度要高出社會上一般企業許多。

2. 大企業給人巨石般的穩定感，在裡面可以大樹底下好乘涼。

3. 大企業裡組織、制度、工作程序與規章都比較完整，因而工作起來比較有根據，好學習。

4. 大企業裡資源豐富，做起事來不會捉襟見肘。

5. 大企業本身的形象還熠熠生輝，讓工作其中的人也感到與有榮焉，出外有一種自傲之感，和別人打起交道來也有一種得利的氣勢。

但是，在大企業裡工作，也有大企業的壞處。大企業與小公司最大的不同，就是小公司面臨的風險與掙扎，主要是對外的；大企業面臨的風險與掙扎，主要是對內的。理由很簡單，大企業夠大，所以內部環境就足夠成為一個生存競爭的環境，內部的資源，就足以為競爭生存的誘因與動機。大企業是一個濃密的森林，裡面資源豐富，但陷阱也很多，如果你沒有能力與性向來處理人事或適應人事，那麼，你很難爬上一定位置，甚至難生存。光鮮亮麗的大企業，內部的優勝劣敗是極為明顯又殘酷的世界。

◆ 小公司

小公司的人數，大致在三兩個人，到五六個人不等。十個人到二十個人，已經是相當有規模。公司有老闆，老闆通常都有十八般武藝的本領，再或許，老闆娘也在公司裡兼有一個工作，譬如財務或會計。在這樣的小公司裡工作，有許多壞處與好處。

1. **壞處**

   (1) 公司裡也許有部門的劃分，也許沒有。不像大企業裡部門井然，分工有序，小公司裡的員工必須一人多用，一心多用。該你做的事你要做，不該你做的事也要由你做。

   (2) 小公司裡的工作程序與規章都不完整（甚至沒有），因此做起事來容易沒頭沒腦。

   (3) 小公司的薪資報酬一定沒有大企業那麼美好，福利制度，往往也不見得很清楚。

   (4) 小公司資源短缺，做起事來瞻前顧後，難施手腳。

2. **好處**

   (1) 小公司能訓練你的，是空手奪白刃的散打。大企業裡部門井然地訓練專才，小公司裡組織混亂地訓練通才。所以，進小公司工作，你不應該那麼計較待遇，因為事實上也很難計較。

   (2) 小公司人力不足，一人必須多用，那就讓自己有機會得到大企業員工得不到的跨部門工作機會與能力。

   (3) 小公司裡沒有可以遵循的工作流程與規章，相對地也就多了可以由你思考，甚至創造解決問題方法的空間。

   (4) 小公司的資源不足，可以用來鍛練自己把公司內部點滴資源做最大化發揮的能力，善用公司外部資源，做最有利聯結與結合的能力。

   (5) 小公司的福利待遇不好，正好用來刺激自己奮發向上─不論在公司裡，還是準備另有高就。

(6) 小公司當然免不了經營不下去的風險，會倒掉，所以你不應該指望自己能在小公司裡退休。但是如果你能把握自己在小公司裡的工作機會，訓練出多元的工作能力，那就是你最大的收穫。這些多元的工作能力，本身就足以讓你在尋找下一個工作的時候成為很好的資產。

(7) 何況，運氣好的話，你還可以碰到一個老闆賞識你，邀請你一起跟他打天下。甚至，運氣再好一點，你還可以利用一身練來的本領，乾脆自己創業，也當起老闆來。

自由業

自由業，自由創作，譬如作家、畫家或翻譯。知名作家郝明義認為，自由業當然很好，但是應該有兩個前提。

(一) 第一個前提，是不要把它當作找不到其他工作時候的選項。上班族總要受到公司與單位的一些規定的束縛與拘束，自由業則不；上班族總有公司與單位的一些固定薪酬與福利，自由業則沒有。換句話說，和上班族比起來，自由業的利弊與甘苦是極為對比鮮明的。在這種對比鮮明的狀況下，如果你不是真心或一心想要成為自由業，而只是想當一個上班族不成之餘才想當自由業的話，你很快就會支撐不下去。自由業是一杯烈酒，得有相當好的酒量打底。你只是想找啤酒來喝而不得，卻想端起這杯烈酒的話，不是個好主意。

(二) 第二個前提，你得有異於一般人的自我紀律與要求。最基本
　　的，你一定要有紀律在沒有人、任何人要求你的狀況下，每
　　天持續工作八小時—沒有鬆懈，自得其樂。

自由業真是個好工作。只是，你要想清楚自己是否具備那兩個前
提，試6個月，就可以知道的。

創業

找不到工作，又發現自己並不適合當自由業時，有人會動到找點
錢，來自己做點生意，開個店面、成立公司或合夥工作坊（如文
創、顧問諮詢等），就叫創業。有好處也有壞處：

◆ 好處

1. 不必看人臉色，為人打工，可以自己做主。

2. 全方位磨練人的能力，最大限度激發人的潛力。

3. 可培養系統性的思維能力。

4. 創業成功的成就感，無可取代。

◆ 壞處

1. 初入職場的新鮮人，經驗少，眼高手低，盲目樂觀，易
　　受挫。

2. 需籌措一筆不算少的資金：通常創業少不了需要經費與人，人也許找幾個同學、同好或親人，但經費除了父母親資助或祖產外，就是要自己籌措，這是一個相當大的挑戰。

3. 創業失敗，打擊巨大。

郝明義就認為，創業其實也是一種自由業，更複雜的自由業。創業的人，首先得具備自由業需要具備的條件。而且還要有下列兩點認知：

(一) 你得真是熱愛創業，真心喜愛做生意發財，而不是找工作無門之後，自己想到為自己創造一個工作而已。

(二) 你得有充分的紀律，要求自己鞭策自己做好一個老闆工作。

但創業與自由業最大的不同是，自由業只要把自己管好了就行，而創業卻相反，除了自己外，還要管理別人，和其他許多與創業本身沒相關的事情。所以說，創業是更複雜的一種自由業。想要創業，最好先有過一些工作，有過一些老闆，因為自己不滿意這些工作與生意的進行方式，或因為你不滿意這些老闆的表現，所以才想自己來當一個老闆，做些示範，採行一些新的工作與生意的方式。這才是創業的本質。

政府機關

廣義的政府機關，包括一般行政機關（俗稱公家機關）及民意機關，前者如總統府、五院、各縣市政府、鄉鎮市公所等；後者包

括立法院、各縣市議會、各鄉鎮市民代表會。在行政機關工作者，除民選的總統、副總統、縣市長或鄉鎮市長外，就是大家所熟知的公務人員，而這些公務人員，除少數政務人員（又稱政務官，就是由有權者依規定政治任命的人，如各部會首長、政務副首長、有任期的委員）外，都是經國家考試及格的常務人員（又稱事務官、文官、公務員或公務人員）。而在民意機關工作的人員，除從事一般行政工作，是需經國家考試及格的常務人員外，主要是由人民選出來的民意代表組成，包括立法委員、縣市議員、鄉鎮市民代表。以下為行文方便，謹就行政機關及民選人員（含民意代表及民選首長）特性加以說明。

◆ **行政機關**（進一步的瞭解，詳後「公門特性」）

郝明義認為，公家（行政）機關是超越大企業規模的大企業。所以，大企業的好處，公家機關都有。

1. 公家機關的薪資報酬與福利制度，是變動不大，中低階層薪資較民間略高，但到中高階待遇就遠比民間低。

2. 一些預算豐富的公家機關，做起事來不但不會捉襟見肘，還會是各方巴結的對象。手控預算的公務人員，走起路來也是虎虎生風─起碼在心裡。

3. 最重要的，大企業像巨石的話，公家機關可能就像是一座高山，更穩定，風險更低，足可以訂下一生工作，在此退休的盤算。

4. 公家機關是鍛鍊許多能力的地方。政府處理任何事情都必須有法令規章之本，所以在公家機關工作，得結結實實地訓練自己引用法令規章的邏輯能力，思考事情的週全能力。

5. 公家機關固然可能因為種種人事的規矩，而難有民間企業的快速拔擢機會，但是卻總可以穩定地昇遷。在這條穩定成長的路上，如果能不斷地累積自己工作的經驗，將可以培育出極為深厚的專業及處事能力。

當然公家機關，也是有不少限制（壞處），包括：

1. 公家機關最大的問題，就在於處理任何事情都必須有法令規章之本。而任何政府相關制度與工作方法的設計，又不免落後於民間好幾拍，於是工作起來就沒有民間企業的彈性，十分僵硬。

2. 公家機關給人的穩定感，會使你誤以為人生與世界的運轉，就將如此永遠下去。這些主客觀因素加起來，很可能就使得公家機關裡的人，工作與生活節拍不同於社會裡的其他領域。

◆ 民選人員

包括民意代表及公家機關的民選首長，這些人員都是透過選舉從事工作的行業，其特性迥異於經國家考試及格的公務員。一般而言，很多大學政治系都走這條路線，但政治世家的家族，或其他科系，甚至販夫走卒，只要符合選舉罷免法規定的資格都可參選。選舉行業有些好處：

1. **可一步登天**：選舉顧名思義就是透過人民選出來，進入民意機關或行政機關（民選首長）服務。只要符合選舉資格且選得上，年紀輕輕就可當上縣市議員、立法委員（相當部會首長級）、縣市長，甚至總統、副總統。

2. **直接服務民眾**：由於選舉需有選民支持，因此走入群眾與民
眾接觸，瞭解民眾需求，接受民眾陳情等直接服務民眾的工
作，都是選舉的基本功課。因此，具有熱心、服務、表現等
特質的人，較適合從事這種直接接觸服務民眾的行業。

3. **易施展抱負**：每個人都有一些理想、抱負，如果是涉及群
眾的抱負，透過選舉，應是最容易，也是最快達到施展抱
負目標的路。

當然選舉，也有不少缺失：

1. **公眾人物是非多**：選舉要當選，就要有民意基礎，要有民
眾支持，因此，平常必須經營選區，熱心服務民眾，或勇
於站出來替百姓伸張正義、打抱不平，成為不折不扣的公
眾人物，但也因為如此，很容易得罪人，甚或惹怒黑道而
遭橫禍。

2. **要禁得起檢驗**：選舉雙方，為使對手不能當選，常互挖對
方瘡疤，過去不堪的往事或不好的紀錄、犯錯，都會被攤
在陽光下，接受民眾檢驗。有時連祖宗十八代都被提出來
公審，這些都會成為選舉題材，媒體關注焦點。

3. **常遭造謠抹黑**：當選舉雙方勢均力敵時，往往攻防激烈，
除互挖瘡疤外，甚至無中生有、抹黑造謠，這都是選舉常
用的手段。

4. **易官司纏身**：由於打抱不平遭對方控告，或互揭瘡疤、遭
抹黑，為討回公道，告發對方，或遭對方控告，致官司纏
身是常見的事。

5. **選舉花費多**：選舉除依選罷法規定，需有保證金（達不到一定的票數，會遭沒收）外，選舉時宣傳行銷、廣告，設置選舉總（分）部，辦理選舉造勢等，在在都需要經費。民意代表選舉區域較小，所花經費相對較少，但如縣市長或總統、副總統選舉，選區達全縣市或全國，所需費用更是龐大。

學校

在這裡的學校，包括公立幼兒園、中小學、大專院校，其對象指教師（包括兼任行政職務者）及大專院校的講師、助教、助理教授、副教授、教授等，但不包括在校內服務的公務人員，如人事、會計及一般行政人員（如幹事等）。教師在84年教師法未制定公布前是與公務員一體適用同樣管理制度，84年以後確定公教分途，教師改依教師法來規範。一般而言，教研工作較強調興利、創意與彈性。因此，在學校服務，有不少好處，當然仍有一些缺失。

◆ **好處**

1. **上班環境佳**：相較其他行業，學校校園廣擴，各項設施完善，有如公園，職場環境最佳。

2. **有較多自己的時間**：學校有寒暑假，上課時數有限，屬於自己的時間較多。

3. **桃李滿天下**：老師每年教導出來的學生無數，看到學生從懵懵懂懂到知書達禮，從不會到會；畢業後到各行各業努力打拼，成家立業，一旦功名成就，當老師不但與有榮焉，更有很大成就感。

4. **管理相對較少**：教師因非屬公務員，除兼行政職教師外，不適用公務員服務法。因此，教師的管理相對公務員較寬鬆，以上班時間而言，除中小學有規範上下班時間外，一般大專院校，教師只需有課才到校，其他時間都可自行安排。

5. **考核限制較少**：由於教研工作強調興利、創意與彈性，因此，相對政府機關公務員而言，考核限制也較少。以每年考績評核而言，中小學教師，只要合於「公立高級中學以下學校教師成績考核辦法」第4條第1項各款的條件者，均可晉本薪或年功薪一級，並給與一個月薪給總額之一次獎金，已支年功薪最高級者，給與二個月薪給總額之一次獎金。這是相當公務員考績甲等的獎勵，且無人數限制，只要符合條件即可，真是羨煞有考列甲等人數限制（約八成左右）的公務員。而大專院校教師，更不用考績，而是由教師自律，並有源自大學理論中「學術自由」理念下的「教授治校」呢！

◆ **缺失**

1. **入門難，不容易進入**：要當中小學教師需具備一定的資格，首先需修習教師學分，再經過教師檢定合格，並經半年實習成績及格，始能拿到教師證；具備教師資格，只是第一關，接下來還必須參加各縣市每年6-8月舉辦的教師甄試，錄取後才能成為正式的教師。但目前由於少子化嚴重，學校減班，教師名額也減少，加上年金改革，教師延後退休，教師缺額更少，因此要進入這個窄門，就顯得更不容易。此外，大學教師雖僅需取得碩博士學位，但也因少子化，每年學生來源減少，大學合併或關閉，時有所聞，因此所需教師，也愈來愈少，要進入大專院校教書，同樣不容易。

2. **工作較為單調**：教師工作就是教書，尤其中小學教師的對象為小學、國中、高中12年國民教育的學生，教材為固定的教科書，教書內容變化不大，工作顯得較為單調。

3. **學生家長困擾多**：父母親都希望自己子女書讀得好，將來在社會有好的出路，因此，都會要求或期待老師對自己的子女好一點，多教一點，造成老師教學上很多困擾。

4. **問題學生難處理**：現代工商社會，不少父母忙於自己的事業，疏於管教小孩，或由祖父母隔代教養，產生很多不正常的下一代；而單親家庭，或問題家庭，造成小孩的問題更多。凡此，不但造成教學上很大的影響與困擾，更要花費很大心力，去處理這些問題學生。

公營事業

在這裡的公營事業，主要指中央政府各部會所屬的事業機構，包括經濟部的台灣電力公司、台灣中油公司、台灣糖業公司、台灣自來水公司；交通部的中華郵政公司、台灣港務公司、桃園國際機場公司、台灣鐵路公司；財政部的台灣金融控股公司（含台灣銀行、台銀人壽、台銀證卷、台銀保經）、台灣土地銀行、中國輸出入銀行、台灣菸酒公司、財政部印刷廠；中央銀行所屬的中央銀行、中央造幣廠、中央印刷廠；行政院金融監督管理委員會的中央存款保險公司等。其利弊如下：

◆ 好處

1. 相較行政機關而言，有較高的收入，及良好的福利。

2. 有國家當後盾，較不會有倒閉失業之虞。

3. 相較私部門工作較安定，壓力也較低。

4. 注重員工素質，要求員工遵循一定的規則，相對私人企業做起事來較不受人為影響。

◆ 壞處

1. 論資排輩，想要出人頭地，一般需要多年的奮鬥。

2. 預算來自政府，易受政府機關、民意代表影響干擾。

3. 有些事項如物質或材料採購需適用政府採購法，或經費核銷需受政府規範等，易受到限制，較無法及時或靈活運用。

4. 薪資及獎勵獎金固定，無法像民間企業依員工努力貢獻給予。

5. 有些職員的工作，適用公務員服務法，規範限制多，較不易發揮專長。

第三部門

第三部門，又稱為志願部門（Voluntary sector），是社會學與經濟學名詞，意指在第一部門（Public sector，或稱為公部門）與第二部門（Private sector，或稱為私部門）之外的組織。第三部門可分為非營利組織（NPO）及非政府組織（NGO）兩類，包括教育建構團體、壓力團體、宗教組織、商業聯盟、聯誼俱樂部、社區自助會及慈善社福團體等。存在目的，大多數是為了推廣成員所信仰的政治理念，或實現成員的社會目標。其特性如下：

◆ 並非所有第三部門工作的人都是志願者

大部分運作順利的第三部門組織，都有全職的營運團隊。也就是說，第三部門工作人員並非都是無薪或兼薪的志工，而是由不少的全職（薪）人員組成。他們都是有薪水、有職涯發展的，和到一般公司上班，沒有太大的差別，只是報酬通常比商業機構職員少。

◆ 成員加入的動機並不一定為純粹的利他主義

有很多人希望藉此獲得技能、經驗和社會關係。近年來，有人研究指出，公私及第三部門的界線愈來愈模糊，常常有商業菁

英或公部門人員,在職涯中期選擇投入NGO或NPO;也有人在NGO或NPO工作多年後,轉戰媒體、新創、外商、公部門。

◆ 並非有滿腔熱血,就適合NGO或NPO工作

一般來說,會選擇投入非營利組織,一定是對工作有更高的期許,不只要職涯發展順利,更希望自己能為這個世界多做一些什麼,譬如為了改善偏鄉教育、協助無家者、打破性別不平等、或是推動環境永續等等。不過,如果希望長期投入第三部門組織,這份工作其實非常需要專業,並非僅具備熱情或滿腔熱血,即可勝任NGO或NPO工作。由於第三部門缺乏營收,從業人員必須在有限的資源下,去推動每一個影響社會的行動,更是需要具有規劃、行銷等各項專業人員的加入!

◆ 任何科系都可投入NGO或NPO

有人說只有念社工系或社會系,適合投入NGO或NPO?其實,NGO或NPO投入的工作具多樣性,因此需要各項專長的人組成團隊始有成功機會,舉凡數位行銷、媒體公關、服務設計、業務開發、財務管理或資訊系統,都是NGO或NPO不可或缺的。總之,不管讀什麼科系,過去擁有什麼樣的工作經驗,都不會是限制自己加入NGO或NPO的理由。不一樣的背景,反而能透過不同的專業視角,在百變的社會議題中,突破框架解決問題。

小結

找到一份有使命感的工作或一個能長期投入的志業，是每個人一輩子的課題。對於新鮮人來說，如何找到自己有興趣或適合自己的事情，為團隊貢獻自己的能力，並且看見每一個事情的意義感和使命感，才是工作的真正意義。因此，新鮮人在選擇行業時，要有下列的基本認知：

◆ **認清社會上各行各業的本質、目的及特性**

1. **第一部門（公部門）**：具政治力的公權力組織，目的：執行國家政策、服務人民百姓。

2. **第二部門（私部門）**：具經濟力的企業組織，目的：從事經濟貿易活動、賺取利潤報酬。

3. **第三部門（NGO或NPO）**：具社會力的非營利性組織，目的：關心社會公益、監督政府。

◆ **新出校門不適宜的兩個行業**

由於創業及自由業這兩種行業需具有異於常人的自我紀律與要求，對沒有工作經驗與歷練的新鮮人而言，較不適合。因此，筆者頗贊同郝明義先生所提建議，剛從學校畢業初次進入職場的新鮮人，不要輕易選擇**創業或自由業**這兩種行業。

◆ 行行出狀元

以上七條人生道路，沒有選擇對錯之分，只要知己知彼，順勢而為，並秉持著：盡全力、致完美、空得失，每個行業都能闖出一片天。

如何尋找一份適合自己的工作

在初步瞭解社會職場工作大概類別及特性後，接著你要試著尋找一份適合自己的工作，這是一個人生很重要的課題，也是最難的課題。

現實社會很多人在親友眾人或經濟壓力下，都有先謀得一份工作試試的想法，但一進入職場，發覺不適合自己，又轉換跑道，但有的人則受限於家庭需要，無法轉換工作。誠如郝明義在上述書中所提，「人生不如意者十之八九。出了校門，很可能自己想了半天，還是想不出點燃自己熱情的方向，於是開始了一個不痛不癢的工作。甚至，你覺察到了不應該如此下去，然而由於家庭或是經濟因素，就是沒法更換工作。於是，就這樣持續一年、二年、五年、十年、二十年過去了，甚至到退休。」

那麼，我們該如何尋找到一份適合自己的工作？理想的狀況是：

(一) **瞭解目前的就業市場和各個行業的需求**。研究哪些產業正在成長，哪些行業有潛力提供長期職業發展機會。這些資訊可以透過閱讀報導、產業報告和職業網站等方式瞭解。

(二) **考慮興趣和技能。**思考自己的興趣和專長，並尋找與其相關的產業，選擇一個你有興趣和熱情的領域，才有可能在其中獲得成功並保持長期動力。

(三) **考慮個人價值觀和目標。**確定自己的價值觀和職業目標，並尋找與其相符的產業。例如，如果你對社會和環境議題非常關心，你可以考慮投身非營利組織或相關可持續發展的行業。

但實際上，你很難將自己的**興趣、專長和理想的行業匹配起來**，如高薪行業或有發展潛力的行業，不符你的興趣或專長；你的興趣或專長是冷門行業等等。因此，通常都需經過一段時間摸索及跌跌撞撞的過程，才有初步的結果（還不一定是理想的行業）。那麼，大學畢業，進入職場，要如何探詢、摸索？要如何找尋理想或適合自己的工作？歸納前人的實際經驗，至少有下列4種方式可資參考：

從自己所學入手

「從你讀的專業做起」，這是很多人很自然會選擇的作法，因為這是自己學最久、最有基礎，也是最有保握的方向。也許你從求學過程中，即有一些興趣或專長，到了大學又繼續加強學習；或大學選讀的科系，經過4年的學習與淬鍊，已有心得及收獲。畢業後尋找這些所學、所長的相關行業，初期也許因欠缺實務經驗，工作起來較為生疏，但至少不陌生，過些時候就慢慢進入狀況。這應該是最簡單，也是學以致用的最佳情況。

但很多人往往事與願違，一則所選的科系，非自已的興趣或想要的；二則所學無對應的理想工作；三則所選的科系專長相關行業已過時，沒有發展性，自己不甘於從事沒有希望的工作；四則所選科系太多人，供過於求，致難找到相關專長工作。這時該怎麼辦？你被迫需要去尋找非所學科系專長的工作，從頭學起，慢慢摸索。此時，以下3種前人的經驗（包括「先求有再求好」、「以終為始」、「尋找伴侶模式」），就等著你去探索、試試看。

先求有再求好

這是很多人常用的經驗。畢業後社會新鮮人求職想找一份好工作，可是現在企業很多都需要有相關經驗，所以剛開始求職處處碰壁，一旦找工作的日子拖久了，心也開始慌了，這時就難免會猶豫是否只要有工作機會，也不管薪資有多低或是志趣不符，總是先把握了再說。

其實找工作對於新鮮人來說，「先求有再求好」是典型的過程，凡事都是循序漸進逐步完成的，但是要搞清楚這份工作對你來說的價值，只要掌握下列這三個步驟，其實先求有工作再求好，也是生涯發展必經的成長之路。

◆ 評估是否對未來有幫助

新鮮人找不到好工作，主要的原因就是缺乏經驗了，可是剛畢業又哪來的經驗，所以一開始，找不到符合期望的工作，要先想想哪些是可以累積經驗的工作，評估對未來的發展是否有幫

助。如你想往科技業發展，也許就可先找一些相關門檻較低、較易進入的無名小公司工作；或你想往物流業發展，也許可先到便利商店或超商等地方工作。

◆ 注意找的方向是否正確

新鮮人找工作先求能累積經驗、培養專長，也就是說至少踏出了第一步，總比原地踏步好，但如果是踏出了錯誤的第一步，恐怕整個方向都會越走越遠。一種常用的「四象限求職表格」，先列出自己最喜歡做及最討厭做的事情，其次再列出3項下一份工作最想獲得的資源，以及3項下一份最不想遇到的事情。找的方向要符合自己喜歡及最想獲得的，如無法獲得這些，至少要避開最討厭做的事情及最不想遇到的事情。如此可以讓你在短時間內找到明確的目標，更快找到合適的職缺。

◆ 給自己一個期限

機會是給準備好的人，但也請給自己畢業後求職空窗一個期限。當你找工作找超過3個月時，其實你自己心態上也會產生負面能量，甚至可能會質疑自己是不是不夠好。此外，履歷上如有太長的空窗時間，總是會引人關注，例如：為什麼你已經畢業大半年了，但都沒有工作？這段沒有工作的時間，你做了什麼努力？你必需有心理準備將來回答類似的問題。在說明待業的空窗期原因時，要淡化自己的弱勢，也許在自我介紹時，加入待業這段期間的努力與準備，是很好的答案。

新鮮人找工作會有「先求有再求好」的困擾，通常是目前的求職條件不夠好，所以可以選擇的工作相對來說比較少。那麼，你就應該先瞭解自己的優缺點，放慢步調，想想自己目前還有

哪些可以增進的就業能力，當你做好更多準備，好工作自然就會來臨。其實人生中重要的不是第一個職場，所以不要急；剛開始工作有一些犧牲，你可以先試著忍耐，只要有未來可能性也不妨先等等。

掌握好上面這三個步驟，新鮮人找工作先求有再求好，也可找到不錯的工作。

以終為始

愛瑞克在《內在原力》一書中認為，讓人生發揮最佳效能的方法是「與成功有約」書中所提「**以終為始**」的概念。以「最終的你」來看，從今天起要成為「那樣的你」的過程中，你會做的所有決定與行動。應用在尋找工作上，即先在心裡描繪一個工作終點，然後再開始去發想自己應該要做什麼。

我們常常會覺得不知道自己的興趣是什麼，不知道從事這個行業有沒有好的發展，其實這是再正常不過的事情，因為我們很難憑空想像未來的藍圖。我們常因需要思考的層面太多太廣，所以腦袋容易打結，沒有辦法爬梳出結論，進而造成焦慮。而想要從起點開始去沙盤推演終點長什麼樣子是非常困難的，因為一路上會有太多的可能，最後思考的方向會無限發散導致無法聚焦。因此，**不彷在摸索階段時，先去參考前人的成功經驗**，不管今天是已經畢業的學長姐，或是產業裡頭的成功案例，只要是你想要的、或適合你的都可以，然後分析研究成功的關鍵因素及所需具備的技能，再往這個方向去探索努力。

這樣一來，**從未來的結果回推會比較容易掌握自己需要努力的方向，思考模式也不會因為發散而失焦**，反而會像漏斗一樣慢慢的收斂，更容易找到自己的短期目標。在知道自己努力的方向以後，再把那些需要慢慢培養的技能拆解成小目標。簡單來說，就是用top down的方式來去找一個願景，然後用bottom up的方式來去完成想要的目標。譬如你很嚮往政府機關的工作，就以此為目標，再參考本書所提步驟，一步一步去貫徹執行，就能有計畫循序漸進地達到目標。

尋找伴侶模式

郝明義先生根據他自己從事出版業的經過，體悟出**「尋找一個心愛的工作，和尋找一個心愛的人的道理，是相通的」**。他認為，有的人很幸運，找到的第一個工作就是了，好像是一見鍾情的初戀情人，一下子可以白頭偕老。但大部份人都要尋尋覓覓，第一個工作就好像是還不成熟的初戀，總要告別，然後在未來的日子裡不斷地在失望與希望中擺盪。因此，他建議在尋找的過程中，要及早做準備，並要找對重點。

◆ 及早思考找尋工作

思考如何找尋工作，不應該是在畢業之後才開始的。所謂要規劃生涯，規劃未來的工作，應該是從我們在學生時代就開始的－越早越好的學生時代。以一個大專畢業生來說，這個問題應該起碼在進大學或專科之前就想好的，因為有了方向，所

以，會進大學或專科，學習一些東西，以便準備未來離開學校之後所用。到了大學畢業，或者到大學的最後一年才來思考如何找尋工作，太晚了。但現在的教育系統，加上考試方法，再加上父母觀念的影響，往往造成兩種狀況。

1. **第一種狀況**，是進大學的確是有想法的。這些想法來自於社會氛圍裡熱門產業或職業的發展，因而以此為目標，希望自己畢業後也能沾沾熱潮之光。但這種想法太淺，通常最容易看到的結果是，等你四年後畢業的時候，不是熱門職業不再，就是和你同樣科系畢業的人太多，供過於求，絕大部份人都找不到工作。這很像是大家都說現在渡假流行去海邊，你也去了。但是到了之後，才發現海灘上人滿為患，你沾不到水不說，連沙灘可能都踩不上。

2. **還有一種狀況**，是求學生涯和日後的工作規劃，根本無關。求學，只是一個考試志願和分數妥協下的結果。讀什麼科系，和自己的未來無關，和自己的興趣也無關。然後，等到要畢業了，再想自己要進什麼行業，做什麼工作。也許，這種情況的好處是，你不致於趕上了人滿為患的沙灘，然而，你卻可能發現，自己根本就連天南地北都分不清楚，澈底迷失了。

所以，求學階段就要開始準備未來的工作生涯，最好得從另一種角度思考。一個高中生，或者大學生，應該盡最大的努力，思考自己（而不是父母或任何其他人）十年後希望成為的人，以及那樣的人所工作的型態。然後，把所有的時間都投入到補充自己的知識養分，使自己越來越接近成為那樣的一種人。

◆ 怎樣尋找工作，重點在「心愛」兩個字

很可能，我們沒來得及在求學階段那麼早就讓自己的所學，和自己未來的工作做了結合。我們終究不免到要出學門的前夕，或者是出了校門，才開始思考怎樣尋找一個心愛的工作。這個時候，我們應該提醒自己，正因為自己錯過了在學校時候對未來工作的規劃，現在更要謹慎從事；正因為我們已經糊里糊塗地搭過一段列車，所以現在起更要頭腦清醒地想像自己的未來十年，尋找一個讓自己未來十年可以很快樂地成長的工作。怎樣尋找？答案很簡單，就在「**心愛**」這兩個字上。讓我們來想想，尋找一個心愛的人，要注意的是什麼？

1. 由於我們要尋找的是「心愛」的對象，而不是「**有錢**」的對象，所以對方的財富如何，不是我們所最重視的。

2. 由於我們要尋找的是「心愛」的對象，而不是「**英俊（或美麗）**」的對象，所以對方的相貌如何，不是我們所最重視的。

3. 工作的薪水待遇，像是你要追求對象的財富；行業或公司的名氣與形象，像是你要追求對象的相貌。我們既然要尋找一個心愛的對象，就不能為對象的財富或相貌所迷惑。我們要傾聽內心的聲音，看看哪個工作才能激起我們的熱情，或者，值得我們構思一個未來十年的夢想。

◆ 沒有真正的心愛，也要試著找尋適合自己的工作

郝明義在書中更進一步指出，做適合自己的工作，就是**不要只注意熱門的行業，不要只在意高的職位**，是要做自己性向或

能力適合做的工作。這時就能發揮很大的工作力量，但這個也是不容易，因為這需對這個工作有清楚認識，有人在認識過程裡，很幸運、很快就掌握到了，有人則不然。比爾·蓋茲，是個幸運中幸運代表，他讀著哈佛大學法律系，但他認識到最適合自己投入的行業是電腦，就輟學改行去創立了微軟，成就了全球首富。然而絕大部分的人都沒有他這樣幸運，這些人不但很難認清與找到適合自己的工作，更經常作不適合自己的工作，被不適合自己的工作折磨著。

這時該怎麼面對？郝明義以自己為例說：出版業是他一個排斥30年的工作。他娓娓道來，從小因為行動不方便，師長給他將來的建議，總是談一些靜態的行業。也因為寫寫文章好像還可以，所以很早就有人要他往寫作或出版業發展。但這些話他可聽不進去，也因此，老早老早，寫作和出版，就從其人生規劃中一筆勾消。但大學畢業，折騰了一陣之後，在不得不然，勉為其難的狀況下，他藉由翻譯，進入了出版業。感慨很多，不過，感慨歸感慨，還是在這個排斥多年的行業中努力地工作。但努力歸努力，發展歸發展，他自己心裡有數：這只是一個陰錯陽差踏進來的行業。之所以努力，只是敬業而已，這絕不是終生為之癡狂的燃燒，他知道自己不時在東張西望，想像或期待些生涯上的突變。

如此這般，到1995年年底，在出版業也忙過了16個年頭。那年12月，很冷。一天早上被凍醒，圍著被子，隨手抽了本書讀起來。是韓非子集釋，除了教科書之外，那是他第一次讀韓非子的東西。當時他已是個管理者，一面讀著其中有些文言文還似懂非懂的段落，一面瞭解什麼叫做擊節讚嘆。韓非子已經把

管理講絕了。絕，絕妙，絕頂。可是，那天早上，他說最大的收穫，並不在體會韓非子於萬一，而是發現了出版的可貴。如果沒有出版，這麼珍貴的文化結晶，怎麼可能流傳？如果不是書籍，韓非子的思想，怎麼穿過時空，和2,300年後一個冬天早上，與一個被凍醒的人產生交流呢！他想：出版，真是一個偉大的行業。因為出版，我們前後代的智慧才得以傳承，同代之間的智慧才得以互通。人類，也才得以真正進化，與其他動物日益有所不同。從那一天之後，他就再沒有一刻動搖過與這個工作相守的心念。

郝明義先生從自己找尋工作的歷程中，得到一個結論：**即使我們還沒有認清與找到適合自己的工作，起碼我們可以比較自然地，或至少是「雖不滿意但可以接受」自己目前的工作，把這個工作先做得「光可鑑人」。等待加時間，也許某一天，一個答案就跳了出來。**

知己知彼--瞭解自己及公門

依照上面第一、二步，也許你初步找到想往公門的方向走。接著我們要你更進一步瞭解公門是什麼？再一次確認是否真的適合你，以及未來進入公門，哪種工作或部門是你想要的？首先，就是瞭解公門的種種特性，其次則需要瞭解自己，是否真的適合成為公門人。

公門特性

在這裡分析公門特性，除了公門組織（機關）外，還要特別就公門人及公門工作，加以闡述。因為前者（人）是直接對應到自己，後者（工作）更是在職場上時時刻刻都要面對的，更需要深入瞭解，如此才能在瞭解自己後，精確判斷是否適合進入公門職場。

◆ 公門人特質

公門人即所謂的文官、公務員或公務人員。「文官」的特質有別於私部門。公門的文官，特別需要遵守公務員的行為準則或特質，此即為公務員的核心價值。國家文官要能內化公務員的核心價值，並具有正確的價值體系及倫理觀，才能明辨是非、對國家忠誠、時時創新、保持專業、主動積極地發揮執行力，以提供全民一流的公共服務。

具體而言，什麼樣特質的人適合成為公務員？到目前為止學術研究尚乏定論，以下列舉幾位公務員及企業界的看法：

1. **考選部前部長董保城**：他認為文官的核心價值，包括廉政、忠誠、專業、效能、關懷。若一個人的價值觀是希望**追求名利，或個性比較孤僻，不在乎關懷與服務價值**，即使考上公務員也不會快樂，充其量只是「**追求穩定**」，這對國家或個人，都是損失。此外，考生們也必須認清，公務員是**不可能賺大錢的**，而且職業生涯的薪資變動很低。

2. *行政院人事總處前副人事長朱永隆*：他認為公務職場的特質是「**高保障、低風險、少待遇、較安定**」，因此，凡是傾向

「**追求生活安定、重視工作保障、淡泊於物質慾望、較易安於現狀及服從性較高者」**，比較適合於公務員生涯。

3. **前文化部文化資產局局長王壽來**：王前局長在其所著「公務員DNA」及「公務員快意人生」中認為：公務員有多少公權力，就應該有多少**「使命感」**；做公務員要**「懂得體諒他人」**；沒有服務人群的**「熱誠」**，勿做公務員；公務員處理公務，應該堅守的**「原則與公義」**，不能輕言放棄；做公務員，唯有**「清廉自持」**，才能俯仰無愧，心安理得；文官是穩定社會的力量，必須維護**「行政中立」**的主流價值。從此可看出，公務員需有**「熱誠」**、**「使命感」**、**「關懷心」**，並要能**「堅守中立，清廉自持，維護公義」**。具有這些本質特性的人，較適合當公務員。

4. **屏東縣教育處許韻樺**：她受邀回中山大學母校分享公務經驗中，談到何種人適合擔任公務員，舉出**「有耐心、有原則、主動積極、願意分享」**四項人格特質。因為公務員是一個需要與民眾溝通協調的工作，因此如何在把持原則的前提下，有耐心的與對方溝通，是能否工作順利的必備特質；此外，與同事的相處上，也必須主動、樂於和同事分享自己所學，才能有一起進步、相互學習的積極工作環境。

5. **職涯諮詢師許佳政**：他認為一般企業，追求的是企業的利益與效益，注重的是員工的績效以及工作效率，也迫使員工需要更積極的面對工作以及創造自己的價值，來締造自己升遷的可能性，以及收入的最大化。而對於公職來說，並不是以利益為考量，所以在做決策時，往往採取最保險的作法，因為效果好，自己也不會加薪，但效果不好，自

己就要背黑鍋,根本得不償失。在這樣的風氣下,明哲保身就成了許多公務人員的生存之道。更重要的一點,企業開除員工比起政府開除公務員來的容易,當員工無作為的時候,企業可以迅速地做出資遣的動作,但是公務員本身並無明確的退場機制,這也是大家口中鐵飯碗的由來了。因為公門有這樣的特性,因此他認為具有「**挑戰性格、獨立性格、活潑性格**」不適合從事公門工作,相對地具有「**安穩性格、團隊性格、文靜性格**」的人比較適合成為公門人。

總之,公門職場的核心價值是廉政、忠誠、專業、效能、關懷。**廉政**,要求公門人須依法行政,不能圖私利、枉法、收受賄賂;**忠誠**,要求公門人須公私分明、明辨是非、負責盡職;**專業及效能**,則要公門人充實學識、工作主動積極;**關懷**,則是要公門人對被服務的人,具有同理心、耐心及愛心。因此,公門人的特質,除需**具忠誠專業外,更要有淡泊名利、積極服務及關懷百姓的精神**。因為這些特性,對公門人而言,是需要有相當的付出與犧牲,因此,政府相對地也提供公門人一定的薪資俸祿、退休金及福利,使無後顧之憂;並有一套權利保障及行政中立制度,使公門人安心工作,不受長官非法或不當的指派,以及政黨派系的影響(有關公門人的權利、福利、義務與責任,詳後附錄)。不過,也因為有這些要求和保障制度,使公門人較難以打破既有的框架,縱使有突破,亦須長期的努力與衝撞,這些都容易使公門人感到處處受束縛及無力感,無發揮的空間。

◆ 公門工作的特性

1. 參據吳定、張潤書、陳德禹、賴維堯、許立一等著行政學（空大版），對公共行政特性的闡述，大致有下列四項特性：

   (1) **法令限制較多**：政府機關經常是「法有明文規定乃可以做」；而企業是「法無禁止就可以做」，兩者完全不同。

   (2) **公共監督**：政府機關必須接受來自四面八方的意見、關注、批評與監督，包括議會、傳播媒體、利益團體、民眾等，且在運作上須開放讓外界知悉（民眾對政府的運作有知的權利），俗稱「金魚缸效應」。

   (3) **目標多元又低度相容**：企業組織所追求的各種目標，以效率為首；而政府機關所追求的目標，除了效率外，尚且兼顧其他目標，如公平、正義等價值。效率與公正之間，往往是相互衝突，難以兼顧的。

   (4) **績效難以衡量**：企業組織的營運狀況大多可以數字來加以表示或統計，故績效較易衡量；另一方面，由於政府機關所提供的大多是無形的服務，且其績效大多無法以數字來精確表示，例如：治安改善的各項數據未必能獲得民眾的認同。因此，政府的績效通常難以衡量。

2. 國內知名行政學者張潤書老師，則從公私之異同作一比較，更能凸顯公共行政的特性。他認為公共行政與企業管理的相異之處如下：

(1) **目的與動機不同**：公共行政的主要目的與動機在於，謀求社會的「公共利益」，加強對人民的服務；而企業管理的目的與動機，則在追求「個人私利」，亦即民間企業是以賺錢為目的。

(2) **獨佔與競爭的不同**：政府行政是具有「獨佔性」的，許多政府管轄的事務，除非得到政府的許可或授權，否則其他團體與人民是無法從事的；而企業經營強調的是「自由競爭」，任何人都不得壟斷市場。

(3) **政治考慮之不同**：在民主政治下，政府施政必須受到民意代表與輿論的批評與監督，絕不能罔顧民意，為所欲為，因此政府行政須考量較多的政治因素；而企業經營則比較不須考慮政治因素。

(4) **對外在環境因應的程度不同**：一般而言，民間企業可針對外在環境的變化，迅速因應並調整本身的管理；但政府因受到立法監督與預算控制等影響，自然無法如企業那樣快速反應，其進步與革新的速度亦較企業組織緩慢。

(5) **組織目標的評估不同**：政府行政的目的在於謀求公共利益，然而所謂的公共利益，其內容與意涵往往過於抽象，而顯得模糊不清，再者政府由於欠缺明確的組織目標，導致施政績效難以衡量。相對而言，企業組織的目標大多以「獲利」為主要考量，其績效通常也可以明確的金錢數字來衡量。

(6) **決策的程序不同**：在民主的政體下，政府行政講究「依法行政」與「正當法律程序」的原則，然而如此將使得決策的程序顯得過於冗長；而企業組織的事權通常得以有效集中指揮，至於決策程序可視實際狀況加以簡化，不受法律之限制。

(7) **受公眾監督的程度不同**：在民主的社會中，政府的任何行為都必須接受公眾或輿論的批評與監督；然而企業管理最多只須向股東報告營運狀況即可。基本上，相較於政府行政的「開放性」，企業管理則強調「私密性」。

3. **從實務的運作而言**，曾在立法院、行政院、台北市政府及民間企業任職過的何鴻榮先生，於98年6月在台大政治學系系友聯誼會上報告，**「如何與『政府』和『企業』打交道─公私部門差異性之比較」**，對公私部門工作的具體特性，有頗符合政府實際運作的描述。他認為，企業像叢林，沒有廝殺的法則，惡意削價競爭、商業間諜、併吞等情形屢見不宣，企業除拖拉斯法、商業刑法外，沒有外在界線，可以靈活操作，所以企業像叢林，沒有外在界線也沒有內在界線，還像變色龍，隨時可以變來變去。政府則須依法行政，處處受監督，綁手綁腳，是標準的大象。政府與企業的特性如下：

(1) **以公共利益為目的**：政府與企業最大的差別在於，政府的角色很大部分是以公共利益為優先，所以政府與企業最大差別就是在「公共性」。企業的成長、誘因

源自於私利，以賺錢為目的，因此給CEO很高薪水，作為成就指標，而一個部長級的官員，他的待遇可能還不如一個企業裡的副理。

(2) **需依法行政**：眾人之事謂之政治，而政府所做的就是處理民眾的事，其標準需要公平、公正、公開，因此各種事情都需要一個準則，這個準則就是法律。代表政府執行法律的公務人員，就需要遵守法律的規定，辦理各項事情，此即所謂的依法行政，它需要遵行一定程序，更需要依據法律規定哪些事情可做，做到何種程度？哪些事情不能做，違反了受到何種處罰？鉅細靡遺都在各種法律中規範，而制定法律則屬議會的權限，因此行政機關施政，處處都會受到立法院或議會的掣肘或限制。

(3) **受到高度的公共監督**：除了需依法行政，受到議會監督外，政府做事還需受到媒體、自發性社團的監督，且監督的力量很大。因此，政府做事除需合法外，還要合情合理。

(4) **合法強制壟斷**：政府機關都是依施政需要及人民的需求成立，每個機關都是獨一無二，別無分號，形成合法壟斷，服務沒有競爭，因此內在檢討改革進步的空間有限，需要外在力量（包括議會、媒體、自發性團體及民意等）監督或反應。

(5) **組織間相互依存性（官僚體系）**：由於政府機關都是獨一無二，有其各自的任務，在自己業務優先原則

下，彼此很難協調，普遍存在著本位主義，形成所謂的官僚體系。但在現今複雜的環境下，民眾的事情都涉及到各部門，遇到事情互相推諉，無辜的民眾成為最大的受害者，八掌溪事件就是顯例。因此，政府內在也需要有協調的機制，如行政院政務委員或各種委員會的設置，此即所謂的跨域協調，目的就是要彌補這個缺點。

(6) **目標分歧不易衡量**：企業的目標在於獲利，因此成果很容易衡量，但政府並非如此。以全民健保為例，很多人批評健保虧損連連，但健保非營利目的，而是社會福利，因此這些批評的聲音是罵錯了目標，由此可看出政府的目標分歧，很難衡量成就。

(7) **政治化與運作僵化**：政治對政府的束縛非常多，反觀企業用人沒有法規，不需踐行一定程序，行動力強，但受環境、不景氣的衝擊較大，而政府夠大較不受影響，但卻政治及法律限制多，運作僵化，是標準的大象現像。

(8) **控制屬員方式不同**：他認為在企業工作，公司是用一直**賺錢**一直賺錢的圈套來控制你，一旦落入這個邏輯就難以自拔，因此犧牲掉親情、愛情、友情，以客戶或長官為尊，二十四小時隨時待命，沒有自己的生活，如果不接受這套價值，就無法爬到最頂尖。而在政府工作，則是用**陞遷**作為控制的工具，但基於公門工作依法行政的特性，你永遠要記住「**法律優越**」的**底線**，不論長官如何重視你、提拔你，都要守法，前

調查局長葉勝茂就是一個最好的借鏡（葉盛茂是陳水扁任職台北市市長的政風處長，2001年獲陳水扁總統提拔升任調查局長，任內涉嫌將艾格蒙聯盟調查陳水扁家族洗錢的情資洩漏給陳水扁，2011年5月20日臺灣高等法院二審宣判，被判有期徒刑6年，其中洩密罪被判有期徒刑2年6月定讞入監服刑。另因隱匿扁媳黃睿靚瑞士帳戶情資等案被判刑1年4月確定，2013年3月12日再度入監）。在公家機關，一定要守住法律的界線，老闆就無法開除你，只要能依法行政，就可以一直健在，猶如一顆長青樹，**所以一定不要為了一時的陞遷，任憑長官擺佈。**

政府與企業的比較（來自何鴻榮演講，作者再增修）

比較面向　　類別	政府	企業
利益導向	公共利益	內部獲利導向
特性	獨佔	競爭
運作	穩定/恐龍	彈性/變色龍
規範	多	少
環境	森林	叢林
控制屬員方式	陞遷	賺錢

小結

由上述公門工作的特性，顯現在公門職場的特徵如下——

1. **無競爭**：由於每個公門工作都是獨一無二，因此表現在職場上，就不像民間企業，為了生存而有激烈競爭的壓力。

2. **彈性少**：公門每項工作都需要依法行政，而法規規範，為了防弊都規定得鉅細靡遺，少部分法規沒有規範的事項，也因公務員怕出事，不敢積極做事，導致工作幾乎無彈性。

3. **創意少**：由於公務員都要依法辦事，大大限制了創新的可能。

4. **反應慢**：公門工作講究依法行政，注重行政程序，凡事都需重重審核，遇上突發事件，即顯現出大象反應慢的現象。

◆ 公門機關、單位及工作的類別

公門機關有幾種？每種機關的屬（特）性為何？初入公門新鮮人大都一知半解，但當你考試錄取，第一關就是要接受公開分發，面臨選擇服務機關的難題。如何選擇自己想要、或離家近、或對未來有發展的機關，首先就是要瞭解公門機關的類別及特性，其次為機關單位及內外勤工作之別。

1. 公門機關的類別

為方便新鮮人瞭解及選擇，在這裡公門機關的分類，我不依學者所提的類別來區分，而是就現行法規規範（包括中央行政機關組織基準法、地方制度法及各種專業法規）及實務上常用的分法來分析說明。

(1) **中央機關及地方機關**：公門行政機關依管轄區域之差異，概可區分為中央機關及地方機關兩類。

A. **中央機關**：指依憲法及「中央行政機關組織基準法」設置的機關，共分四級分別為：院為一級機關，部或委員會為二級機關（性質特殊機關得另訂名稱），署或局為三級機關，分署或分局為四級機關。目前中央機關有一府五院，如下表所示。

目前中央機關概況表

總統府（國家安全會議、中央研究院、國史館）	
立法院	－
行政院	14部、14委員會（另訂名稱者有2總處、1銀行、1博物院），如下圖所示。
司法院	1. 憲法法庭 2. 最高法院 3. 最高行政法院 4. 懲戒法院 5. 法官學院
考試院	1. 考選部 2. 銓敘部 3. 公務人員保障暨培訓委員會
監察院	審計部

行政院▶
- 內政部
- 外交部
- 國防部
- 財政部
- 教育部
- 法務部
- 經濟部
- 交通部
- 勞動部
- 農業部
- 衛生福利部
- 環境部
- 文化部
- 數位發展部
- 國家發展委員會
- 國家科學及技術委員會
- 大陸委員會
- 金融監督管理委員會
- 海洋委員會
- 僑務委員會
- 國軍退除役官兵輔導委員會
- 原住民族委員會
- 客家委員會
- 行政院公共工程委員會（尚未組改）
- 行政院主計總處
- 行政院人事行政總處
- 中央銀行
- 國立故宮博物院
- 行政院原子能委員會（尚未組改）
- 中央選組委員會
- 公平交易委員會
- 國家通訊傳播委員會

B. **地方機關**：指依地方制度法及地方機關組織準則設置
　的機關。依照規定，地方共劃分為省、直轄市兩大部
　分。省再劃分為縣、市〔以下稱縣（市）〕；直轄
　市則再劃分為區；縣則劃分為鄉、鎮、縣轄市〔以下
　稱鄉（鎮、市）〕，目前全國地方機關如下表所示。
　在所屬機關方面，直轄市分二層級，第一層級名稱為
　局、處、委員會，第二層級為處、大隊、所、中心；
　縣（市）亦分二層級，第一層級名稱為局，第二層級
　為隊、所；鄉（鎮、市）公所分一級名稱為隊、所、
　館。目前全國地方機關如下表所示。

全國地方機關概況表

中央政府		
臺北市		152區、**6直轄市山地原住民區**
新北市		
桃園市		
臺中市		
臺南市		
高雄市		
臺灣省	基隆市	14**縣轄市**、35**鎮**、115**鄉**、24**山地鄉**
	新竹市	
	嘉義市	
	新竹縣	
	苗栗縣	

中央政府		
臺灣省	彰化縣	**14縣轄市**、**35鎮**、**115鄉**、**24山地鄉**
	南投縣	
	雲林縣	
	嘉義縣	
	屏東縣	
	宜蘭縣	
	花蓮縣	
	臺東縣	
	澎湖縣	
福建省	金門縣	**3鎮**、**7鄉**
	連江縣	

註：標示**粗體**者為地方自治團體。

(2) **主管機關及執行機關**：實務運作上，行政機關依其層級及職掌屬性，又可區分為主管機關及執行機關兩類。

A. **主管機關**：指主管某項業務的機關。如依職掌可及的區域範圍，又可分**中央主管機關**及**地方主管機關**兩類，例如戶籍業務，依據戶籍法第2條的規定，本法所稱主管機關，在中央為內政部，在直轄市為直轄市政府，在縣市為縣市政府。前者就是中央主管機關，後者就是地方主管機關。一般而言，中央主管機關包括五院及各部會，它的職掌及於全國，主要是擬訂全國性政策、制定（解釋）法規、訂定制度、監督其所

屬機關或地方機關相關業務等；地方主管機關包括直轄市政府或縣市政府，它的職掌僅及於各該直轄市或縣市，主要是負責訂定直轄市、各縣市自治法規、制度，並執行中央各項法規規定事項。地方主管機關所制定自治條例等法規，如與中央機關公布的法規牴觸者無效。

B. **執行機關**：是指專門負責第一線執行業務的實作型機關。其職掌主要是執行中央或地方主管機關所制定之法規或自治法規。一般而言，執行機關在中央是各部會所屬各層級機關，在地方則是各直轄市政府或縣市政府所屬機關、鄉鎮市公所暨其所屬機關。

中央、地方機關與主管、執行機關組合表

機關別	中央機關	地方機關
主管機關	院、部會、兩總處、中央銀行	直轄市、各縣市
執行機關	上述機關所屬機關	直轄市、各縣市所屬各機關、各區公所、各鄉鎮市公所（含所屬機關）

2. 公門機關內部單位--業務單位與輔助單位

上述每個行政機關為順利執行所負責的各種工作及業務，都會在機關內設置各種內部單位。依中央行政機關組織基準法規定，機關內部單位可分**業務單位及輔助單位（俗稱幕僚單位）**兩類，前者是指執行本機關職掌業務事項的單位，如內政部置民政司、戶政司、地政司、宗教及禮制

司、合作及人民團體司、役政司等業務單位，主要就在推動該部民政、地政等各項業務；後者則是辦理機關內總務、人事、主（會）計、研考、資訊、法制、政風、公共關係等工作，主要在支援服務業務人員的單位。

3. **公門機關工作類別--內勤工作與外勤工作**

所謂內勤工作，顧名思義是指工作人員不用外出，在機關辦公室即可完成的工作；一般而言，所從事的工作都屬於較靜態性的事項，如公文處理、書面案件審核、各項內部庶務處理等，其接觸的對象，主要為機關內各單位、所屬機關或業務相關機關的人員，較少直接面對人民、群眾或外面團體。所謂外勤工作是相對於內勤而言，顧名思義是在機關外部工作者；廣義而言，泛指經常外出工作勤務的人員，例如外勤警察、消防員、海巡人員、工程人員、派駐海外人員等。

政府機關公務員，通常兼有內外勤工作，只是兩者間比重多寡之別。一般而言，外勤工作比例高者（如超過50%以上），即可歸類為外勤人員，反之，則為內勤人員。但機關中也不乏基於工作屬性及業務需要，在工作上，即區分出內外勤工作（即所謂幾乎完全內勤或外勤），並在權益上做出區別。茲列舉幾類機關實施概況如下：

(1) **警察機關**：所謂內勤，即警察人員在警察機關內部辦公室處理幕僚輔助性工作，如：警察制度、法規、勤務等工作規劃、執行，資訊處理、人事管理及庶務管理等事項。所謂外勤，即警察人員在警察機關執行職務行使公權力之實際行政活動。一般而言，警員、隊員是第

一線執行人員，主要工作有巡邏、臨檢、守望、值班、備勤等等，同時也得處理犯罪偵防、交通執法、群眾抗爭活動處理、人犯押送與戒護等工作。由於警察工作複雜，並具危險性，為唯一法定可帶槍值勤的公務員，因此，在待遇項目中，除各類公務員均可支領之本俸及專業加給外，另外還支給警勤加給，而此種加給，亦依其內外勤工作佔比，區分為一、二、三級：一級為外勤工作占比最高者，如警察分局、派出（分駐）所等警察人員，支給金額最高；內外勤工作佔比相當者，如保安警察一～六總隊所屬中隊警察人員，支給二級警勤加給；其餘在警察局內勤工作居多者，則支領金額最少的三級警察加給（詳附錄公門人的權利之附表9）。其他如消防、海巡、空中勤務、移民及航空測量等機關專業人員也是如此，其待遇除本俸及專業加給外，也可另支領危險職務加給（相當警察機關的警勤加給），同時也分一、二、三級支給外勤工作者（詳附錄公門人的權利之附表8）。

(2) **重大交通工程機關**：如交通部鐵道局及所屬機關、交通部高速公路局及所屬機關、交通部公路局蘇花公路改善工程處、臺北市政府捷運工程局及所屬機關、高雄市政府捷運工程局、桃園市政府捷運工程局、新北市政府捷運工程局等機關，都是負責各類重大交通工程的規劃、建設、監造。因此，其實際執行重大工程業務者，都是外勤人員，除本俸及專業加給外，都可以另外支領「重大交通工程機關職務加給」（詳附錄公門人的權利之附表10）。

(3) **一般工程機關或單位**：如各縣市新建工程處、衛生下水道工程處、水利工程處、公路局所屬之改建工程分局、養護工程分局等機關，分別負責各縣市各類新建工程及下水道、水利、交通等設施維護。其實際執行各種工程人員，都是外勤工作者，除本俸及專業加給外，都可以另外支領工程獎金。

(4) **派駐海外人員**：政府基於邦交國、非邦交國經濟、外交、文化、教育、科技、僑務、國際犯罪、安全等業務需要，外交部、經濟部、文化部、教育部、科技部、僑務委員會、調查局、刑事警察局、移民署、國安情治等機關，都有派駐國外的人員，以處理國人與各國間的各項業務。為了駐外人員在當地國的需要，除一般公務人員待遇項目外，都得另支給符合當地生活水準的地域加給；此外，如直系家屬一同到當地國居住或就學，也都有一些生活、就學補助。

(5) 其他如各縣市社會工作師工作，除相關社工活動行政業務外，主要為個案輔導管理等；調查機關外勤工作站人員，主要工作為，案件調查及據點工作，包括前期蒐證、案件執行之規劃、詢問、搜索、跟監、守候、拘提、逮捕、借提、還押、通訊監察及轄區各類犯罪情報之發掘及蒐集等，都是典型的外勤工作。

◆ **公門機關、單位及內外勤的選擇**

我在文官學院時，常有受訓的考試錄取人員問，要選擇何種機關或工作比較好。的確，這是一個需要瞭解考慮的問題，因為

選擇何類機關，甚或機關內何種單位、負責內勤或外勤工作，對往後公門發展有很大影響。但如何選擇呢？只要大家瞭解這些機關、單位及內外勤工作的特性及其優劣點，這樣你在選擇時，就可以依自己的需求，做最佳的抉擇。

1. **中央或地方主管機關**：這類機關如上述，包括各院部會、直轄市政府、縣市政府，有如民間公司的大企業，組織制度健全、人員多、官階職等高、預算資源多、權責及於全國或各該直轄市、縣市等特性。它具有下列優勢：

   (1) **職務官等職等高**：機關公務人員職務是以官等職等列分，其中官等共分簡任、薦任、委任等3種，職等共列1～14個職等。簡任計列10～14職等等5個職等，薦任列6～9職等等4個職等，委任則列1～5個職等。職務官職等高低，以簡任第14職等最高，委任第1職等最低（詳如下表）。機關各項職務的官職等高低，是依照機關層次、業務性質、職責程度訂定。

公務人員職務官等職等表

官等	職等	代表性職務
簡任	第14職等	常務次長、副主任委員
	第13職等	局長、署長
	第12職等	司長、處長
	第11職等	副司長、副處長
	第10職等	專門委員

官等	職等	代表性職務
薦任	第9職等	科長
	第8職等	專員
	第7職等	股長、課長
	第6職等	科員
委任	第5職等	科員
	第4職等	辦事員
	第3職等	辦事員
	第2職等	書記
	第1職等	書記

在中央的主管機關，層級都是一級（院）或二級（部會），它職掌的事項，都是全國性的政策或法規，職責程度最高；在地方的主管機關為直轄市、縣市，則是地方最高層級機關，職掌全縣市一致性的事項或自治規章，職責程度在地方也是最高。因此，中央或地方主管機關各單位職務的職等都比執行機關高，譬如同樣專員職稱，在中央主管機關可列至薦任7-9職等，在中央執行機關則僅列薦任7-8職等；另中央機關職等也比地方機關高，如同樣處長職稱，在中央部會列簡任第12職等，在縣市則為簡任第11職等。

(2) **人脈多、見識廣**：主管機關首長在中央為院長、部長、主任委員均為總統任命的政務官，在地方則為直轄市

長或縣市長，其下屬副首長、幕僚長、局處長等亦均屬高階文官。在此服務，天天接觸、學習，認識熟悉自不在話下。由於這些高層長官歷練多，經驗豐富，日日耳濡目染，見多就識廣，格局就高，對未來公門發展助益頗大。

(3) **易習得較精的專業**：主管機關專業分工細緻，如早期我服務的人事行政局設四個處，第一處職掌人事法規、人事人員管理、技工管理及不屬其他處之業務；第二處職掌組織編制、考試分發、任用、陞遷等業務；第三處職掌考績（核）、獎懲、服務、訓練等業務；第四處職掌俸給待遇、福利、保險、退休、撫卹等業務。我個人任職第二處，初期分別在第一、四科辦理中央及地方機關組織編制業務，升專員後又調到第三科辦理考試分發業務，就此兩項業務專精且深入。我就讀研究所時，就以行政機關組織決策之研究，作為碩士論文，結合理論與實務，一舉多得。

(4) **出路多且廣**：由於主管機關編制大內陞機會多，又有所屬機關，有外派機會，因此，陞遷或調動機會既多且廣。

當然到主管機關服務，看似好處多多，但也有一些缺失：

(1) **責任壓力大**：由於主管機關負責全國或全縣市業務之推動，業務影響層面廣，案件都較為複雜且影響大，需非常慎重周延，花費很多心力在所難免；且又要面對立委

或議員的監督，尤其立法院或議會開議期間，須接受民意代表的質詢，此期間所關心的案件倍數成長，且處理具時效性，壓力更大。

(2) **工作時數長**：由於工作案件多而雜，加班是家常便飯，有時甚至還要24小時待命，有的人即無法負荷，轉調甚至自願降調至別的機關任職。

(3) **不易有就近服務的機會**：由於主管機關都位於都會所在地，尤其中央主管機關絕大部分設在雙北，其他縣市人員只能遠離住所租屋上班，不易有就近服務的機會。

2. **中央或地方執行機關**：主管機關以外的機關，概可歸類為執行機關。此類機關的工作屬性，包括直接與第一線顧客接觸、依據主管機關所訂定相關法規或計畫執行、業務執行時需符合民眾需求、資源較少、時常需上級機關補助等。所以，可以說主管機關的優勢是執行機關所欠缺的。不過，在執行機關服務，也有主管機關所沒有的好處，譬如在主管機關服務的官員，常被批評不食人間煙火或紙上談兵，就是形容沒有經過執行機關的歷練，無法知道第一線或民眾實際需求及辛苦，以及基層公務員真正困難所在。一般而言，執行機關的優點如下：

(1) **訓練通才的地方**：執行機關很多都是編制較小，人力較少，一人必須多用，但也因從事多部門的工作，歷練久了，就成為一個通曉機關各項業務，甚至包括幕僚工作的通才。

(2) **能瞭解顧客實際需求**：執行機關多為第一線與民眾接觸或互動的單位，公務人員每天都要處理民眾申請的案件，或接受民眾的報案等，自然容易瞭解民眾的實際需求或困難所在，從而也知道法規規範不足或不符實際需求之處，對於未來增修法規，較能掌握符合民眾的需要。

(3) **可就近服務**：執行機關很多是因應主管機關施政需要在各地設置的機關，分布全國或縣市各地。因此，居住在非都會區的公務人員，較容易有機會在住家附近的機關服務，免去舟車勞頓之苦，並可兼顧家庭。

(4) **有機會支領較多加給**：依據「公務人員加給給與辦法」規定，公務人員每個月的待遇有本俸及加給，本俸是一致的，但加給部分分職務加給、專業加給及地域加給3種。其中**地域加給**是依據服務處所的地理環境、交通狀況、艱苦程度及經濟條件等因素支給。依113年頒布的「全國軍公教員工待遇支給要點」（詳見附錄公門人的權利之附表7「地域加給表」）規定，地域加給分偏遠地區、高山地區及離島地區等3類，每類再分三級，每個月支給偏遠地區3,090元（一級）、4,120元（二級）、6,180元（三級），高山地區1,030元（一級）、2,060元（二級）、4,120元（三級），離島地區7,700元（一級）、8,730元（二級）、9,790元（三級），且還依服務年資每年加發2%，一級最高加發至10%、二級到20%、三級到

30%。因此，服務於偏遠（高山或離島）地區公務員，每個月即可較同等級之其他地區服務公務員，多出數千元甚至萬餘元不等的薪水。

3. **業務單位與輔助單位**：如上所述機關內從事人事、主（會、統）計、研考、資訊、法制、政風、總務、公共關係等業務，即為輔助單位人員，但這些業務在中央也有主管機關。因此，有所謂業務單位與輔助單位之選擇：

(1) **人事業務**：主管機關為考試院、考選部、銓敘部、公務人員保障暨培訓委員會及行政院人事總處等；各機關人事處室則為輔助單位。因此人事行政類科錄取人員，在分發選擇時，可參考主管機關及執行機關之優劣點作抉擇（原則上各機關的這些輔助單位，都是依據其主管機關訂定的法規、制度執行相關各項業務，相當主管機關派駐在外面的執行機關。因此其優劣點與執行機關類似，以下各項同，不再重複贅述）。

(2) **主（會、統）計業務**：主管機關為行政院主計總處；各機關主（會、統）計處室則為輔助單位。因此會計、統計類科錄取人員，在分發選擇時，可參考主管機關及執行機關之優劣點作抉擇。

(3) **研考業務**：主管機關為國家發展委員會；其輔助單位，在中央各機關研考業務為秘書（總務）處室範疇，在地方機關則為研考會（處）、計畫處、綜

合發展處等（這項業務，每個縣市劃歸哪個單位辦理不一）。因此一般行政類科錄取人員，在分發選擇時，可參考主管機關及執行機關之優劣點作抉擇。

(4) **資訊業務**：主管機關為數位發展部；各機關資訊處室則為輔助單位。因此資訊處理類科錄取人員，在分發選擇時，可參考主管機關及執行機關之優劣點作抉擇。

(5) **法制業務**：主管機關為法務部及行政院法規委員會；各機關法制室、法規委員會、訴願委員會則為輔助單位。因此法制類科錄取人員，在分發選擇時，可參考主管機關及執行機關之優劣點作抉擇。

(6) **政風業務**：主管機關為法務部；各機關政風處室則為輔助單位。因此法律廉政、財經廉政類科錄取人員，在分發選擇時，可參考主管機關及執行機關之優劣點作抉擇。

(7) **總務及公共關係業務**：主管機關為行政院（秘書處）；各機關秘書（總務）處室則為輔助單位。因此一般行政類科錄取人員，在分發選擇時，可參考主管機關及執行機關之優劣點作抉擇。

4. **內外勤工作**：內外勤工作之選擇，首先要瞭解機關有無內外勤工作之分，其次瞭解其工作特性及權益，此可於分發前至各機關人事或業務單位探詢請教。很多人基於工作環境因素，不喜歡外勤工作，但外勤工作在機關中

是很重要的部分，因為它關係能否落實該機關業務。因此，外勤有不少優勢，當然相對會有一些劣勢（內勤工作優劣點則與外勤工作相反）：

(1) **優點**

A. **待遇較高**：由於外勤工作較為辛苦，工時較長、不固定，工作環境較差，危險性也較高。因此，為名實相符，並鼓勵工作人員任職，在待遇上都訂有較高的規定，如上所述警察消防人員，除本俸及專業加給外，另外多一項警勤加給或危險加給，並依外勤工作比例高者，支給最高等級的加給；工程人員則另支「重大交通工程機關職務加給」，或額外的工程獎金；駐外人員亦有依當地物價指數的地域加給及家屬就學、生活等補助措施。

B. **獎勵機會多**：外勤工作是第一線的工作，直接面對人、事、物發生的各種狀況，如警察交通執勤、巡邏、刑事鑑定、面對歹徒、群眾運動，消防在火場滅火、急救運送，環保人員工廠稽查，衛生人員抽檢各類食品店家，社工人員對個案到家裡輔導，法醫對各種傷亡原因鑑定、解剖，駐外人員獨立處理當地事情等等，表現機會多，如處理得宜，記功嘉獎機會自然比內勤人員多。

C. **陞遷、考績、進修或升官等訓練機會多**：如上所述記功嘉獎機會多，計入陞遷資績計分，積分高

陞遷排序在前，陞遷自然比別人快，如屬重大案件處理得宜，甚至有機會破格擢升；年終考績因獎勵多，自然較有機會考列甲等；進修或升官等訓練，因在積分評比比別人高，被機關選上參加的機會自然也就比較高。

D. **工作較有變化性、挑戰性**：靜態的內勤工作，形式少變化，較為固定；外勤工作則為動態性，型態多且雜，較具變化性、挑戰性。個性外向、好動或不喜歡重複性、靜態工作者相當適合。

(2) **缺點**

A. **工作環境較差**：外勤工作都在辦公室外，遇刮風、下雨、曝曬、酷熱等工作環境，自然無法像辦公室工作舒適。

B. **工作時間較長**：由於外勤工作需配合外面的活動，不定時發生的狀況，甚至人們生活起居產生的問題等，時時刻刻都需處理，不論白天晚上、上班下班時間，只要有狀況及需要，均需前往處理。因此，出勤機動性高，有時甚至需24小時待命，工作時間較長。

C. **工作耗費體能、較具危險性**：外勤工作都在室外工作，無論交通開車、走路、上山下海，工作處理時搬東西、抬器具、追歹徒、逮捕嫌犯等，都需要體力；而面對不特定、未知的人事物，危險性相對也較高。

D. **較難兼顧家庭**：由於外勤工作據點遍布全國各地，常需遠離他鄉，因此，較難以兼顧家庭。

瞭解自己

（圖樣來源取自網路）

瞭解了公門人的特質、公門工作特性及公門機關組織後，接著就要問問自己是否屬於或接近公門人特質或適合公門工作的人，因此先要認識自己、找到自己。

◆ **自己可能的狀態**

「**找到自己，是每個人都要完成的人生任務**」，這是心理學上常聽到的話語，也是我們每個人的首要任務。找自己可能有四種狀態，你處在其中的哪一種？心理學家詹姆斯·馬西亞（James E. Marcia，1991）以美國知名的精神病醫師艾瑞克森（E.H. Erikson）的理論為基礎，透過與青年的深入晤談，發現青年有下列四種認同狀態，這些狀態反映出青年願意為某宗教、政治價值、或未來職業獻身（commitment）的程度。

1. **早閉型**：處在這種狀態中的人，通常已經獲得了自我認同；不過，這種認同感並非基於自身的探索和嘗試，而是

基於他人，尤其是父母。比如，他們認為「因為我父母是
老師，所以我也應該當老師」。對於這類人而言，他們在
尋找自己的過程中，幾乎未曾經歷過危機（低探索），就
確立了對自己的認知以及對未來的規畫（高承諾）。他們
最大的特點，便是對權威的服從和尊敬。雖然他們看似對
於自己想追求的事情十分堅定，但這份堅定又十分脆弱。
一旦面臨失敗，或者他人（尤其是權威）的負面評價，很
容易陷入自我懷疑和自我否定。因為他們對自己的認知，
或者努力的方向，幾乎從來就不是從自身出發。

2. **迷失型**：他們不在尋找自己的過程中，既不了解自己，不
   確定未來的發展（低承諾），也並不太關心這類問題（低
   探索）。他們很容易拋棄曾經做過的決定，也總是處在一
   種「走一步看一步」的狀態中，甚至會接受與過去決定截
   然相反的機會。

3. **未定型**：處在未定狀態中的人，便是正在努力探索自我，
   尋找自我（高探索），但還沒有得到答案的人（低承
   諾）。比如，他們可能正在思考：「大家都想去離錢近的
   金融行業，我應該跟隨主流嗎？如果不，那麼我又想做些
   什麼呢？」他們因此往往也是最能在主觀上感受到自己處
   在危機之中的人，而迷茫與焦慮也是處在這個狀態中的人
   最常有的感受。馬西亞認為，「未定」可能是四種狀態中
   最令人掙扎與煎熬的，不過，相比前兩種狀態，他們卻也
   是最有可能在經歷過探索之後，到達第四種狀態的「自我
   認同定向」。

4. **定向型**：馬西亞認為，形成自我認同的人，都經歷過探索
所帶來的危機（高探索）。他們在穿越危機之後，最終
獲得了對自己更清晰的認知，對某些特定的人生目標、信
仰、價值觀做出了承諾（高承諾），這是基於對自己的了
解，而認定了自己努力的方向。於是，他們在接下來面對
人生的機遇與挑戰時，也更能夠依據本心做出抉擇，在面
對坎坷與阻礙時，也不至於瞬間心灰意冷，全盤否定自己
的努力和方向。馬西亞指出，形成自我認同的人，是所有
四種狀態的人中最少聽信權威的，也更少受到外界負面評
價的威脅和動搖。

在艾瑞克森的理論中，人們應該在十二至十八歲的青少年時
期，完成認識自己、找到自己的人生任務，獲得自我認同。不
過在現實中，這個重要任務似乎被推遲了。對於我們這些經歷
過，或者正在經歷成年初顯期的人，或許都有這樣的體會：在
上了大學之後，我們似乎才開始意識到要認識自己、探索自
我。而整個成年初顯期，我們似乎都處在危機與探索之中，還
未找到自己，倍感焦慮與迷茫。

◆ 瞭解自己是否適合走公門這條路？

對於自己的瞭解，你是處於何種狀態，是早閉型，看到父母、
長輩或鄰居是公務人員很不錯，就想跟隨將來當公務人員；或
迷失型，過一天算一天，心想走一步算一步，反正「船到橋頭
自然直」；或未定型，正在積極努力探索，未來所欲從事的行
業；抑或定向型，已探索過、並經歷過，確定符合自己的興趣
及價值。如果是前兩類狀態，**建議如同未定型一樣，早日投入
時間及心力，積極去探索。**

探索的第一步，可透過心理學發展出的工具，對自己的性格加以瞭解，再加上自己工作的興趣及專長，較易找到適合自己的職業。職涯諮詢師許佳政推薦一份Rite性格測驗，他認為這份測驗在內容上精準度高，同時也是許多上市公司在應徵人力時愛用的性格測驗，可以幫助你快速瞭解自己的性格，判斷自己適不適合考取公職，有需要的讀者可以參考「台灣500強企業招聘愛用的性格測驗，Rite測驗大剖析」。前考試委員陳皎眉等則針對「一般人」特質，認為可以參考目前使用最多，具有人格測驗在國家選才上之使用與發展，有良好信、效度的「五大人格特質量表」（NEO Personality Inventory,簡稱Big 5，其內涵包括：1.**情緒穩定**：個人在面對壓力情境時，心理能維持或恢復穩定的傾向，計有抗壓性、情緒調適、樂觀性、適應性等4項測試。2.**親和樂群**：個人對於人際互動積極參與、樂於配合的傾向，計有取悅性、社交性、合作性、互賴性、順從性等5項測試。3.**勤勉審慎**：個人在行事風格中重視條理、謹慎負責的傾向。計有循規性、秩序性、謹慎性、負責任、堅毅性等5項測試。4.**外向實踐**：個人試圖影響外界、實現意圖的傾向。計有活力、企圖心、表現性、領導性、影響性、直率性等6項測試。5.**經驗開放**：個人對於內心與外在環境感知經驗開放的傾向。計有文化開放、冒險性、求變性、思辨性、創造性、同理心、敏覺性等7項測試。）評測自己的人格特質，有需要者可透過GOOGLE搜尋測試。

如果經過這些測驗，初步認為自己的特質適合當公門人，而選擇了公門職場，但你仍然不放心，想進一步先體驗一下公門的實際，則可試著提前先到公門機關，體驗「類」公職生活，其管道如下：

1. **利用學校課程到公門機關實習機會體驗。**大專院校某些科系，如公共行政系、公共管理系、公共政策系、社會系或心理系，因修習需要，都有安排至政府機關實習的課程。此時即可利用這實習期間，好好瞭解體驗公職工作及生活。

2. **參與學校接受公門機關委託研究機會體驗。**很多政府機關基於業務需要，都編有委託研究預算經費，並委託大學在該領域有專精的教授研究。接受委託研究的教授，都會再找一些學校大學生或碩博士班的研究生擔任研究助理，這時也可於這段研究期間，針對研究主題，或與委託研究的公門機關接觸機會，多多瞭解公門機關業務運作，及公門人的實際工作情形等。

3. **參加「大專生公部門見習計畫」。**這是由教育部青年發展署舉辦的見習計畫，主要目的就是使大專院校學生，能早日瞭解公部門運作及公務員工作實況，是有志從事公職工作學生，很好體驗公職工作及生活的機會。依照計畫，每年有4-5月、7-8月、10-11月等3個梯次，學生可依照自己的時間報名參加。

4. **投入公門機關志工行列。**公門機關有很多簡單服務或事務性的工作，如指引民眾到某個櫃台，或索取各類申請表格，簡要說明填寫資料等，都需要徵求社會志工。大專學生可利用暑假期間，應徵到公門機關擔任短暫志工，利用服務機會瞭解該機關業務實際狀況。

5. **擔任公門機關工讀生。**由於公門機關人力不足，機關許多事務性工作都外包民間公司負責處理，承包廠商基於成

本考量,都會招攬進用一些學校剛畢業的同學辦理這些工作。甫自學校畢業的學生,如有志於公門職場工作,不仿可先透過這個管道,即有機會深入瞭解公門機關的種種。

6. **應徵公門機關聘僱人員。**公門機關基於季節性臨時工作需要,或人員出缺或請長假(如產假、延長病假),需聘請職務代理人。這時機關會公告事求人訊息(這些訊息可透過行政院人事總處「事求人」欄位即可查得到),徵求機關所需聘用或約僱人員的人數及條件。這些聘僱人員不需經國家考試及格,只要符合公門機關要求的專長及學經歷等條件即可,一旦經機關錄取,進入公門機關,即可體驗與正式公務員同樣的工作及生活。

◆ **小結**

1. **職涯發展是一場認識別人和認識自己的旅程**

   初期摸索自己職涯的方向是非常正常的行為,而在摸索方向的過程,其實就是一場瞭解別人以及認識自己的旅程。隨著你愈瞭解職場上的遊戲規則和自己的能耐之後,你便會發現路可以愈走愈廣,就像不斷進化的演算法一樣,發掘無限的可能。

   認識自己相對來說比較困難,因為自己喜歡或適合什麼沒有可以照抄的答案,**別人的喜好不代表自己也能夠接受,只有不斷的試錯(Trial and error)才能夠慢慢的修正方向,慢慢的和自己的夢想接軌**。鮮少有人能在剛畢業就能夠知道自己的志向,很多人甚至到中年才整個翻轉自己的

職涯方向。所以不喜歡自己的選擇沒關係，但是要把這樣
不喜歡的心情記下來而描繪出自己喜歡的是什麼。隨著你
更認識自己的喜好和優缺點，你就可以洗鍊出自己的強項
或是可轉換的技能，找出自己能夠發揮價值的地方。

2. 莫貪圖公門的穩定

公門薪資福利、退休金及工作的穩定性，不容易受到大環
境的影響，一直是許多人在意的重點。在新冠疫情爆發後
的現在，很多人因為疫情的關係丟失了工作，國考的這個
念頭在他們的腦海中也油然而生。我相信這是因為人與生
俱來需要「安全感」的原因，但是一昧地追求穩定的同
時，你可能會因為性格不符反而要犧牲更多，**把自己從一
個深淵推入另一個深淵，到頭來反而得不償失**。所以，嚴
長壽在聯合報各領域的領導人「給新鮮人的十封信」專訪
中，首先就建議「對正要找工作的你，我最大的建議是：
**你必須先認識自己，瞭解自己的個性傾向與技術上的優
勢，再去找工作。個性很重要，若勉強自己逆勢操作，會
很辛苦**」；前考選部長董保城在任職政務次長時，也在接
受專訪中呼籲大家，**「想考公務員的年輕人，應該問問自
己當公務員的中心思想是甚麼？抑或只是隨波逐流？」**。
因此，在瞭解了公門的特性後，如決定走公門這條路，首
要即先要認識自己，瞭解自己個性傾向是否適合，才進行
下一步驟，不要勉強自己，更莫顧面子、貪圖公門的穩
定、福利等優點，而選擇了它，否則你將會很辛苦，甚至
後悔一輩子。

我的經驗與體悟

◆ 我的經驗

誠如郝明義先生的說法，我在各機關服務時，常發現有不少人都是在「不痛不癢」中過了他的公務生涯，有的人很無奈，有的人很辛苦，度日如年。就我個人而言，小時候長在嘉義縣六腳鄉潭墘村農村家庭，父母親每天早出晚歸，我們五個兄弟姊妹都需在課餘時間幫忙農事、家事，看到隔壁鄰居小孩，因父親在鄉公所服務，不需要辛苦幫忙割草養牛等農事，非常羨慕。因此萌生未來想當公務員，呷公家ㄟ頭路想法。高中畢業同時考上大學及軍警學校，與父親及兄長討論後，基於經濟因素考量，同時也符合我從小進公家機關服務的心願，遂決定就讀中央警官學校（現已更名中央警察大學）。

警官學校是一所公費學校，畢業後即可分發警察機關服務。因此，在校四年根本不用思考，因為畢業後一定有警察工作可以幹。但就在擔任警職一年多後，發覺自己不適合警察工作，因為我的個性太容易相信別人，而警察治安工作的對象是歹徒，他們從來不會說真話，正中了我的罩門。此外，為了抓歹徒，需要布建線民蒐集情報，而這些工作需要與社會上各種形形色色的人接觸，甚至下海和一些江湖人或娼妓泡茶聊天，晚上休息時，心中總感覺像在浪費生命一般！

就這樣，內心深處告訴我，警察工作不是我要的，於是開始思索何去何從。一般而言，警官學校畢業轉職的主流，通常為法

官（或檢察官），因為此項同為治安工作之職，可免受服務未滿8年需賠公費及補服兵役的限制。但對我這個就讀交通警察學系的人來說，是難上加難，不但法律課程必須重新學起，且司法特考又特別難錄取，連法律正科生都有可能終身考不上，何況是門外漢，對於亟需離開警察行業的我而言，遠水救不了近火，於是在諮詢幾位同事朋友後，找到了人事行政工作，但它既不是警官學校畢業生轉職的主流，待遇也少了不少（警察待遇比行政機關多了一項「警勤加給」，且人事行政工作的專業加給也比警察少），要不是下定決心轉職，還真難以割捨呢！

抱定決心轉換跑道後，一方面為了較容易找到理想的人事機關，另一方面避免在人事職場上有異樣眼光及妨礙未來發展，我從頭開始準備人事行政高考（按我已有乙等警察特考資格，依當時規定可直接轉到人事行政機關服務，不用再重考人事高考，但因人事資料呈現出來是警察學歷及乙等警察特考資格，非正規大學系所畢業及人事高考轉任，易引來異樣眼光，並不利未來發展）。經過一年有計畫的努力，於72年考上人事行政高考，因服務未滿8年，爰先轉入台灣省保安警察第四總隊（以下稱保四總隊，現已改制為內政部警政署保安警察第七總隊）人事室工作，並繼續衝刺考取政大公共行政研究所進修，正常融入人事行政機關。雖然它不是在警官學校轉職中最理想的工作，但進入人事行政職場後，虛心學習努力工作，獲得長官肯定賞識，與同事相處愉快，工作上有成就感，也就樂此不疲。我終於也找到了一份雖不算是我最「心愛」的工作，但至少是一份「適合」自己的工作。

◆ 我的體悟

1. 對照前述「自己四種可能型態」，我算是屬於早閉型，即從小受鄰居小孩父親從事公職影響，心中早有想法，因此高中畢業後選擇就讀警官學校，從事警察工作。但就在正式工作後1年發現警察工作不適合後，即開始探索轉入人事行政工作。其轉任的時機點是在**「就業初始時」**，並非最佳的學生時代，但只要有決心，並經慎重考慮，仍能找到「適合」自己的工作，且因已有前一段不如意工作經驗，對新轉入的工作會倍加珍惜與投入。

2. 在轉任尋找何種工作過程中，我體悟到要知道哪種工作是自己想要的，的確是很難，就連要找到「適合」自己的工作都不容易。因此，我試著先找尋自己**可接受且做得到**的人事工作，經過一段時間的淬鍊，發覺是可發揮，值得投入的工作，也就樂此不疲。就如前述郝明義所提，「雖然我們還沒有認清與找到適合自己的工作，起碼我們可以比較愉快地接受自己目前的工作，把這個工作先做得『光可鑑人』。等待加時間，也許某一天，一個答案就跳了出來。」

3. 我於76年9月轉入行政院人事行政局（以下稱人事局，現已改制為行政院人事總處，以下稱人事總處）委任科員，經4年6個月歷練，先後陞任薦任科員、專員，於81年3月外派陞任行政院公平交易委員會（以下稱公平會）人事室科長，復平調銓敘部科長，再陞任國家文官培訓所（以下稱文官所）簡任編審、組長、主任秘書，到公務人員保障暨培訓委員會（以下稱保訓會）處長、主任秘書，及後來的文官培訓

所所長、國家文官學院副院長（98年文官培訓所改制成學
院，院長由保訓會主任委員兼任）、保訓會委員（政務職）
等職，都是由於當初毅然決然轉任抉擇的結果。我在經驗
分享時，常有感而發半開玩笑地說，如果當初沒轉任，繼
續幹警察工作，現在可能只剩下半條命，哪還有機會站在
這裡與各位分享呢！

4. 回顧上述這一段轉任的經過，當初能從警察機關順利轉任人
　事局服務，並順利發展，有兩個關鍵因素，一為重新考上人
　事高考，另外是就讀政大公行所。前者使我的資格有了正當
　性，後者除了可繼續在人事行政專業上進修，更重要的是增
　加了公共行政界的人脈關係，包括教授老師、同班同學及學
　長，很多在政府機關兼職或就職，因此當我於警察機關服務
　滿8年想轉任時，即透過當時在人事局的同學介紹，而爾後
　服務也得到師長或長官的推薦，助益甚多。而能如此順利，
　即需要及早發覺自己不適合的工作，從而有計畫轉任，循序
　漸進去執行，並加上決心、毅力及堅持。

5. **對公門機關的選擇，我的體悟如下**
　(1) **主管機關的歷練是必要的**：政府每項業務都有其主管機
　　　關，如地政、民政業務，主管機關為內政部，財稅業務
　　　為財政部，法制業務則為法務部，人事、主（會、統）
　　　計、政風等業務（指在各機關任職的人事處室、主〔會、
　　　統〕計處室、政風處室人員），主管機關分別為考試院、
　　　考選部、銓敘部、保訓會、行政院人事行政總處（人事
　　　人員）、行政主計總處（主計人員）及法務部（政風人

員）。建議新鮮人如有可能，可先到中央或地方主管機關歷練，較能學到該領域的專業能力，並建立主管機關的人脈，對未來的公務生涯發展助益頗大。

(2) **初期不適宜到學校服務**：學校是以老師為主的機構，行政人員都是幕僚人員，作一些總務、人事、會計等執行性工作，除非你想就近進修，初期不建議選擇至學校任職。因為在學校，工作單純，能夠學習的東西有限，且學校有寒暑假，期間只上半天班，這種安逸的環境久了，再到行政機關任職恐不易適應，不利未來的公務生涯發展。

(3) **把握初任機關學習的機會**：新鮮人無論選擇分發到中央、地方機關、主管機關或執行機關，如上所述都有可學習的地方，掌握每個機關學習的機會，才是成功的關鍵。因為只要你在初任機關表現優異，不但可學得基本功，未來更有機會轉調到你想要去的機關。

6. 從上面七種就業選擇及個人的經驗，可得到下列很值得參考的結論：

(1) **選擇工作時，不能以薪水待遇及外在熱門或名氣考量**，而是要傾聽自己內心的感受，看看哪個工作才能激起自己的熱情，或至少不討厭能接受。

(2) **探索工作的時機點**如下：

A. **最佳的時點是進大學之門前**：即著手思考準備，不是追隨當下流行或熱門的行業，或完全聽從父母意見，

而是以自己的個性、專長及興趣思考選擇，以便在大學時有充足的時間，充實未來所需的知識。

B. **次佳時點則是已入大學就讀**：發覺就讀科系，不是自己的興趣或未來工作所需要的，也要及早有所抉擇，或轉系或雙修或重考，以免畢業後難以找到自己心愛或適合自己的工作。此可從在學時，參加一些社團，或於寒暑假至所就讀科系相關的職場打工或擔任志工，以提早瞭解工作屬性及內容，更重要的是，瞭解是否符合自己的興趣及專長。

C. **最後則於就業初始時段**：如無法依循上述原則找到心愛或適合的工作，而是先隨意找個工作試試，於職場上也必需從個人特質及工作屬性，思考到底適不適合自己，如否，則需要儘早調整，換工作或轉行，以尋找到至少可接受或較愉快的工作。

(3) **選擇不喜歡點較少的工作**：柯P說過，「**挑對象不要找喜歡點多的，而是要找不喜歡點比較少的。因為你喜歡的東西會變，但討厭的點不太會變。**」選擇工作也是相同的道理，每項工作都有其屬性及要求，大到公部門與民間企業的不同，小至公部門各類型機關、機關內各部門及各種工作，均有差異。你都需要深入瞭解與比較，不要只重視喜歡的點，如公部門的工作較單純、較無壓力、薪水不低、福利好等，而是要瞭解不喜歡相對比較少的工作，才較有機會成為你心愛或適合自己的工作。

如何進入公門？

想定了要進入公門，接著就是要思考如何進入這個窄門。以下簡要介紹進入公門的途徑、方法及可事先準備的事項供參。

進入公門的途徑--參加公務人員國家考試

政府機關的從業人員，大致有政務人員（政務官）、常務人員（事務官）兩大類，兩者最大不同在於「有無考試任用資格」。前者是政治進用，不需考試任用資格，因此也較無保障；後者則須經國家考試，並經一定訓練、試用期滿成績及格始可任用，但相對地，取得公務人員身分，應有的權利都受到保障，非經依法不能予以免職、降級等。按照現行相關規定，要成為公務人員的途徑，共有以下4種，但因憲法規定，公務人員非經考試及格，不得任用。因此，「參加公務人員國家考試」，乃成為正式進入公門的主要途徑（其他3種則為特殊狀況下，輔助機關用人的方法），也是以下介紹的主軸。

◆ **參加公務人員國家考試（以下簡稱國考）**

依公務人員考試法第6條規定，國考分為下列兩大類（如下表所示）：

1. **高等、普通及初等考試**：高等考試再分高考一級（博士學位可報考）、二級（碩士以上學位可報考）、三級（專科學校畢業以上可報考）考試3種，及格者分別取得薦任第9職等、第7職等及第6職等任用資格，如無相當職等職缺可資任用時，得先以低一職等任用。普通考試（高中<職>畢業以上可報考）及格者，取得委任第3職等任用資格。初等考試（年滿18歲以上，不限學歷均可報考）及格者，取得委任第1職等任用資格。**以上考試及格人員於服務3年內，不得轉調原分發任用之主管機關及其所屬機關、學校以外之機關、學校任職。**

2. **特種考試**：為因應特殊性質機關之需要及保障身心障礙者、原住民族之就業權益，得比照前項考試之等級舉行一、二、三、四、五等之特種考試。一、二、三等特考，相當高考一、二、三級，四等特考相當普考，五等特考相當初考。以上特考及格人員除公務人員考試法另有規定外，於服務6年內，不得轉調申請舉辦特種考試機關及其所屬機關、學校以外之機關、學校任職。其轉調限制6年之分配，依申請舉辦考試機關性質、所屬機關範圍及相關任用法規規定，於各該特種考試規則中定之。其中**地方特考3年內不得轉調原分發占缺任用以外之機關**，並再經原錄取分發區所屬機關服務3年，始得轉調上述機關以外機關任職。原住民特考、關務人員特考、移民行政人員特考及民航人員特考，亦有相同的規定。

國考等級、報考資格、取得任用資格及服務年限表

國考等級	報考資格	任用資格	服務年限規定
高考一級 （一等特考）	博士	薦任 第9職等	1. 高普初考3年內不得轉調原分發任用之主管機關及其所屬機關、學校以外之機關、學校任職。 2. 特考於服務6年內，不得轉調申請舉辦特種考試機關及其所屬機關、學校以外之機關、學校任職。其中**地方特考3年內不得轉調原分發占缺任用以外之機關**，且須經原錄取分發區所屬機關再服務3年，始得轉調上述機關以外機關任職。
高考二級 （二等特考）	碩士	薦任 第7職等	
高考三級 （三等特考）	大專院校 畢業	薦任 第6職等	
普考 （四等特考）	高中（職） 畢業	委任 第3職等	
初考 （五等特考）	不限學歷 （滿18歲）	委任 第1職等	

◆ 專門職業及技術人員（以下稱專技人員）轉任公務人員

專技人員轉任制度，顧名思義，是為通過專門職業及技術考試者設計「轉任」成為公務人員的一套制度。這是基於專技人員之專業技術已獲國家肯定，如公部門有是類人才需求時，得直接轉任，無需再透過公務人員高普特考取材，故性質上屬於一種公務人員高普特考外的「補充性用人」，人數不多。

依據專技人員轉任公務人員條例第3條第1項規定，所謂專技人員，指經專技高考或普考及格人員，並領有執照者。實務上，符合專技轉任資格者，必須滿足兩個要件：第一是「通過專技高考或普考」、第二是「領有執照，或在行政機關服務滿2年」。而上述符合資格人員，如擬轉任公務人員時，還需先實際從事相當專門職業或技術職務兩年以上，且成績優良有證明文件，才能轉任考試等級相同、類科及職系相近的職務。例如通過社會工作師專技高考者，得轉任社會行政薦任官等職務。目前得轉任的專技人員，包括社會工作師、會技師、土木技師、獸醫師等20餘類。

◆ 聘任人員

政府機關中，有些研究或社教機關，依照業務需要，需要進用專業研究人員，特於組織法律規定，部分機關人員可比照「教育人員任用條例」以學歷進用，無須國家考試及格。例如原能會核能研究所、內政部建築研究所、衛福部中醫藥研究所、國家文官學院、圖書館、社會教育館、科學教育館、博物館等機關之研究員、副研究員……等職務。這類人員由各機關依需要自行甄選進用。

◆ 約聘僱人員

約聘人員是指各機關依據「聘用人員任用條例」，以契約定期聘用之專業或技術人員，相當薦任職以上公務人員；約僱人員則指各機關依據「行政院與所屬中央及地方各機關約僱人員僱用辦法」，以行政契約定期僱用，辦理事務性、簡易性等行政或技術工作之人員，相當委任職公務人員。

約聘僱用人員都是各機關以契約定期聘僱用之人員，無須經國家考試及格，通常為荐委任公務人員出缺或請長期假時之職務代理或季節性、臨時性工作需要進用，聘僱期滿未再續聘僱即須離職，無工作保障。

國家考試類科的選擇與準備

擇定了參加國家考試進入公門的途徑，接下來就是要闖過國考這道難關。如何才能順利通過？這是大專院校及高中（職）畢業生，選擇公門都必須面對的議題。以下謹就學生參加國考常遇到的問題，綜整考選機關對外宣導資料及考生的經驗分享，提出可資參考的Q&A。

◆ 如何選擇考試類科？

1. 選擇所學相近之類科

報考國考的原則，首要以所學相近的類科為考量，如此準備起來事半功倍。依照大學科系來看，大致上，如果是文學院或社會科學院的同學，可以考慮以一般性的行政類科

為主，如一般行政、人事行政、社會行政、勞工行政、法
制等；如果是商學院的同學，則可以選擇和自己所學較相
關的如財稅行政、會計、統計、金融保險等；如果是理工
科的，則可報考電力工程、土木工程、機械工程、資訊處
理等類科。

2. **選擇需用人數較多或錄取率較高之類科**

公務人員考試，是採任用考（非資格考），也就是說，考
試錄取的名額，是依照用人機關（即各級行政機關）開設
職缺的多寡而決定錄取人數，因此，需用職缺名額較多的
類科，如果報考人數沒相對增加太多，通常錄取機率就會
比較高。依據考選部近五年（107年至111年）統計，平均
錄取名額超過100名的行政類科有：一般行政、公職社工
師、人事行政、財務行政、會計等5類科；超過兩位數的類
科有：一般民政（26名）、戶政（23名）、社會行政（54
名）、勞工行政（38名）、文化行政（20名）、教育行政
（65名）、新聞（17名）、圖書資訊管理（12名）、金融
管理（39名）、統計（38名）、法制（40名）、法律廉政
（53名）、財經廉政（24名）、農業行政（10名）、交通
行政（34名）、地政（76名）、衛生行政（46名）、環保
行政（16名）。所以，參加國考時，如無特別考量或沒有
所學相近類科專長者，都可以考慮選擇需用人數較多之類
科，以增加錄取的機會。

另就考選部同樣五年統計，行政類科平均錄取率為7.94%，
其中超過平均錄取率之類科有：僑務行政、客務行政、
社會行政、公職社工師、新聞、檔案管理、財稅行政、金

融保險、會計、統計、財經廉政、經建行政、公平交易管理、工業行政、商業行政、農業行政、交通行政、航運行政、地政等19類科；更有公職社工師、財稅行政、會計、統計、財經廉政、經建行政、公平交易管理、交通行政、航運管理及地政等10類科，錄取率超過10%。這些資料對具有上述類科相關專長或專長相近報考者，是很值得參考的資料。

3. **選擇對自己有利之類科**

每個人都有自己的優勢及專長，所謂對自己有利的類科，就是善用自己的優勢及專長，選擇較「**好考**」的類科。而所謂好考可以從很多方面考慮，比如說缺額多、錄取率高、考科少、自己擅長或有興趣的考科多、必須從零研讀的考科少……，考生可從自己拿手或在意的點來選擇對自己最有利的類科。就以中文系同學為例，在校並沒有國考各類科的專業科目，此時就可先考慮需用人數多或錄取率高，且性質相近的行政類科，如一般行政、人事行政、一般民政、戶政、勞工行政、社會行政等，因為這些類科，所考的科目如行政學、行政法、民刑法等考科，進入門檻並不高，考生可經由輔導或自行閱讀，都可獲得良好的學習成效，不管你是否為本科系的學生，只要愈早起步，勝算就愈大。

◆ 如何蒐集考試資料？

1. **教科書**：如何選擇在學校上課的教科書？原則一：各科可選擇1至2本主要教科書，再輔以相關著作；原則二：書籍

體系架構完整、內容條理分明為佳；原則三：各校通用者尤佳。

2. **期刊雜誌**：出題委員一般都來自大學教授，而期刊雜誌常常是這些教授發表研究結果的地方，尤其各大學的期刊。因此，蒐集考科相關論述文章，可補足教科書所無或增修的最新觀點及論述資料。

3. **最新版法規條文**：政府各項業務都有法規依據，應盡可能蒐集到最新法規條文，甚至已有計畫要增修的方向或草擬條文等內容，而且應更進一步瞭解其最新修正條文的背景、理由，才能在申論題中，發揮倍乘的效果。

4. **新聞時事**：考科有關的新聞事件、改革、政策宣示或相關部會舉辦的研討會等，都有可能成為考科出題的方向，或答題相關的資料，對搶高分助益甚大。

5. **歷年考古題**：每年國考後題目均會公開，因此參考歷年考古題，除可試答測試自己的實力外，也可瞭解出題模式及考題出處。

6. **補習班講義**：一般坊間考試補習班講義，都是由各該科講者，蒐集以上所列資料，有系統、有條理綜整出來的資料，可以在短時間內，很有效抓到重點，複習及考試前衝刺效果最大。

7. **命題大綱**：是由考選部召集各考科專家學者及用人機關開會研商，彙總出來的各考科命題的主要內容方向，並於其網站公告。因此，命題大綱是考生對各考科必須瞭解的資料，並從此大綱去蒐集上述資料，才能達到事半功倍的效果。

◆ **如何準備考試**

1. **擬訂讀書計畫**：依照距離考試時間及考科多寡，有計畫地擬訂各科讀書時間。擬訂原則如下：

   (1) **不可放棄或偏廢任何科目**，因為錄取規定，單科不得零分，總成績不得低於50分，有的科目還有未達最低分數不予錄取呢！

   (2) **依對科目之熟悉程度**，分析自身的強項與弱項，決定各科目研讀的優先順序，較難、較無把握的科目儘早準備（長期記憶記的久）。初期每次讀書時間不必太久，逐漸累積實力、增強信心，考前再作衝刺（短期記憶鮮明），一科一科研讀，告一段落再換另一科目，心不易渙散。

   (3) **依據需研讀之資料量、科目配分比重、可準備之時間長短，分配各科目研讀的時間。**

   (4) **規劃預定進度表，預留複習時間。**安排每日讀書時間表，善用零星時間，每週複習。

   (5) **每3個月或半年檢討自己的讀書方法是否正確**，照表操課隨時檢查功課進度，遇有落後加緊趕上。

2. **製作重點摘要或筆記**：把每個考科的重點在研讀過程中摘要出來，或記錄在筆記上，好方便複習、背誦，尤其在臨考前及考試休息時間的瀏覽，更能短時間加深印象。

3. **隨時增補新資料**：每天看到新的資料或時事新聞相關報導資料，應隨時增補於相關的考科筆記。

4. **以歷年考古題演練**：每個考科研讀到一個階段，即可就該科歷年考古題，作為答題演練，以瞭解不足或須加強之處。

5. **採過度學習方式準備**：學習一個新作業時，**如果在初次達到正確無誤程度以後，再學習更多的次數，即稱為過度學習（Overlearning）。實驗結果證明，過度學習有更好的保留量，因此過度學習有其必要性**。通常學習至少應該增加到百分之五十以上的練習次數，才能達到最佳狀況。依照準備的時間長短及考科佔分比，列出必要採過度學習的科目及時間，當然如時間允許，各科都應採過度學習方式準備。

6. **借重別人考試經驗**：網路上有許多過來人分享國考上榜的心得或經驗談，考選部網站，也有很多可參考的資料，例如該部早期的考選周刊（74.7～96.1，榜首系列）、考選通訊（100.1～105.12，國家考試經驗談）。此外，目前聯合報週六也有定期刊登，訪談國考榜首或歷經多次考上者的經驗及心得，都很有參考價值。

◆ 參加考試的要領

1. **注意作答相關規定**：每個考科在題目前，都有答題相關說明或注意事項，務必先看清楚，如申論題不必抄題，則要注意題號務必寫正確等。

2. **看清題目內容及重點**：考試當下務必多花1分鐘審題，因為考試難免會緊張或急著寫考卷，而疏於仔細審題，導致誤解題目的意思，其結果不是答不到重點，就是答非所問，

成績當然一定不好。故無論考試準備充足與否，上了考場
最重要的，就是穩定心情仔細審題後再作答。

3. **控制考試時間**：考試時間應確實分配，如高考時間1科為2
小時，申論題4題都會寫，則可設定每題25分鐘的時間去做
答，最多不應超過30分鐘。遇到沒把握或不會的題目，建
議還是規劃至少20分鐘去寫答案，不會的題目要儘量想，
從題意上思考有沒有相關知識或有點相關的資料，都可以
用得上，旁敲側擊地發揮，且最少寫滿一面篇幅。

4. **答題要領**

(1) **申論題**

A. **先閱全卷掌握全貌**：試題發下來後不要急於作答，先
初步閱覽全卷，在試題或試卷草稿上把腦子裡閃過的
答案以重點或大綱方式稍微簡列，以防正式答題時漏
失關鍵內容。

B. **預設答題篇幅，避免偏廢特定題目**：忌諱會寫的寫很
多，不會寫的著墨甚少，答案內容長短失衡。故考試
開始後先估計每題答題頁數，可避免跳面書寫問題，
正式答題時題號要標示清楚。

C. **提綱挈領內容充實**：看清題意、題旨，答題時先破
題，掌握重點，提綱挈領，條理分明，再加以衍伸論
述、旁徵博引（可用舉例法），遇有關鍵的法規條文
要引用上去，毋須一字不漏寫出來，但重要關鍵字千
萬不能遺漏。

D. **大題小作、小題大作**：有些題目問的問題很多、方向
很大，如一一詳細寫出來，不但篇幅過大，且時間會

壓縮到其他題目的答題，因此須就其問項，將每個面向列出，但只要簡單扼要說明。相反地，有些題目問題小，切莫以為可以很簡單回答帶過，此時就需將平常所學、所知的相關內容一一詳細列出，才有機會得高分。

E. **字跡工整清楚**：國考申論題書寫，字不強求漂亮，但務必工整清楚，因為每位閱卷委員負責閱卷的份數不少，分配每份考卷時間不多，更無時間猜字，如果寫字龍飛鳳舞或歪七扭八，鐵定無法得高分。

(2) **測驗題**

A. 單一選擇題，只有一個正確或最適當答案，不可複選。

B. 每題作答時間約30-40秒，看清題目、掌握關鍵字詞立即反應作答。

C. 不會的題目先跳過，別想太久，別立即猜答，待整份試題作答完畢，再回頭思考或猜題。

D. 預留檢查時間，全部寫完反覆檢查有無遺漏，盡力到最後一分鐘，切忌提早交卷。

(3) **面試**

A. **口試前準備**

a. 瞭解口試規則，口試進行方式、流程、時間、評分項目及配分。

b. 保留個人基本資料表及報名履歷表、口試書面報告，並思考學經歷資料與報考動機、生涯規劃等與考試類科工作內容之關聯性。

c. 研究報考類科職務之工作職掌、義務、工作條件及需具備之知識、能力、人格特質。

d. 思考口試委員可能會提出與職務知識、技術、能力有關之問題及該如何回答。

e. 回答時應假想您目前擔任該類科職務，從職務觀點回答問題。

f. 針對本身弱點多做些研究與補強。

g. 練習表達能力及技巧，包括：正向思考、自然顯現熱誠與自信、話語清晰易懂、不用俚語或不適當語言等。

B. **口試當日**：注意服裝儀容，給自己足夠時間到達試場報到，不要攜帶任何文件進入試場，放鬆心情，不要過於緊張。

C. **口試時應對技巧**

a. 記住口試委員的職責是幫助您，讓您有最好的表現。

b. 要專注，全程保持與口試委員目光接觸並注意聆聽問題，回答時應清楚及夠大聲。

c. 不需為您的弱點說抱歉，保持熱誠的態度和信心，儘量展現出您的長處。

d. 坐姿保持舒服輕鬆姿態，但不失輕率與懶散，必要時可以手勢加強語氣。

e. 以愉悅口語交談，但不要輕佻或主動閒聊。

f. 不要為了顯現自己懂很多而說個不停，以致佔據了口試委員發問的時間。

g. 想像自己已從事應試職務工作，從該職務觀點來回答問題。

h. 回答迅速並切中要點。

i. 考試結束時記得感謝口試委員。

5. **善用考科中間休息時間**：這個時間是可以將重要法規或自己不熟的章節再掃描一次，務必好好利用。切莫以為休息時間很短而放棄，這個時間如有再複習到考試的內容，看到題目時，就會讓自己考試信心大增，並且使答題得心應手。

◆ **小結**

1. 考選部前政務次長謝連參先生，以他服務考選部多年的經驗，做了這樣的建議：如果很用心參加同一項國家考試3次以上仍未獲錄取的話，那表示在蒐集資料或準備方法或答題技巧上出了問題，一定要把原因找出來，將自己所犯的錯誤更改過來，才有錄取的希望。

2. 據考選部統計，第一次考試即考取比例最高，故在學期間有計畫，充分準備，一畢業就報考，效果最好！

3. 牧羊少年奇幻之旅一書說道：「當一個人真心渴望某樣東西時，整個宇宙都會聯合起來幫助他完成夢想。」因此，當自己有考公職的決心與夢想時，請相信自己，全力以赴，努力實踐，成功一定近在咫尺。

取得公門門票：筆試錄取→訓練合格

經過激烈競爭獲得國家考試錄取，即所謂金榜題名時，但依現行
規定，無法馬上拿到考試及格證書，而是需要再經分發訓練成績
合格，才能取得考試及格證書。

◆ 筆試錄取

筆試錄取，就是參加考試院（考選部）舉辦的國家公務人員
考試，經筆試成績錄取者，也就是所謂考試院公告的榜示名
單人員。

◆ 訓練合格

筆試錄取後，考選部會將錄取名單交由申請舉辦考試機關，辦
理考試錄取人員訓練，訓練期間最短4個月，最長可達2年，依
各類考試人員需要而定，訓練共分**基礎訓練及實務訓練**兩種。
目前高普初考及地方特考訓練期間為4個月，基礎訓練由保訓
會所屬國家文官學院辦理，實務訓練由保訓會委託各用人機關
（構）學校辦理。其他特考則由申請舉辦考試機關，依個別特
殊需要另定訓練計畫報保訓會核定實施。訓練合格後，始能取
得考試及格證書，送銓敘部銓敘審定後始成為正式公務人員。

1. 基礎訓練

(1) **訓練機關**：本項訓練期間為4週，是由國家文官學院
於高普初考試或地方特種考試錄取人員分發到各機關
（構）學校，並向各機關（構）學校報到後4個月訓練

期間，分梯次調訓（不分考試類科），並集中在文官學院或學院委託的各地訓練機構辦理。

(2) **訓練內涵**：以充實初任公務人員應具備之基本觀念、品德操守、服務態度及行政程序與技術為重點。依據訓練課程配當表（詳下表所示）所列訓練科目，都是屬於每個公務員必需要瞭解的通案性課程，如行政程序法、地方制度法、政府採購法、政府資訊公開法、刑法瀆職罪與貪汙治罪條例、方案管理、工作計畫、公務倫理、資訊安全、公務人員保障、權利、義務、責任等。

2. **實務訓練**

(1) **訓練機關**：是由考試錄取人員報到的機關（構）負責辦理，辦理方式如下：

  A. **工作中學習**：是由機關分派錄取人員負責辦理業務，並指派資深績優人員擔任輔導員在工作中指導學習，訓練期滿由輔導員考核評分，60分以上為及格。

  B. **專業訓練**：訓練期間為了增進考試錄取人員所需工作專業知能，保訓會得協調委託各考試類科相關機關辦理集中訓練，期間1至2週為原則，此即所謂「專業訓練」。本項訓練原則由該類科業務主管機關調訓，如人事行政、會計統計類科，即由行政院人事總處及主計總處分別施以人事行政、會計統計專業科目講習訓練。

(2) **訓練內涵**：以增進有關工作所需專業知能及考核品德操守、服務態度為重點。

(3) **分階段訓練**：實務訓練分**實習及試辦**二階段實施，自向實務訓練機關（構）學校報到接受訓練日起**1個月**為實習階段，其餘時間為試辦階段，但實習階段時間不含基礎訓練。在實習階段，實務訓練機關（構）學校應安排受訓人員以**不具名方式（包含不蓋職名章或簽名）**協助辦理所指派之工作；於試辦階段，受訓人員應在輔導員輔導下具名試辦所指派之工作。

公務人員高普初考及相當等級特種考試基礎訓練課程架構及配當表（112年高普考起適用）

112年10月23日保訓會公訓字第1122160388號函修正

	單元	課程名稱	時數		單元	課程名稱	時數
初任委任人員應具備之能力	公務知能與行政技術	1.顧客導向服務	3	初任薦任人員應具備之能力	公務管理與優質服務	1.創意思考	3
						2.民眾陳情案件解析	3
		2.工作計畫與執行	6		公務知能與行政技術	1.方案管理與習作	10
		3.公文撰作解析	9			2.公文撰作解析	9
		4.預算與經費執行	3			3.預算編審與經費運用	3

	單元	課程名稱	時數		單元	課程名稱	時數
初任委任人員應具備之能力	公務知能與行政技術	5.資訊安全概論	2	初任薦任人員應具備之能力	公務知能與行政技術	4.資訊安全	2
		6.智慧政府與數位服務（含人工智慧）	3			5.智慧政府與數位服務（含人工智慧）	3
		7.智慧政府與數位服務（基礎篇）	輔助選修(2)			6.智慧政府與數位服務（基礎篇）	輔助選修(2)
		8.人工智慧應用與實務（基礎篇）	輔助必修(1)			7.人工智慧應用與實務（基礎篇）	輔助必修(1)
		9.公務實用英語	5			8.公務實用英語	5
		10.公務實用英語（基礎篇）	輔助必修(3)			9.公務實用英語（基礎篇）	輔助必修(3)
	小計	31小時			小計	38小時	

	單元	課程名稱	時數		單元	課程名稱	時數
初任公務人員應具備之能力（委任）	文官倫理與價值	1.政府組織與地方自治（含地方制度法）	3	初任公務人員應具備之能力（薦任）	文官倫理與價值	1.政府組織與地方自治（含地方制度法）	3
		2.公務倫理與核心價值	輔助必修(3)			2.公務倫理與核心價值	輔助必修(3)
		3.廉能政府與廉政倫理規範	2			3.廉能政府與廉政倫理規範	2
		4.公務禮儀	輔助選修(2)			4.公務禮儀	輔助選修(2)

單元	課程名稱	時數	單元	課程名稱	時數
公務法律與應用	1.行政程序法概論	9	公務法律與應用	1.行政程序法	9
	2.政府採購法概論	6		2.政府採購法	6
	3.政府資訊公開法概論	3		3.政府資訊公開法	3
義務責任與權利	1.公務人員行政責任與權利義務	3	義務責任與權利	1.公務人員行政責任與權利義務	3
	2.公務人員保障制度與實務	輔助必修(2)		2.公務人員保障制度與實務	輔助必修(2)
	3.公務人員行政中立法與實務	輔助必修(2)		3.公務人員行政中立法與實務	輔助必修(2)
	4.刑法瀆職罪與貪污治罪條例概論	3		4.刑法瀆職罪與貪污治罪條例	3
小計	29小時		小計	29小時	
單元	課程名稱	時數	單元	課程名稱	時數
國家重要政策與議題	人權議題－人權與國際公約（基礎篇）	2	國家重要政策與議題	人權議題與發展－人權與國際公約（基礎篇）	2
	人權議題－人權保障與實踐	2		人權議題與發展－人權保障與實踐	2

左側表格最左欄（直書）：初任公務人員應具備之能力（委任）

右側表格最左欄（直書）：初任公務人員應具備之能力（薦任）

單元	課程名稱	時數	單元	課程名稱	時數
國家重要政策與議題	人權議題－身心障礙者權益與保障	2	國家重要政策與議題	人權議題與發展－身心障礙者權益與保障	2
	人權議題－性別主流化	2		人權議題與發展－性別主流化	2
	人權議題－公民與政治權	2		人權議題與發展－公民與政治權	2
	智慧國家與綠能矽島	輔助必修(2)		智慧國家與綠能矽島	輔助必修(2)
	幸福家園－環境倫理與永續發展	輔助必修(2)		幸福家園－環境倫理與永續發展	輔助必修(2)
	文化臺灣－族群和諧與文化多元發展	2		文化臺灣－族群和諧與文化多元發展	2
	文化臺灣－臺灣經緯與國家發展（含地方創生）	2		文化臺灣－臺灣經緯與國家發展（含地方創生）	2
小計	14小時		小計	14小時	
課務輔導與綜合活動	開訓典禮	1	課務輔導與綜合活動	開訓典禮	1
	訓練法規與實務	1		訓練法規與實務	1
	班務經營與輔導	2		班務經營與輔導	2
	自我介紹	2		自我介紹	2

單元	課程名稱	時數	單元	課程名稱	時數
課務輔導與綜合活動	自主學習	13	課務輔導與綜合活動	自主學習	8
	分組討論	14		分組討論	12
	專題研討實務	3		專題研討實務	3
	專題研討實務－政策分析工具	輔助選修(1)		專題研討實務－政策分析工具	輔助選修(1)
	專題研討	6		專題研討	6
	測驗	3		測驗	3
	結訓典禮及綜合座談	1		結訓典禮及綜合座談	1
小計	46小時		小計	39小時	
總計	120小時（另安排15小時輔助必修數位課程及5小時輔助選修數位課程）		總計	120小時（另安排15小時輔助必修數位課程及5小時輔助選修數位課程）	

備註：

1. 課程配當時數總計120小時，另安排15小時輔助必修數位課程及5小時輔助選修數位課程。

2. 「方案管理與習作」課程，採「實體與數位混成學習」（實體課程4小時，數位學習6小時）方式實施。

3. 「民眾陳情案件解析」、「人權議題與發展－人權與國際公約（基礎篇）」、「人權議題－人權與國際公約（基礎篇）」、「人權議題與發展－身心障礙者權益與保障」、「人權議題－身心障礙者權益與保障」、「人權議題與發展－公民與政治權」、「人權議題－公民與政治權」、「文化臺灣－族群和諧與文化多元發展」、「文

化臺灣－臺灣經緯與國家發展（含地方創生）」等課程，以數位學習為原則。

4. 「國家重要政策與議題」單元所列各項課程，依國家當前發展需要及重點，擇定「人權議題與發展－人權保障與實踐」、「人權議題－人權保障與實踐」及「人權議題與發展－性別主流化」、「人權議題－性別主流化」課程，採「實體單班授課」方式。「人權議題與發展－人權保障與實踐」及「人權議題－人權保障與實踐」依課程需要，講授公民與政治權利國際公約（ICCPR）、經濟社會文化權利國際公約（ICESCR）、消除對婦女一切形式歧視公約（CEDAW）、兒童權利公約（CRC）及身心障礙者權利公約（CRPD）等國際公約案例研析內容。

入公門前可事先準備的事項

對新鮮人而言，不管是近程的考試錄取人員訓練需要，或未來在職場上的業務處理及中長程陞遷發展需要，**強烈建議**有志於公門職場者，無論是行政類科或技術類科等各類科公務人員，於就讀大學時，**儘量能先選修行政法（或法學緒論）及行政學兩學科**，理由如下：

◆ 依法行政需要

由於公務人員需依法行政。例如辦理各項業務，需要依據各項相關專業法規規定辦理；行政程序法則規定，制定或修正各項法規，需要經過事先公告或舉行聽證等法定程序；對人民申請的案件，無論准許與否所作成的行政處

分，或開立各類罰單等，需有一定格式及要件始有效；
此外，辦理各項物品採購或招標，也需依據政府採購法
的規定的程序處理。凡此，都需要具有行政法學的基本
概念，才能有效處理。

◆ **行政工作上的需要**

公務處理涉及面廣，小至事務性工作之處理，大到各項
複雜業務或專案性工作的執行等，都需具備簡單的行政
處理或管理觀念；複雜或專案工作，需研擬計畫或方
案，更需有行政計畫或專案管理概念。

◆ **溝通協調及人際關係需要**

機關業務的執行，很多涉及別的單位，甚或其他機關，
為順利完成均需溝通協調；而平常機關或單位內，同事
之間或與上級長官的相處，亦有一定的行政倫理規範遵
循。凡此，在行政學上都有相關的理論與原則，先行理
解後，對新鮮人將來到職場在待人處事上，都會有很大
助益。

◆ **領導管理需要**

將來晉升至單位主管或機關首長職務，領導管理一個單
位或機關，則需瞭解並應用領導管理知能，才能順利完
成機關或單位交付的任務。

以上種種的需要，都涉及行政法律、溝通協調、倫理規範、行政計（規）畫、專案管理或領導管理等知能，對應到學校所開設的學科為行政法（或法學緒論）、行政學等科目。惟這兩個科目在國考時，只有一般行政、人事行政、民政、廉政等部分類科，列為考科，其餘考試類科均無，而是在基礎訓練時才開始接觸，短短4週的時間，對法律基本法理相關概念都已很難理解，更何況將來還要應用於業務上，因此，學習起來當然特別吃力。如再往遠一點看，未來晉陞到薦任第9職等職務，有資格參加薦任晉升簡任官等訓練時，訓練課程也都是高階的領導管理課程，更需要公共管理及公共政策的概念。

當然，目前文官學院為顧及沒有具備行政法或行政學的學員需求，已經採行一些補救措施，包括在基礎訓練上，設置相關的網路課程，於訓練前由學員先行自主學習。而在薦任晉升簡任官等訓練方面，也在調訓前與政治大學社會科學院及中興大學法政學院合辦行政管理碩士學分之「公務學程」班，使有需要之參訓學員，能事先修習行政管理知能課程。但其實最好的情況，仍應是於**大學時可先選修行政法（或法學緒論）及行政學等課程**，這樣及早學習瞭解，具備法律及行政管理等相關基礎概念，將來無論參加國家考試錄取的基礎訓練或參加晉升簡任官等訓練，才能有效學習；而平常在業務處理、溝通協調或領導管理時，也才容易入手，達到事半功倍效果。

❝❝　我的體悟　❞❞

在文官學院，有一次我主持基礎訓練學員綜合座談，有部分學員提出建議，技術類科考試錄取者參加基礎訓練，應降低訓練及格分數。理由很簡單，因為他們在學校或參加國家考試時，從來沒接觸過這些訓練科目，經過短短4週訓練即要測驗，並達到與社會類科同樣的及格分數（60分）不公平。後來我們將此項建議，提到保訓會訓練後的檢討會議上討論，做成的結論與我當初在座談上初步回答的情形雷同。當時我的答覆大概如下：基於未來在職場上民眾的要求，及任何公務人員如涉及非法，在法庭上法官判決不會因你對法令或規定不瞭解，而予以減輕或無罪判決。因此，不宜降低及格標準。不過，我也應允將報保訓會檢討改進，以強化沒學過這些訓練課程的學員，能於訓練前即有學習機會（如於訓前放置行政法及行政學相關的網路課程），以利開訓後在課堂上能理解並跟得上進度；此外，也可研議將已具行政法及行政學等先備知識類科（如一般行政、人事行政等類科，已有行政學、行政法考科）與未具備先備知識類科人員，分開訓練以提高學員訓練成效。

不過，就如上述其實最好的狀況，還是在大學時，如已尋找設定想往公門機關發展，就可先選修行政法及行政學，先習得法律及行政管理基礎概念，以利未來運用於各項訓練及職場上處理業務上的實際需要。

迎向新的出發—
新鮮人的**基本認知與觀念**

第**2**部

經過上面瞭解及詳細評估，你選擇了公門職場，也經過努力奮鬥，進入這個公門窄門，開始迎向新的出發。我在「公務經驗傳承」課程裡，開場白的第二及第三個問題是「**30～40年公務生涯如何過？**」、「**起跑幾年後，發展大不同！**」，就是要告訴大家在漫長的公門歲月中如何有計畫、有意義的渡過。

自大學畢業，大約22歲，如果到65歲退休，公務生涯長達43年，你要如何做，才能順利安然或輝煌渡過！我在課堂上一開始告訴學員，今天和你一樣進入政府機關的同仁，3-5年以後發展就不一樣了，10年、20年後，更會有出現立於金字塔頂端，燿燿發光，影響了民生大計、國家大事的高階文官。何以會這樣？你是否期望自己就是那些光耀門楣的人物呢？**新鮮人的第一步，決定了你未來的一切。**這一步包括，職場上的**基本認知與觀念，其次則是基本功的養成，**這些都是學校未教導的課程，也是本書為你安排的第二及第三部曲。以下先介紹對未來影響公務生涯至鉅的幾個基本理念，期望新鮮人都能理解，並作好準備。

新鮮人的基本認知

從考試錄取分發到機關報到開始訓練，就是你一個嶄新的時候。那是你脫離學校融入社會的第一步，也是你正式向職場領取的第一份薪水，開啟獨立不靠父母生活的日子，特別具有意義。而在迎向此一新的開始時刻，我們先提供下列的認知，讓你立下成功的基礎。

會讀書（會考試）≠會做事

長久以來，我國的科舉制度，塑造了我們這樣的觀念，認為在學校會讀書的學生，將來在職場上也會做事，這種根深蒂固觀念，一直影響到現在。但現代的社會則不然，會讀書或會考試的人，是有利於通過政府的門檻—考取國家考試。而事實上，在現今的職場，我們常看到成績優異的學生，不是當然績效最好，反而有些過去成績平平或及格邊緣、甚或補考的學生，在職場上表現一流，是問題解決的佼佼者，所以會讀書並不等於會做事。

在職場上，過去讀書考試成績，頂多只是當作長官的第一印象參考，表現良好與否，還是看你在職場上的工作能力、態度，以及能否解決問題、能否抗壓、能否勝任而定。

學歷≠能力

日本新力（Sony）公司社長盛田昭夫，在1966年寫了一本書名為《學歷無用論》，該書出版後，立刻引起熱烈地討論。他深恐讀者把「學歷無用論」誤解為「教育無用論」，曾經鄭重表示，他寫該書的動機，是鑑於日本社會重視學歷甚於重視實力，並把學歷當作評價一個人的標準。他擔心錯誤的觀念任其蔓延，將無法應付以後激烈的國際競爭。換言之，「學歷無用論」並非否定學歷，而是肯定實力的重要。此即點出了學歷與實力之差異，學歷只是表示你取得學士、碩士或博士文憑，學到了若干的知識，而

這些學到的知識能否應用在實際工作上，展現出你的實力，還有待考驗。

其實重視學歷或明星學校的情形，在台灣更甚於日本。我們常看到知名公司徵求人時，會看到條件是大學畢業，但具有台、清、交、成畢業者尤佳等條件。而在職場上，也常聽到有人炫耀他是某國立大學的碩士或博士，好像他的學歷高、讀的學校好，就能表現好、會做事，其實「學歷不等於能力」。知名企管教授許士軍就說過「學生是半套成品」，只是獲得理論上的知識，尚無實務上的驗證。就國家考試而言，學校的科系無法全然對應到國家考試類科，縱使與考試類科相同，也只是書本的知識，並不全然有實務的見證或經驗，因此學校的授業，只能當作是對這行業的基本知識，真正表現在職場上的是工作經驗及解決問題能力，才是未來職場成功的關鍵。

另外公門公務人員起薪的標準依據，也是依其通過的國家考試等級，如高考、普考或初考而定，而不是他的學士、碩士或博士學歷，因為考試類科是依據工作需要訂定，其科目往往與學校科系選讀的科目不盡相同，欲通過考試往往仍須自己研讀未修過的科目，更何況能力除須具備工作所需專業外，還須有良好的處事態度、溝通技巧等，因此「學歷不等於能力」。在職場上，有很多知名學校畢業或具有碩博士者，表現不如一般學校或大專畢業者，或無法勝任職務工作者，大有人在。

常識 ≠ 知識

在知識經濟時代，對知識的追求成為個人、組織普遍的認知與渴望。知識另一相對名詞「常識」，兩者的差異性僅在相對的普遍性不同而已。在某一項專業裡頭，幾乎有80%都屬於常識，該領域的每個人都會，只有最後的20%，才是真正的知識。

一個剛進職場的新鮮人，很可能前兩年學到的都只是該行業的常識。但是，很多人卻誤把這些常識當作知識，覺得自己已經懂很多，已是專家了，不知不覺中開始自滿，停止了持續學習成長的腳步，能力因此不再提升。這是許多新鮮人學習上常有的盲點，殊不知常識只能應付一般性、例行性的運作，一旦遇到不同的類型，即無法知道變通，即使是同類事情，也不能精準拿捏每個環節的細節及力道，如此即使經過很長時間，能力依舊停留在初學者的層級，此時如再來一位新人，只要稍加訓練即可輕易取代。

認清角色變換

初為公門人和以往學生的角色差異甚大，你必須先認識並有所準備。

◆ 花錢→賺錢

到了職場意謂著你從父母取得教育及生活費用，向師長學習的學生角色，將轉換成提供勞力、心力貢獻社會國家，以獲取薪水的角色。

◆ 單純環境→複雜環境

到了職場意謂著你從單純人際關係的學校環境,走向複雜人際關係的公門職場環境。前者只是學生間或與師長的人際關係,後者則包括職場上向上的長官、平行的同儕關係、向下與部屬關係。而職場外工作需要的對外關係更是多且雜,包含民眾、不同機關、民意代表、輿論、媒體等。

◆ 個人→團體

以往在學校,只要憑藉個人的努力就可獲得不錯的成績;在職場上,不但要個人表現良好,更重要的是團體的成功。因此團結合作,成為達成機關任務不可或缺的重要條件,換言之,不但要獨善其身,更要兼善天下。

◆ 標準答案→舉一反三

從小到大的教育制度,都在培養我們快速找到答案和答題方法的能力,一個題目通常只會有一個標準答案,而這樣不斷被強化學習習慣的我們,很容易帶著這樣的思維進入職場。可是職場不是靠考試來評分的,絕大多數的問題沒有一個標準答案,所以不能如在學校只參考課本的標準答案去解決問題,而是要活用舉一反三去解決問題。此外,通常職場遇到的問題,很多是沒有絕對最好的處理方式,而是只有相對較佳的解決方式。因此,去除學校考試標準答案的既有習性,是進入職場重要的認知。

這種概念在公門裡常遇到的情況有二,新鮮人要特別留意:其一,通常新鮮人接辦案件,大都有類似案例可循,但每件

案例都有不一樣的地方，因此，你不能完全照案例（標準答案）辦理，而是要積極分析瞭解，並比較不同之處，才能順利處理案件。其二，當長官指導你處理問題時，常常聽到的都是一些大原則或處理的方向，並非具體的標準答案，其實這些原則及方向，就是要部屬們能舉一反三，去應用在各式各樣類似的問題上。

◆ 模擬→試誤（Trial and error）

以前在學校考試時，我們很習慣去做模擬考題，或是向學長姐要考古題來練習。可是到了職場上，很少有人能直接向資深前輩，請教要怎麼樣做才可以複製成功。一來有可能是因為前輩私藏，留一手，怕教了你之後他的位子會不保。二來，可能是因為覺得自己還沒有準備好，不知從何問起，或不太敢貿然亂問問題，也就無法得到真傳。

其實在職場上，想要學會某項技能，試誤，不斷的練習，是必經之路，只有不斷的練習中，才能專精該項技能。

◆ 生活習性的轉變

以往在學校，只要配合學校的作息及老師的規定即可，每天只要有上課才到學校，沒課在家休息，早上甚至可睡到自然醒。到了職場，每天上班有固定的時間，需依機關的規定，如朝九晚五或輪班制（兩班制或三班制），均需按規定的時間到班。為了準備上班，需提早起床、盥洗、打點門面、用餐、趕車子等，每天戰戰兢兢，如同作戰；如果是輪班制，更需配合早、中、晚班時間上班，用餐、休息、睡覺等作息都需調整，生活習性更是澈底改變。

此外，很多學生在大學時代有些不良習性，如早上上課，來不及吃早餐，就在上課時大剌剌吃起來，老師也不管，但這種惡習到了職場是不被允許的，因為一方面上班，一方面吃早餐，不但影響工作效率，也讓洽公的民眾觀感很差，尤其坐櫃台的第一線工作人員更是如此。因此，新鮮人到文官學院訓練，我特別要求輔導員務必將學員改掉這種不良習慣，以免將來回到職場不適應，而遭到長官斥責或處罰，並造成民眾對政府不良印象。

◆ 所需具備能力不同

學校好成績靠的是的**記憶力、理解力**，但在職場上則是需要**專業力、執行力、說服力、協調力及積極主動精神**，才能圓滿完成機關的任務，這個轉變非常巨大，同時也再一次證明「會讀書（會考試）≠會做事」及「學歷≠能力」的概念。

瞭解職場是甚麼？

學校是啟蒙一個人從無知到知、到廣、到專精的地方，是求得學問、知識的場所；而職場則是工作進行的場所，是服務人民的地方。兩者顯有差異，對公門新鮮人而言，至少有下列的意義：

◆ 學習的場所

有些人曾對當代知識量暴增，更新快速的情形，做了一項研究結論為：在1975年大學畢業的學生，所學的專業知識可以用

一輩子；1985年畢業的，可以用20年；1995年畢業的，四年所學在畢業當天就落伍了。現在的新技術每兩年增加一倍，在2003年時，全世界媒體、手機、網路創造出的訊息約為五十億GB，相當於人類過去五千年來創造出的資料量總和。

從現在知識量暴增，知識陳舊率之快速，給我們一個很重要的提醒，你離開學校後，並非告別學習。事實上，離開學校後更需要學習，而且是另一種新的學習方式。甚麼是新的學習方式？學校的學習重點是理解及熟記老師所教的課業，就可得到優異的成績；但工作場所的學習，是必須你主動積極，因為在這裡的學習，不是只有到公門培訓機關（構）學習，更重要的是在工作場所工作中，**向長官、同事或專家的學習**。此外，學習的重點，是以**平時工作問題為主**，所以必需主動發覺問題，主動請教尋求解決問題的途徑，才能有效增長自己的能力。

◆ 全方位發揮的場所

長久以來，在學校重視的都是智育的發展，但在工作場所面對的是一個多元化、多樣化的社會，不但需要智育養成的專業，更重要的是在你**個人良好的習性、負責積極的做事態度，以及團結合作精神**，是一個需要發揮全方位的場所。

◆ 重視人際關係的場所

戴爾·卡耐基（Dale Carnegie）說：**「一個人事業的成功只有15%取決於他的專業技能，另外的85%要依靠人際關係和處世技巧。」**這說明，一個人的智慧和能力是有限的，亦可見工作場所人際關係的重要。

學生時代，你的人際關係多半是在學生及師長中，「只要我喜歡，有何不可以」的想法，也能讓你找到許多興趣相投的死黨，學生身分的你最多只要對學業成績負責，很少有外力強加於己身的其他責任，幾乎可以用一己的好惡來決定你的行為舉止。但在工作場所上，你要相處的對象，不限於同齡層、同單位的同事，還有更多的不同單位、不同長官、不同年齡、不同性別、不同個性、不同人格特質、不同喜好、不同目的、不同動機的人，因此，工作場所是你**學習、體驗、粹煉人際關係的場所**，而且要做到好的人際關係，才能在職場上生存，並有所表現。

◆ 生活的重要場所

我們的生活型態概括可分為，家庭生活、職業生活、及社團生活。這些生活中，如依期間及時段而言，職業生活略為22歲（大學畢業）到65歲退休止計43年，而工作時段以朝九晚五為例，職業生活佔據人生最重要的時段，而且職業生活會帶給你的家庭生活及社團生活極大的影響。

若你在機關中能發揮專長，受人敬重，這種積極向上的狀況，也會帶給你的家庭生活充滿著開朗及希望，而你也將會有意願加入各種社團，實現自己的理想。反之，如在機關中表現不佳，頹廢消沉，必定也會給家中帶來不安及痛苦。

◆ 團結合作的場所

政府機關不像企業需要對外與其他企業激烈競爭，才能生存。每個政府機關都有其專屬的職掌，原則上只要把職掌做好做

滿，即已盡責了。但是公門人對外代表政府，除需服務人民外，也要有良好機關形象。而形象要好則需要機關整體表現佳，因此，在政府機關職場上，**個人表現好是基本要求，更要求要能團結合作**，表現出整體的戰鬥力。

認知初任機關服務是強迫性選擇

依現行規定，公門新鮮人，**高普初考者**需於訓練（4個月）期滿成績及格後，**在原分發任用之主管機關及其所屬機關學校機關服務滿**3年，始得調到其他機關服務；而**地方特考錄取者**，依特考特用原則，規定更嚴格，自考試及格次日起，**3年內不得轉調原分發占缺任用以外之機關，須經原錄取分發區所屬機關再服務**3年，始得轉調上述機關以外機關任職。析言之，如甲考上普考分發彰化縣政府花壇戶政事務所服務，自4個月訓練期滿成績及格後，3年後才有資格調任全國其他機關學校服務；但如甲考上地方特考（彰投區）四等考試，分發彰化縣政府花壇戶政事務所任職，自4個月訓練期滿成績及格後，需在該（花壇戶政事務）所服務3年後始有資格調任彰化縣或南投縣其他機關學校服務，而且還需再服務滿3年，才有資格調任全國其他機關學校服務，即自考試及格起需達6年，始不受轉調地區限制。

這種規定，有如我在小時候住在農村著迷於打棒球的經驗（當時台東紅葉棒球隊代表參加世界少棒比賽，獲得冠軍，常半夜起床到鄰居家看黑白電視實況轉播比賽）。記得那時每年稻米收成後，我們就把稻田當成棒球場，約好鄰居幾個小孩，一起去打棒球。

但因鄉下小孩少，每次都是那幾個，為撮滿兩隊比賽人數，不管**會打或不會打、脾氣好或不好、年齡大或小**，只要想打，都可參加，為了能成就兩隊比賽，大家必須**互相遷就、包容、忍讓，無從選擇**。初入公門的新鮮人，依據上述規定，前3年需與原分發機關同事相處，不管該機關工作環境好不好、長官好或不好、同仁好不好相處，都一樣要忍耐，在一起共事，無從選擇。這種情形就如我小時候打棒球經驗--**強迫性選擇**，都需要坦然接受面對，才能順利安然渡過，這也是新鮮人最起碼應有的心理準備與認知。

💬 我的體悟 💬

記得高普初考試，還未限制服務滿3年始得轉調之規定時，每次基礎訓練最後的綜合座談上，學員提問最多的問題是：「我如何請調到別的機關服務？」瞭解他們的原因竟然是：「工作環境不好」、「長官很官僚」、「同事不好相處」、「實際的工作與想像出入很大」等。可見初入職場的新鮮人，對真實的職場，不但有工作的挑戰外，還有更多的人際關係及職場環境適應問題。這在沒有規定限制服務年限前，他們還可選擇調到別的機關服務，但現在已無法這麼做，因此，必須在就任前更有所體認，並做好心理準備，以免因一時無法適應而選擇辭職一途，浪費寶貴的時光。

公門職場基本觀念

在職場上，常看到有人為了貪圖便利，喜歡抄捷徑，超車別人，而心中竊喜；有的固守傳統思惟，以致工作愈來愈辛苦，愈來愈無奈；有的人則短視近利，態度消極敷衍了事。很多新鮮人初入職場，也受到波及，久之養成這種不良習性，嚴重影響了公務生涯的發展。因此，正確的職場基本觀，絕對是新鮮人必要的前提。我很喜歡郝明義「工作DNA」及杜書伍「打造將才基因」這兩本書，書內所提對初入職場者的一些基本態度與信念，雖然是在私職場領悟得來，但依我的體驗及所見所聞，在公門也是如此。因此特別引述部分適合公門職場的觀念，並加上自己的一些體悟加以印證說明，提供給初入公門的新鮮人參考。

新鮮人在機關3～5年不要計較的事情

剛考試錄取分發到機關服務，有很多是初入社會工作，對自己的機關幾乎掌握不到重點，經驗談不上，專業更是生疏，好處輪不到你，但工作負重卻不輕，也常受責。不過，我們對自己行業與工作的認知，都是從這段時間開始，無論這段期間的經驗愉快與否，都將深深影響著未來的發展。我們要有心理準備，如何因應，只有努力、再努力的傻勁，並加上一點對未來的憧憬。

這段時間要如何因應和善用，就如郝明義在「工作DNA」一書所提出，**「不要計較你的工作負擔與待遇，儘量去接受折磨、訓**

練」的說法。裡面他提出一個很重要的觀念,「在進入機關服務前,我們學習任何東西,都要**支付學費才可受教**,而現在開始,是**有人支付我們薪水而受教**」。所以不要想太多,計較太多,我們要注意的只有一點,趁我們還可以從這個工作和機關裡學習到東西的時候,儘量去學習,絕不要因為**工作太重或待遇太低**而離開機關,只能因為這個機關給你的**負擔與學習的機會不夠**,而離開這個機關或辭職。郝明義的結論是,在這個時候「**一個薪水豐厚又負擔輕鬆的工作,一定是隱形的毒藥**」,真是一針見血!

💬 我的體悟 💬

回想我個人民國76年從警察機關轉任行政院人事行政局工作,待遇每個月少了3千餘元(當時每月薪水約2萬餘元),且工作負擔更重,幾乎天天加班,甚至假日也不例外,但由於我已決心轉調,這種負擔對我而言,就是學習最好的機會,加上人事局長官同仁對新進人員的不吝指導——只要你肯學習受教。在這裡我感受到天天進步。因此,每天的加班或工作再重,都不是問題,心裡想的就是如何解決問題、跟上同仁的腳步及完成長官交付的任務。就這樣,我在這裡磨練了4年6個月。

回想起來,這段時間每天有人幫你改稿,教導你做好各種工作,真是幸福。後來外調公平會陞任科長,轉調銓敘部、國家文官培訓所(後來改制為國家文官學院)、保訓會擔任各種職務,均能勝任愉快,都可追溯到這段時間,自己不計較工作負擔與減少薪資,仍坦然接受磨練,學習到扎扎實實的基本功所致。

善用初入機關這所學校

「社會是一所大學」，有人這麼說。的確，我們在社會上可以學習的事情很多，需要活到老學到老。所以郝明義就說：「公司就是一所大學，我們太多事情，都不是從學校或課本學來的。我們上班的公司或者單位，才是我們進入社會後，另一所大學」。

的確，我們在**學校教的是理論知識、基礎知識**，到了社會服務的**場所**這所大學所教的則是，**應用的、實戰的、即時的知識及經驗**。這至少有兩個含意：第一，離開校門後是**另一場學習的開始**；第二，就業不只是為了賺得一份薪水，也是**為了進行另一場學習**。所以我們應該要好好善加利用初任機關這所大學。在這所大學，機關的首長是校長，各部門是不同的系所，高階主管像是系所的院長、主任，中階主管像是教授、講師，頂頭上司像是你的指導教授，同事就像同學，同學之間互相激勵與競爭，是求學的最大動力；同樣地，同事之間的互動互助，優秀的成為你的學習對象，差一點的是你的借鏡，這些都有助於你的學習。從這個觀點，為什麼有些事情在新鮮人不要計較的理由，就更清楚了，因為你還在求學，且這所學校**不用你付學費，還支付你薪資呢**！

❝❝ 我的體悟 ❞❞

68年7月我從中央警官學校畢業後，分發到苗栗縣警察局通霄分局，後來調到刑事警察局，因為考上人事行政高考，於73年轉調

至保四總隊人事室服務，由於已決定要轉任人事機關，因此在人事室工作，我保握每個時刻瞭解學習人事業務，從位階較低或資深同仁、主任到警政署人事室長官，都是我的老師，76年9月轉調至行政院人事行政局，更是戰戰兢兢全力衝刺學習，我充分利用這3所（保四總隊、警政署人事室及人事局）社會大學努力學習，到81年3月調陞公平會人事室科長，約7年時間，不但取得社會大學學位，甚至研究所畢業，從此在人事界行走自如，都要歸功於這3所社會大學的老師及指導教授，無私傳授、諄諄教誨的結果。

新鮮人應試著當海綿

初入職場的新鮮人，是剛進入社會大學的新生，第一次真正接觸社會，且如前節所述不論生活作息、人際關係或做事所需的能力，都與學校大大不同。因此，學習是此時最重要的課題。為能因應公門新鮮人職場工作需要，及補充國家考試重視筆試之不足，考試錄取人員訓練主管機關--保訓會，乃設計了至少4個月的錄取人員職前訓練，就是要新鮮人員先行瞭解公門各種的規範、運作規定、環境及實際工作情形。但有些新鮮人在還一知半解下，或因不適應公門生態，就急著當刺蝟，認為不合理、官僚八股，進而挑戰制度、對抗權威，當然也就更無法瞭解公門真正的本質特性與設計規範意旨，從而退訓或辭職之結果自不在話下。

台大經濟系前教授熊秉元在給迎接該校新生的一篇名為「海綿、刺蝟和傻瓜」講演中提道：對照研究所碩博生或在職進修生，大一、

二學生，閱歷多半平淡平凡，社會經驗資料庫儲藏有限。他發現他們在言詞態度上，不只是初生之犢，且幾乎是目空一切，似乎有種挑戰權威、打倒權威的架式──有點像刺蝟一樣，而且隨時武裝上陣！幾乎把學生本職──學習，置之腦後。因此，他自嘲還是要四平八穩、官模官樣、窠臼八股般地重複建議新生：「**剛進大學，最好試著當海綿，不要當刺蝟；而且，如果不太困難的話，要勇於當傻瓜，認定一兩個簡單明確的目標，傻裡傻氣地去追求，自得其樂。**」

的確，初入公門職場的新鮮人也是一樣，是職場的新生，在職場上仍是白紙一張，應盡量試著當海綿大力吸取養分，最好也可當個傻瓜，例如在文官學院基礎訓練時，除當一個學員努力學習外，也要試著嘗試各種腳色，如替學員服務的幹部、接待或介紹講座、主動請教輔導員問題等；在實務訓練（服務機關）時，要勇於嘗試解決各種工作問題，樂於幫助同仁，替長官分憂解勞。兩三年後，一旦羽翼漸豐，要當刺蝟也不遲，屆時所提出有見地、成熟、可行的建議、方案或制度改革，一定更能說服人，也更易為當政者接受。

年輕人的資產與負債

杜書伍在上述書中認為「**年輕人最大的資產是年輕，最大的負債也是年輕**」，為什麼？他認為新鮮人都是剛踏出校門的年輕人，年輕人充滿朝氣，有體力、有活力、有衝勁，對未來滿懷憧憬與希望，無論出身、學歷如何，似乎只要自己還年輕，時間永遠站在自己這一邊。

的確，剛到職場的年輕人，尚未成家，父母親通常中年仍在職中，身體還健康，因此，無家裡負擔，可以全力往前衝。在這個時候，無論在職場、家庭或進修等，花再多時間都無所謂、無牽掛。但是，年輕的另一面，卻是缺乏經驗，涉世未深、處事不夠圓融、工作歷練不足、個性上還留著許多稜稜角角猶待琢磨，這些特質同樣存在年輕人的身上，可謂年輕的一體兩面。「年輕人最大的資產是年輕，最大的負債也是年輕」，用這句話來形容年輕人，可說非常地貼切。

❝❝ 我的體悟 ❞❞

以我個人為例，到警察職場工作，就發覺與我的個性特質格格不入，經深思後，決定轉至行政機關發展，因此全力準備高考，經過一年順利上榜，並考上政大公行所就讀，於警界服務8年期滿後（按我個人係警官學校畢業，依規定須服務滿8年始能調至非警察機關，否則需賠公費並補服兵役），順利商調到人事局服務，在該局服務期間全心投入工作學習，全力辦理業務，每天幾乎都到晚上7、8點才回家。現在回顧起來，之所以能在此段期間全力衝刺，做了工作轉換、進修碩士班兩件影響我一生公門職場生涯的大事，並於人事局服務期間（4年6個月）全心全力投入工作，最主要的因素，除了決心與毅力外，如果不是年輕無家累、無後顧之憂，可全力往前衝，也不可能這麼順利達標。

但是，年輕的另一面，就是缺乏經驗。以我個人的體驗，68年8月甫至警察職場工作，充滿了在學校薰陶的理想與熱情，凡事衝第一線，看到不合理的事，非處理不可；而在執行勤務時，聽到

民眾一聲聲「少年巡官」更是飄飄然，全然不知警察工作的複雜、困難。在經過各級長官、民意代表一次次震撼教育，以及處理歹徒及刁民案件後，始發覺理想與實務差距太大，也嘗盡年輕涉世未深、容易衝動，掌控不了情緒，所造成的「成事不足，敗事有餘」的苦果。因此這種對年輕人的資產與負債之說，著實真知灼見，我深深感受體會。

豆芽現象

大家都吃過豆芽菜吧！豆芽生長的速度之快，令人嘆為觀止，短短一夜之間，竟能抽長六、七公分，且外表看起來既壯碩又飽滿。然而，豆芽的質地卻異常脆弱，稍遇外力便應聲斷裂。邁入資訊科技時代，事物的變化極為快速，個人與組織為因應外界環境，追求短期績效而忽略實質內涵的「豆芽現象」，也俯拾可見，值得警惕。

一種常見的豆芽現象，出現在個人能力的培養上。職場新人初學一項專業，由不會到熟的階段，大致能掌握專業的「形」，學得快的話，很快就會覺得「學會了」，隨後，即急於轉進其他領域，卻同樣只學到「形」就急於轉換。表面上看來學了很多，其實都只學到該行業的「常識」，真正要用時便不堪一擊。這些都是杜書伍在他所任職的聯強公司所看到的現象及心得，很值得職場新鮮人警惕。

❝❝　我的體悟　❞❞

記得我到人事局服務時，第一次辦理公文，科長叫我去找類似的案件檔參考。由於檔案與待辦案件是同類型，於是依樣畫葫蘆，很快就完成了簽辦過關。科內另有一位比我早約4個月的新進同仁，也是同樣的學習辦公文，經過一段時間，我發現這位同仁被退稿的次數，明顯超出我許多。後來請教資深同仁才知道，這位新進同仁辦理每件公文的模式，幾乎都是雷同，無法針對個案的需求或問題簽辦，因此，很多公文都需要退稿重辦。為何如此，據一位資深同仁轉述，因為這位同仁參考相近案件，很多都照抄簽辦，並無再探究為什麼如此辦，所以每次辦理的情形都大同小異。因此，遇到一個變化較大或較複雜的案件，即無法妥適簽辦，所以，就常成為科長個別指導的對象。一段時間後，這位同仁終因壓力太大，無法承受，服務不到一年即自動請調回家鄉任職。而我當時一心想學習，所以每個案件都細細探究，尤其接辦案子與類似檔案不同之處，更是琢磨再三，才下筆簽辦。由於已知道舊案辦理的原委，新案中機關的要求與法規規範的衝突點，經思考分析後，哪些可同意哪些須駁回，均了然於胸，因此很快就簽辦過關。

從以上的經驗，新鮮人參考類似案例，照抄簽辦，很快就入手熟悉，但其實僅能學習到案件的「形」，如不能進一步探究學習，就成為典型常見的豆芽現象，真正遇到變化較大或複雜的案件時便不堪一擊，新鮮人宜引以為戒。

公車理論

杜書伍在上述書中，就以等公車來比喻**實力和機會**的關係。他說，所有的機會都是給有實力的人，也只有實力堅強的人，才有機會成為最後的贏家。因此建立實力、培養實力，就是所有事情的核心，也是任何人都應該要積極修習的課程。這種情形，就如你想搭公車到一個地方，你一定要走到公車站，車子來了，才搭得上去。我們常遇到的情況，大都是到了公車站，必得等候片刻，車子才會來；另一種幸運的情況是，到了公車站，車子隨即過來，這樣的機運相對微小；還有一種狀況是，離公車站只差6、7公尺，車子來了，你當下跑步追上公車；而如果你和公車差距20公尺，那班公車你是搭不上的。

這樣的比喻，就是提醒每個人都必須認清「**培養實力、等待機會**」是最基本的贏家法則。公務員的陞遷也是如此，陞遷的機會是所有人的公車，不會為了獨獨等你一個人而停下來。大部分的人都是要蓄積好實力，伺機而動；少數幸運兒則是實力一到，陞遷機會就來；或者實力本來未到，但是加把勁，及時揪上機會；如果實力相距甚遠，通常是沒有機會搭上陞遷這班列車的。

如果企圖及早要搭上陞遷公車，那麼在前往車站的途中，就必須自始至終全速前進，而不是眼見公車沒到，就逕自踱方步，因為車子比人快，當你發現公車駛來，想要追趕，已經慢了一步。因此，不能因為還沒看見陞遷機會，就磨蹭度日，應該要全速努力，才會搭上最早的機會列車，比別人早一步成功。但也不要奢望沒有實力，還可以取巧地莽撞上車，因為沒有實力，機會就是

別人的賽局，即使勉強上車，到底還是會半路出局，而且遍體鱗傷。就如同公務員取巧或靠關係陞任較高職務，但沒有能力勝任該職務所應擔負的任務，其結果不是被長官外調冷門單位，冰凍起來，甚至被降調，名利兩失。

公門規範

公門的陞遷，依公務人員陞遷法的規定，除了機關首長、副首長、幕僚長、副幕僚長、機關內部一級單位主管職務及機關內部較一級業務單位主管職務列等為高之職務，得由有權長官直接指派外，其餘職務的陞遷，都是依照擬陞任職務所需要的知能，如**考試、學歷、職務歷練、訓練、進修、年資、考績（成）、獎懲、發展潛能、團隊精神、協調能力、業務執行（或勝任職務）能力、領導能力（主管職務適用）及綜合考評**等項目，作一評比排序積分。分數評定後，由積分高者前幾名（1個職缺為前3名，2個以上職缺則為兩倍名額，分別為前4名、前6名、前8名，依此類推），經過機關甄審委員會審查通過後，簽請首長圈選陞任。

上述評比項目，考試、學歷、職務歷練、訓練、進修、年資、考績（成）、獎懲等，都是由**自己努力決定**；但「發展潛能」、「團隊精神」、「協調能力」、「業務執行（或勝任職務）能力」及「領導能力」（主管職務適用）等項目，通常是由出缺職務主管評定，「綜合考評」則由機關首長評定。因此，新鮮人要陞遷，考試、學歷、職務歷練、訓練、進修、年資、考績（成）、獎懲等項目，可於平常工作時，經過自己努力取得較高積分，但「發展潛能」、「團隊精神」、「協調能力」、「業務執行（或勝任職務）

能力」、「領導能力」（主管職務適用）及「綜合考評」等項目，除需個人努力外，更需要個人平常在學習、專業表現、與人相處、溝通協調、處事態度（主動積極、負責）等各面向表現良好，獲得長官肯定，始有可能得到高分。這些就是杜書伍先生前述的**「培養實力、等待機會」**要有的認知及可做的事，蓄積實力後，當機關出缺內陞時，才有機會優先陞遷。

🙶 我的體悟 🙸

以我個人的經驗，在76年9月調到人事局服務，因轉入另一新的領域（由警察轉至人事工作），又鑒於已畢業在警察職場待了8年，已沒有時間再蹉跎。因此，我把握各種學習的機會，除了本身負責的業務外，任何其他新的工作，包括科內新增工作、長官交辦工作、參加人事創新徵文比賽、職務代理等，只要有時間、可以做得來，我都願意嘗試。就這樣因為做事主動積極、用心努力，獲獎機會增多，功獎自然比其他人多，加上之前任職委任年資長，雖在人事局委任科員僅有半年年資，陞遷積分已排在前面，即獲長官陞任薦任科員；之後更加努力，約2年後再度獲得長官拔擢，晉陞為專員；再過2年適值公平會成立，該會人事室需要科長1名，經人事局推薦於81年3月陞任科長，從委任科員晉陞至科長計經過4年6個月。

我在公務經驗分享中，提到這一段時，常比喻為上山（調到人事局服務）拜師學藝近5年，下山以後行走江湖自如，到了各機關心裡踏實，工作也得心應手。就如上所述，當初進人事局抱著學習心態，凡是願意做、盡力做、肯吃苦、肯學習，且從最基層的委

任科員打雜開始，如此練就了扎實的人事業務功夫，累積了實力。因此，到哪裡心裡都很踏實，不怕有任何的困難，同時認識了很多人事局同事及長官，不熟、不會、甚或疑難雜症的業務，都可請教幫忙。我這樣的歷程，看了杜書伍先生公車理論後，真是感同身受。

人兩腳，錢四腳

這是杜書伍所提出在職場賺到更多錢的看法。他提到台語有句俗話說，「人兩腳，錢四腳」，四隻腳跑得比兩隻腳快，兩隻腳的人自然追不到四隻腳的錢！如果我們換個角度想，既然錢跑得比人快，人追錢很難，但錢追人豈不是容易得多？只是，該如何讓錢來追人呢？答案其實再簡單不過，就是**人要有能力**，人如果真正具有能力，錢就會主動追上來！

我們經常可以看到，在同一家公司裡頭，有些人工作特別努力，花在工作上的時間、心力比別人多，經驗、能力便增長得比別人快，於是獲得主管拔擢陞遷的機會也比其他人多，薪水自然也跟著提高。我們也常看到，有些能力非常好的人，會有別的公司主動以非常高的薪水想要來挖角，主動聘請他去任職。這些情形，不就好像是錢自動來追人嗎？因此，讓錢主動來追人的方法，便是努力不懈地提升自己的能力。

「人兩腳，錢四腳」，人追錢很難，但人的能力提升了，錢要追人卻很容易。一個人想要有錢，想要擁有長久的財富，只有把時間投注在不斷提升能力，不斷強化自己的實力，如此一來，不但從中可以獲得自我滿足與成就感，而且財富也會隨之而來。公門也是一樣，所謂升官發財，不也就是如此！

❞❞ 我的體悟 ❞❞

公門的待遇是固定的（包括本俸、加給），在同一領域內的人員，主要是依照你的職等高低、俸給等級、加給類別及主管（或非主管）職務而定（詳附錄公門人的權利〈一〉俸給權〈薪資待遇〉篇），要提高薪水主要靠陞遷到較高的職務，敘任較高官職等，就可以支領較高職等的俸給，或陞為主管職，多領一份主管加給。

以我自己為例，從警察人員轉任人事人員，官等職等未變（在警察機關為警佐一階，調任人事局委任科員，職等為五職等年功俸四級），年功俸薪資未變，但專業加給，從支領警察專業加給，變成支領一般行政加給減少近千元，又少了一份警察人員特有的警察加給，約2千餘元。因此，轉任對我而言，在薪資待遇上減少3千餘元（當時每個月薪水才2萬餘元），可謂損失不少。但基於公務生涯及適合自己工作考量，事後回顧仍然認為是非常正確的決定。因為如上所述以4年6個月時間，從委任科員、薦任科員、專員到科長，官職等從委任第5職等、薦任第6職等到第9職等，職務也從非主管到主管（科長），薪資待遇也隨著提高。當我擔任科長後，待遇不但把轉任時減少的薪水補回來，甚至與

我同期的警察同學相當或更多，這是當初始料未及的附帶效果。同時也印證了，不錯的表現建立了個人品牌，除了可內陞外，也受到外面機關人事主管的肯定而挖角，於81年3月獲邀至公平會陞任科長職務，也印證了杜先生「人追錢很難，但人的能力提升了，錢要追人卻很容易」，突顯培養實力的重要。

職涯成長的認知與突破

工作生涯的成長過程，與一個人的求學過程頗有相似之處。求學過程中，必須從小培養良好的讀書習慣與方法，並且打好基礎，就像小學的加減乘除、中學的代數，到大學的微積分，循序漸進地學習更高深的知識，如果基礎沒打好，將無法順利升學。杜書伍在上述書中，就認為職涯成長過程亦雷同，工作能力的成長與職位的提升均有一定的條件。

杜書伍認為，職涯成長的特性，在於職位的提升或能力的增長並非與時間成直線性關係，而是呈現S型曲線（如下圖所示）。一名剛從學校畢業、進入社會工作的年輕人，在一家公司中從基層做起，針對其初接觸的工作內容，從完全不懂到瞭解，接著熟悉工作內容而進入狀況，此時尚不足以構成在工作職位上升級的條件，必須在熟練之後，進一步對工作內容的本質與意義有更深入、全面的瞭解，達到精通的程度，亦即對工作項目並非個別、單一地瞭解，而是通盤的掌握與貫通，其能力才得以明顯升級，

並反映在工作職位上的提升，擔任基層主管。這段能力升級的過程，通常需要2至4年的時間。

升任為基層主管之後，必須統籌整個單位的資源，開始接觸到領導與管理的工作性質。針對此一新的範疇，又必須重新學習，從不懂到瞭解，進而熟悉、運用自如，待達到貫通的程度，其能力才又再一次地升級，這個階段需要的時間較長，通常約3至6年不等，視個人資質條件不同而有差異。隨後，每個階段升級之後，又會加入新的工作範疇，而必須重複同樣的過程。

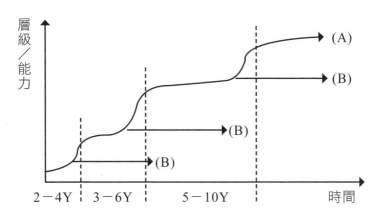

職涯成長曲線圖（資料來自杜書伍上述書P74）

值得注意的是，針對工作內容當中的新領域，從開始學習到熟悉運作的過程中，個人能力的提升幅度相當有限，反映在成長曲線上甚至幾近水平，唯有在運作熟練之後，進一步達到靈活運用，並且能夠融會貫通，能力方能明顯提升，達到升級的條件。如果對工作內容僅僅止於熟練的程度而不能精通，則工作上稍遇變化，往往就不知所措，自然不足以擔任主管，這是一般人在第一

階段最難突破的瓶頸。許多組織中常見所謂的「萬年科員」，便是如此而產生。

杜書伍上述書中進一步指出，阻礙一個人往更高層級提升的因素，最常見的有兩種。首先是升上一個層次之後，一般人會希望獎賞自己，產生了休息的念頭，失去繼續學習成長的動力；或是到了高層之後，逐漸感到心滿意足，因而停止了學習。這屬於認知與持續力方面的問題。另一個問題是基礎不夠札實，組織當中，任何一個職位都不過是名稱而已，真正的重點在於坐上這個職位的人能否勝任，不能勝任的原因往往出在對基層工作的掌握不札實、不精通，因而無法領導部屬。然而，當上主管之後，由於工作性質改變，已無法回頭去重新練習基層工作，結果不僅無法在能力與職位上繼續提升，反因不適任而被撤換。因此，**職涯的成長過程，並非反應在有形的頭銜，而是實質的能力，且唯有實力夠札實，才能針對工作上被賦予的新功能進行有效的學習。**

職涯成長曲線還有另一特點，就是越往更高的層級，水平階段持續的時間越長，從基層主管（股長）升上中級主管（科長）之後，往往需要長達五至十年的工夫，能力才能達到另一次的升級，而產生足夠的條件升任為高階主管（處長、司長）。組織當中除了有「萬年科員」之外，還會有「中年危機」，便是不能認知此項特點所導致。中級主管擔任多年卻無法升職，而在中年時期衍生出許多想法，很可能認為公司不給他機會而另謀出路。因此，職涯成長到越高的階段，越需要具備耐心。郝明義先生即將**中級主管比喻為駱駝在沙漠上行走**，需耐得起乾燥、風吹、日曬等孤寂無聊的考驗，真是再貼切不過了。

一般而言，職涯的第一個10年通常是接受各種歷練的階段，第二個10年則是藉由先前打下的基礎，加以應用發揮，同時獨立性逐漸提高。約莫經過20年之後，一個人才能累積足夠的能量、能力與經驗，得以獨當一面。縱使一個人的資質極佳，學習速度較快，這段時間也無法壓縮得太短，因為人的成長並非僅是知識的獲取，還包括了**心智的成熟與人生經驗的累積**，而這些都需要足夠的時間。

公門規範

公務人員的陞遷需具備**「有資格」、「有職缺」及「有能力」**等3個條件：

1.任用資格：

公務人員任用資格是由國家考試等第決定，如普初考具有委任資格，就無法陞任薦任職位，高考具有薦任資格，即可陞任薦任以上職位，當然薦任晉升簡任職位，另需具備具備一定條件（依據公務人員任用法規定，需經銓敘部銓敘審定合格實授現任薦任第9職等職務人員，具有經大學或獨立學院以上學校畢業，並任合格實授薦任第9職等職務滿6年，且其以該職等職務辦理之年終考績最近3年2年列甲等、1年列乙等以上，並已晉敘至薦任第9職等本俸最高級後，再經晉升簡任官等訓練合格者，取得陞任簡任第10職等任用資格）。一般而言，如經高考3級考試及格初任薦任6職等職務，表現非常良好也順利晉陞職務，考績年年甲等，兩年取得晉升1個職等（按依考績法規定，連續2年考績甲等或1甲2乙取得晉升高一職等資格），順利晉升至9職

等需8年，再晉敘至9職等本俸最高級需2年，意即需經至少10年始能取得晉升簡任10職等資格。但如任薦任職務時，未能陞遷至薦任第9職等職務，則須更長時間，甚至沒有機會取得簡任任用資格。

2. 機關職缺：

行政機關的職務，是依據機關屬性、任務及層次，按照職責程度及資格條件訂定，因此職等愈高職位愈少，大致成葫蘆型態分布。依據銓敘部統計全國各行政機關簡薦委職位數，大致為簡任職約6%、薦任職約66%、委任職約28%，因此，委任職進陞為薦任職容易（只要有資格），薦任職務間的陞任也較為容易，但薦任職要晉陞為簡任職就很難，因為簡任職位太少了。有很多人甚至終其一生公務生涯，縱使已具簡任資格，也無法陞到簡任職，就是因機關簡任職務未出缺，或出缺後由外機關調補所致。

3. 工作能力：

初入公門機關，都是依據你考試等級派任相當職務，譬如高考三級，給予薦任6職等職務，普考則給予委任3職等職務。這裡所謂職等，依公務人員任用法規定，就是依照職責程度及所需資格條件來區分。職責重的工作，由職等較高的人辦理；相對職責輕的，則由較低職等人員辦理。換句話說，前者因工作較為繁雜、困難，需要有較強能力的人來擔任，自然職等也較高；後者由於工作較為簡易，只要具有一般能力者即可勝任，自然職等也較低。因此，工作能力決定你能不能勝任較高的職務，如果沒有較強的能力，也就沒辦法勝任，這樣的結果不是

無法再往上晉陞，就是可能被調整至較為冷門的單位，甚至會被降調，譬如主管職務調為非主管職。

能不能勝任職務工作，除了個人的專業能力外，如果是主管職務，還需具有管理及領導能力。所以陞任職務，如果沒有具備該職務所需的能力，也是無法久任或再往前進一步陞遷。

❝❝ 我的體悟 ❞❞

以我個人為例，76年9月到人事局歷經4年6個月的磨練，81年3月晉陞至科長中層主管職後，一直待了近8年才陞至簡任職。這期間我幾乎耐不住，一方面工作屬性變化不大，另一方面看到局裡同期其他同事，大部分均已陞至簡任職。就如郝明義先生描述這個中級主管階段，如同駱駝沙漠中行走，孤單無聊。

在銓敘部服務時，有一位司長談到對陞遷的體悟是「委任陞遷靠考試、薦任陞遷靠努力、簡任陞遷靠機遇」。的確，我在人事局從薦任科員一路爬升至科長，靠的是自己的努力不懈；但81年3月調陞公平會人事室科長，83年即取得簡任資格，86年平調銓敘部科長，均因無簡任職缺，一直無法晉陞，直到88年保訓會國家文官培訓所成立，才有機會轉任該所擔任簡任編審職務，爾後約3年多先後調陞組長、主任秘書到保訓會處長，真的簡任陞遷看機遇。

記得就在任職處長的第一天，處內一位科長，拿著一份立委質詢的公文回覆稿，向我說這份公文已被退回二次，希望處長能速予指導修正以便答覆，還好這種回覆立委質詢案，我在人事局服務已是家常便飯，因此，這個初次測試也就輕騎過關了。回顧這一

段，如果沒有前面約5年基本功磨練及8年科長職務的歷練，後面各項職務，就無法順利勝任，此也印證了杜書伍先生前面所論述，在職涯的另一高峰，需要累積足夠的能量、能力與經驗，始足以擔當，這段時間不能壓縮得太短。

從上述職涯成長的認知與突破，以及我個人的體驗，不難看出不管公私組織，從新人到基層、中層、高階主管，皆需經過一段漫長時間的歷練，始能達成。新鮮人有此認知後，就應該在自己未來30、40年冗長的公務生涯中，事先規劃每個階段應增強的能力或學習的面向，以便能及早一點完成「有能力」的條件，往後就能駕輕就熟勝任陞遷後的任何職務。

公門陞遷哲學

一般而言，公務生涯的成長發展中，公務員最在意或關心的，不外乎「名利」，前者主要是陞遷的快慢，後者即是待遇的多寡，但兩者又關係密切，所謂「名利雙收」，意指升官時通常跟著待遇就增加，因此，歸根究底「陞遷」才是關鍵因素。但行政機關的陞遷如上所述，一個蘿蔔一個坑，尤其到簡任職缺更是僧多粥少，所以「簡任陞遷靠機遇」，不過機關陞遷除簡任職務很少外，就連荐任職務的陞遷，也不是很容易，尤其在荐任職務不多的地方機關或基層執行機關，更是如此。很多公務員就是因為這

樣卡關了、看不開，甚至辭職或早退。因此，公務員陞遷實際
情況是如何、應如何看待、如何發展，是公務員很重要的一個
議題。對此，我很認同我在銓敘部法規司服務的司長朱永隆（後
來高升為人事總處副人事長）對陞遷的體驗談，因為他講得很實
在、又貼切、且到位，頗值得新鮮人或在職公務員參考：

◆ **在觀念上—搭車哲學、各憑造化**

在公務機關要能順利發展，在觀念上要有「搭公車」的哲學。
我們在市區搭公車，常有這樣的經驗，當搭車人很多，被擠入
公車內站立時，會被後面陸續上來的乘客一直推擠往裡面站，
有人很幸運，剛好站在一個要下車乘客前面，所以很快就有座
位，但有的人卻一直等到下車都沒有空位可坐。公務員的陞遷
就如同這樣的情況，有快有慢，起起落落，都不是自己可以掌
握的，所以要有「**得之是幸，失之是命**」的想法，處之豁達淡
然、委諸造化，不必強求。

◆ **在策略上—十年生聚、妥慎規劃**

凡事豫則立，公務員的陞遷雖然自己不能掌握，但是如何努
力充實自身基本條件，則是必須妥慎規劃的。就如前述「公
車理論」所提，陞遷需「培養實力、等待機會」。以新鮮人
而言，如何在職場上善用初入機關這所社會大學，不要計較
負擔與待遇，並充分利用年輕人的資產，儘量接受磨練與訓
練，要像海綿一樣儘量汲取足夠養分，對未來公務生涯發展
一定有很大助益。

◆ **在運用上一大官要靠、小官要跳**

朱司長認為「大官要靠」是遠程策略，「小官要跳」是近程作法。就是指公務員在中低職位時，應該多多歷練不同工作性質的職務，甚或不同的機關，以吸取更多的工作經驗，並建立不同的人際關係。一旦有機會陞任較高職位，便可以札實的工作歷練實力，加上寬厚的人脈關係來獲致提攜拔擢，這就是「大官要靠」的道理。

◆ **在調適上一龜兔賽跑、戲棚看戲**

公務員的陞遷，有快有慢，有得有失。有人一開始便平步青雲，扶搖直上，但無論如何在某一階段就會停滯不前。有人則先慢後快，甚至後來居上，這種情況恰如「龜兔賽跑」一般。此外，台語有句俗諺：「戲棚下是站久人的」，等久了總會有輪到陞遷機會的。

💬💬 **我的體悟** 💬💬

民國68年7月從中央警官學校畢業，分發苗栗縣警察局服務，已經掛一線四星的巡官，核敘警佐一階一級（相當委任5職等本俸五級），後調刑事警察局偵查員（二線一星），但仍敘警佐一階一級，只是晉級到年功俸二級，後來因考上人事高考改調保警第四總隊人事助理員，薪級改敘委任5職等年功俸五級，76年9月1日轉調行政院人事行政局仍是委任5職等科員，直到77年1月陞任薦任6職等科員，前後計幹了近9年委任（或警佐）的職務。在這近9年的時光，我的警察同學有的已經高陞二線三星或四星接近高階警

官的警正（相當薦任）職務；而在一般行政機關，也都足以進陞到薦任9職等科長職務了。這段期間可說是我公務生涯中，最難受、最晦暗時刻，與同學或同事聚會都不好意思聊近況、談發展；但另一方面卻也是我最拚命努力衝刺的時刻，因為為了離開不適合的警界工作，我日以繼夜努力，先後完成考取人事行政高考及錄取政大公行所攻讀碩士，兩項轉入人事行政界的準備工作。

自警界轉調至行政院人事行政局委任5職等科員約半年時間，因委任年資夠長，表現也可以，即調陞薦任6職等科員。之後，再過2年餘的努力，適有專員出缺，經評比後也順利陞任薦任7至9職等專員，再經過近2年，行政院公平交易委員會成立，人事室科長缺人，即由人事局推薦我出任。總計約4年6個月時間，從委任科員晉升到薦任9職等科長，總算彌補了前面8年陞遷空白時刻。

上面這些經驗，似也印證了前面台大熊秉元教授對新生的建議：「最好試著當海綿，不要當刺蝟。而且，如果不太困難的話，要勇於當傻瓜，認定一兩個簡單明確的目標，傻裡傻氣地去追求，自得其樂。」也許就是當初「天真」的這個傻勁，而達成高考及研究所的目標，不但自得其樂，並奠定了我在人事界發展的根基。而在警界及人事局這13年時光，前面8年紋風不動，後面近5年因全心全力投入工作學習，充實自己的實力，才能順利掌握快速陞遷的機會，也印證了朱司長「十年生聚、妥慎規劃」及「公務員的陞遷，有快有慢」、「有人先慢後快，甚至後來居上」的經驗談。

當然後來我在科長職務待了近8年（公平會5年餘，銓敘部2年餘），直到88年國家文官培訓所成立，參加甄選才調陞該所簡任10職等編審，到培訓所約3個月即奉派代理組長，再過4個月真除

簡任11職等組長，之後再過1年5個月，主任秘書外調出缺，經所長推薦調派補實，再過1年2個月，保訓會簡任12職等處長出缺，幸蒙周弘憲主任委員不棄調陞補實。總計88年到91年10月3年餘時光，計經歷過四個簡任職務（簡任編審、組長、主任秘書、處長），就如同朱司長前面所提「搭車哲學、各憑造化」的陞遷情形。我也沒想到，在科長停滯約8年的時間後，短短3年餘時間，會經歷過四個不同簡任職務，也許就是剛好幸運趕上新成立機關補人的黃金時刻，真是「得之是幸，失之是命」。

現在回想起來，這四個簡任職務調任的過程，還真的是有賴多位長官「貴人」相助造化的結果：第一個是調任銓敘部科長，就得力於人事局第二處長官的推薦；而在部裡服務期間，認識了我第二個貴人長官──侯景芳專門委員（後來陞任到銓敘部常務次長退休），他協助過我兩次：首先是在部裡服務期間，看我已有簡任資格，但都無職缺可晉陞，因此建議我去應徵國家文官培訓所簡任編審職務，也因此開啟了上述四個簡任職務的歷練機會；第二次助我一臂之力是他調陞保訓會人事室主任時，適值保訓會林基源主任委員考慮文官培訓所代理組長人選重要時刻，因林主委並不認識我，徵詢侯主任意見，經他大力推薦，才得以代理組長及後來真除組長的派任。第三個貴人則是文官培訓所鄭吉男所長，他是我在銓敘部服務時，打網球認識的長官（當時是任職保訓會培訓處長），沒想到後來調陞培訓所所長，除了打網球興趣一樣外，我也全力投入教務工作推動訓練業務，因此擔任教務組長期間，工作順利相處愉快，後來培訓所主任秘書外陞出缺，他即極力推薦我補實；之後，鄭所長陞任保訓會副主任委員，適值培訓處處長外調出缺，也是在他極力推薦下，才得以順利陞任。這也驗證了朱司長所提「大官要靠」的道理。

邁向成功的關鍵－
練就札實的基本功

第**3**部

基本功的重要與內涵

重要性

「沒有人能一步登天」這句老生常談的話,就是說在職場要能出頭天,需要的是「循序漸進」的札實基本功,每天累積你的能力,才是邁向成功的不二法門。

基本功就像一個學武的人,初入門派,都是從基本的蹲馬步、挑水等這些練體力、耐力、毅力的動作做起。不要小看職場中的小事,它們都在幫助你累積實力,小事情做久了,就能漸漸擦亮你的專業能力。的確職場要出頭天,你需要的是「循序漸進」札實的基本功!從下列幾個成功知名人士的經歷及體驗,更不難看出其重要性:

(一)《松浦彌太郎說:假如我現在25歲,最想做的50件事》一書所提50件事,都不是什麼人生必做清單,也不是叫你去買車買樓,而是從許多微小事情著手,去建立一種正面的人生態度。例如,別總把「沒辦法」掛在嘴邊、學會獨立、累積小小的成功、隨時保有好奇心等。很多人總是想要做大事,卻忘了要先把小事做好,小事能做好,才能累積做大事的實力,其實這些小事就是基本功。因此,該書的作者松浦彌太郎就直接點出:「只要連結更多機會,累積小成功、小實績,就會有開花結果的一天。」

(二) 聯合報在各領域的領導者「給新鮮人的十封信」專訪中，花旗銀行消費金融台灣區總經理管國霖，就體驗到把**「低階、初級的工作，當成『蹲馬步』練基本功**（別設限捲起袖子做）」的道理，而成就了今天的他。中庸所提「修身、養性、齊家、治國、平天下」，也是同樣的概念，你要治國平天下，就要從基本的個人修身養性齊家做起。

(三) 郝明義也在上述書中指出，決定能否到高層職位的關鍵在**「基本功非專業」**。他說，今天是一個講究專業的時代，大家追求的不只一技之長，還要有多技之長。但是在企業的世界裡，一個人所學、所長的專業固然重要，可是真正在工作表現上傑出，受到大家注意的人，其實另有個關鍵因素，那就是**與專業無涉的一些基本功**。這些基本功，通常都是新出社會時候所養成的，或者說訓練出來的。隨著就業的資歷增長，擅長的專業精研，早年這些基本功也許會隱而不見。然而，有太多例子告訴我們，這些基本功不只是對剛進社會的新鮮人有用，越到高層，越到資深位階的時候，最後決定成敗的，往往都不是所謂的「專業」能力，而是這些「基本功」。

總之，在職場上各行各業都有其基本功，我們要認清並認真看待學習。當一個人能夠將基本功打好，才有機會成為主管仰賴的部屬，進而才有可能成為未來的接班人。的確，基本功是根基，就像一棟建築物，有了厚實的地基，才可能撐起萬丈高樓。

💬 我的體悟 💬

在國家文官學院與學員聊天時，常聽到很多學員，遇到了類似的問題：「公門的事，怎麼盡是一些重複例行芝麻小事，不是抄抄寫寫，就是給長官跑跑腿」、「公門的事情太簡單了，與書本描述或想像中的事差很多」、「總覺得工作過於單調枯燥，有點做不住、想離職」。這些芝麻、簡單或枯燥的事，其實就是上述所提典型的蹲馬步或挑水的基本功，初入公職場的新鮮人不瞭解、耐不住，就有動念離去的念頭。

我們常聽到長官或老一輩的人說，這是這一代草莓族吃不了苦、耐不住、想一步登天，不確實際的想法。其實我覺得年輕人初入職場，不分世代都會有這樣的狀況。畢竟面對陌生工作的不適應、不順手，或是真實工作內容跟當初所期待的有所落差，不論職場新手或是老鳥，難免都會有動念離去的衝動。所以，我的公務經驗傳承課程開場白的第3個主題：「起跑幾年後，發展大不同！」關鍵的地方，就是要新鮮人能瞭解各行各業都一樣，都有其一些低階初級的基本功，要認清並練好這些基本功，才能在未來的公務生涯，扎下厚實的基礎，順利發展。

內涵：態度、能力、品德

公門裡表現優秀者不乏其人，為肯定表揚這些優秀公務人員，樹立公務人員學習標竿及強化公務人員優質表現，政府每年都會辦理模範及傑出公務人員選拔。前者由中央二級以上機關（總統府、五院及各部會）及各直轄市、縣市政府選拔出值得為公務人員楷模者，就成為模範公務人員；後者由銓敘部主辦，每年10名，由全國各機關推派5年內未獲得傑出貢獻獎者參加選拔（實務上均以歷年獲得模範公務人員為對象）。

從每年獲得表揚的人員中，可看到他們都是在各自崗位上，付出相當大的心力，做事主動積極，且不斷研究創新，才有今天的成就。銓敘部曾就傑出楷模公務生涯經驗分享中，歸納出5項「傑出楷模成功DNA」：

DNA**1**　成為具有自燃性的人

DNA**2**　學習力為關鍵競爭力

DNA**3**　同理心與使命感為創新的泉源

DNA**4**　使命必達向不可能說不

DNA**5**　高情緒智商帶來更多成功機會

保訓會前副主任委員鄭吉男，亦曾就傑出公務人員的優良事蹟
中，歸納出一些共同特質，包括「艱苦環境，力求上進」、「工
作認真，全力以赴」、「公正廉明，守正不阿」、「鑽研專長，
追求卓越」、「強烈動機，實現理想」、「多元發展，終身學
習」等六項，很值得新鮮人參考學習。考試院前院長關中98年11
月30日在「如何做一位好的公務人員」文中，也認為，要做一個
現代的、優質的公務人員，要具備三個條件：一是廉、二是能、
三是使命感。

如果上述模範或傑出公務人員，是公門職場的成功者，據其共同
特質，以及關前院長「好公務人員條件」說，並佐以個人近40年
公門職場的經驗與所見所聞，我認為公門成功職場，需具有基本
的**品德**，以及優異的**能力**和良好的為人處事**態度**。我在公務經驗
傳承課程中稱之為**「公門職場成功三角」**（如下圖所示），**品德
為基礎，能力及態度為成功左右兩大支柱**。以下謹就這個成功三
面向，分別闡述其要義、重要性、類別及如何培養（或型塑），
以供新鮮人入公門努力的參考。

公門成功職場三角圖

態度

態度的內涵

態度就心理學上而言，指的是個體對於人、事、物作出某種反應的意願；該意願通常表現在認知（假定和信念）、情感（感受和情緒）及行為之上。態度之範例如偏見、同情心、反感及自尊等。人們可以藉由態度評估事物，也得以藉之辨別個體以適應社會。就實務而言，呈現於職場工作中的「工作熱忱、敬業精神、負責、主動、積極、高EQ」等都是屬於態度的範疇。

106年7月19日勞動部勞動力發展署委託民間公司調查企業對新鮮人的看法，並發布新聞稿「企業最愛新鮮人2大特質：主動積極、認真負責！」指出，企業最「呷意」的新鮮人，必須具備什麼樣的特質呢？調查結果顯示，企業認為職場紅人的特質以「主動積極，樂於付出」（64.66%）的比例最高，其次是「工作認真負責，吃苦耐勞」（62%）、「善於表達，會溝通」（55.62%），由此可看出，主動積極絕對是新鮮人應具備的基本工作態度。而責任感也是主管觀察新鮮人的重要指標，要避免推卸責任、不能吃苦的既有印象，只要凡事多聽、多問、多看、多做及少批評，秉持虛心學習的精神，對於主管交辦的工作盡力完成，不半途而廢、不逃避責任，這樣才能承接更重要的任務，進一步在職場中學習成長。

此外，除了基本的工作態度，新鮮人也需**強化情緒及壓力管理**。有近4成（38.71%）企業針對新鮮人職場EQ給了「5分（含）以下」的成績，**最需要改進的地方以「抗壓性低，挫折忍受度差」**（61.89%）**最高，「愛抱怨，動不動就想要離職」**（41.06%）、**「不敬業（如愛遲到、愛請假……等）」**（39.98%）**次之**。新鮮人剛步入職場難免會遇到挫折，但面對問題要檢討缺失、找到原因，並思考改善方法，抱怨與離職並不能解決問題。發展署建議**「新鮮人要有把吃苦當吃補的心態，凡事都要有毅力，勇於接受磨練，不去計較得失，認真付出，抗壓性自然會提高。」**

聯合報在各領域的領導者「給新鮮人的十封信」專訪中，嚴長壽就建議新鮮人，「不管你想從事什麼行業，我都希望你能保持足夠的**『熱忱』**；熱忱激發能量，你快樂他感動；我挑人最基本的條件就是熱忱，至於學、經歷，那只是個參考。」在公門職場上，歷屆模範或傑出公務人員優異的表現，從銓敘部及保訓會鄭前副主委歸納得獎人員成功的DNA或特質可看出，除具有其任職領域的專業外，在工作態度上，都充滿**工作熱忱，做事負責、主動、積極，並具有使命感、敬業精神及高EQ**，就是最好的印證。

對職場的影響

◆ 態度決定高度，心態決定事情的成敗

用正確的態度做事，就能把事情做得好。美國知名激勵作家與演說家齊格勒曾說：**「決定你人生高度的，不是你的才能，**

而是你的態度。」一個人的態度決定了他的高度，高度決定了廣度，廣度則決定了深度，改變態度才能改變高度、廣度與深度，最後就能改變自己的人生。

◆ 態度決定一切

「態度決定一切」一書的作者阿爾伯特‧哈伯德即提到，美國西點軍校有一句名言就是：**「態度決定一切」**。沒有什麼事情做不好，關鍵是你的態度問題，事情還沒有開始做的時候，你就認為它不可能成功，那它當然也不會成功，或者你在做事情的時候不認真，那麼事情也不會有好的結果。沒錯，一切歸結為態度，你對事情付出了多少，你對事情採取什麼樣的態度，就會有什麼樣的結果。

❝❝ 我的體悟 ❞❞

在公門職場上，我們常聽到某某人能力不錯，但怎麼都得不到長官的欣賞重用，老是無法陞官，經過瞭解，原來問題出在態度上。這種現象在我待過的機關，也是屢見不鮮。據我觀察，他們平常遇事推諉，工作無熱忱、不積極、不努力、不負責，所以機關長官不敢重用，也就無法發揮長才。但他們又不自我反省，老是認為別人沒眼光，長官偏心，受到不公平對待。因此，在機關內認為自己「時運不佳、大材小用」，整天「怨天尤人、鬱鬱寡歡」；對外服務態度也不佳，常為人民所投訴，是機關頭痛的人物，其實根本原因就是出在「態度」。

四種態度類型

世紀奧美公關創辦人丁菱娟，在「**你做事讓人放心嗎？四種態度影響未來格局**」文章中指出，想想你是如何做事的？有四種類型你可以分辨一下。第一種人是直接推給別人做；第二種人就是只做最基本，用交待了事的心態，覺得有做能過關就好了，並不想真正解決問題；第三是遇到問題會去尋找答案，盡力完成；第四種是思考怎樣可以做到最好，除了做好之外還打破現有的框架，期望能有更高的成果出來。這四種不同的心態和做法，就會得出不同的成果，也會影響別人對你的看法。

(一) **第一種人推事情**。通常這種人舌燦蓮花，若是最終懂得把功勞還給做事的人，回頭人家可能還有機會跟你合作，最怕的是找個藉口塞給別人，自己卻毫不關心，事後還搶功，這樣的人當然是團隊中的絆腳石。

(二) **第二種人很混**。只是想做最基本的交代便宜行事就好，只做表面功夫，就像打掃只掃別人看得見的地方，細節完全不管，幾次之後這種心態會讓他很快被看破手腳，成為不被信任的人，或是一輩子都只做著最簡單基本的事務性工作，不會有所成長，自以為賺到，其實損失的還是自己。

(三) **第三種人是有責任感**。會去尋找答案盡其所能地完成，盡心盡力，在團隊中是穩定可靠的夥伴，也是團隊中最喜歡的合作夥伴，容易在做事的過程當中有所學習和成長，是屬於組織裡面中堅份子。

(四) **第四種人是精益求精，好還要更好**。對自己永遠不滿足，一直在思考還有沒有更好的方法和突破，永遠在挑戰最佳的答

案，這樣的人在團隊裡具有改革的力量，也有創新的能力，這樣的人是組織中創新改革的種子，但不見得是團體中受歡迎的人，因為他的求好會帶給同儕很大的壓力，如遇到好的領導者，善用他的特性，就能在組織中發揮感染他人向上的影響力。

❝❝ 我的體悟 ❞❞

在政府機關裡，我們也可常看到這四種工作態度類型的人。我在人事局時，就有一位同事綽號被封為「推事」（當時法院的法官職務名稱），主要原因就是，凡事一來他就儘量找各種理由，把它推掉。

早期機關內，常見到資深公務人員，過一天算一天，下午五點不到就收拾東西準備下班，而上班時也東摸摸西摸摸，有時甚至常往合作社跑（早期很多機關有設置員工合作社，賣一些生活用品），除了趁機休息外，還可買些家裡用品回家使用，看起來心中都沒在公務上，就是典型的混日子型。但機關業務還是須有人辦理，因此在這種機關，新進年輕人，通常就成為需要承擔的主力，有些新鮮人看不慣，常與那些資深人員比較，向長官抱怨，因此就產生一些消極的做事態度，甚至交差了事，久之也就成為第一或第二種人；但有些新鮮人就能逆來順受，把自己的業務或長官交辦的事儘力完成，很快就成為上述第三種人（有責任感），而這些人如果得到長官信任，陞遷或在工作上得到成就感，自然進階為第四種人，成為機關的典範，表現特別優異者，更成為模範或傑出公務人員。剛入職場的新鮮人，你希望成為哪

種類型的人，就完全看你在職場上遇到事情，是用何種態度去面對、去處理！

三種職場心態

職業、事業、志業是我們在職場常見的三種心態。在課程裡我提到「三個水泥匠的寓言故事」，鼓勵學員能將當公務人員作為「志業」。故事大概如下：有人經過一個建築工地，看到三位水泥匠正在努力工作，忍不住好奇詢問：「你在做什麼？」

- 第一位水泥匠說：「我在砌磚頭啊！」
- 第二位水泥匠回答：「我在建造教堂。」
- 第三位水泥匠則緩緩地說：「我在打造上帝的殿堂，讓人們有機會在一個安身之所，與上帝連結。」

從這些回答，可看出他們的心態是甚麼？第一位泥水匠是有一份職業（job），賺一些錢餬口；第二位泥水匠為一份事業（career），認為自己是一位蓋房子的工匠，蓋房是我的事業，也是我謀生的工具；第三位泥水匠則為一份志業（calling），他不但認為是在為人蓋房，更看到這份工作的價值，認為是一份很有意義的工作，因此，工作積極，樂在工作。

任何工作都可以是職業、事業或是志業，端看我們認為砌一塊磚是賺錢差事，單純是為了生活；還是為了追求更大的成就，在所屬的領域裡扮演一定的角色；或是為了造福他人，反映自己和工作更重要的價值。如果可以從不同的角度重新看待自己的工作，發現自己的使命及價值，那麼即使遇到了阻礙，都有一個可以說服自己繼續堅持下去的理由。

很多人都期望像第三位泥水匠那樣，但在現實生活中卻只能做到第一位或第二位的程度。耶魯大學的管理學教授艾美‧瑞斯尼斯基（Amy Wrzesniewski）曾研究調查發現，大家都可以清楚說出自己比較像哪一位泥水匠。他調查研究後，把職業、事業、志業的狀況，作出如下的描述：

- 職業：「我覺得我的工作只是生活必須，就像呼吸或睡眠一樣。」

- 事業：「我把工作視為邁向其他機會的必經之路。」

- 志業：「我的工作是人生最重要的事之一。」

❛❛ 我的體悟 ❜❜

在機關中任職，你把它認為是職業、事業或志業？都是由你自己來決定，據我的觀察，在公門機關中3種型態的表現，大概如下：

1. 當你把公務員當作是一種職業，你會如上述，感覺工作就像呼吸或睡眠一樣，是生活所必需，久了即無感，所以只要把

它做完，就算盡到責任，也不會有被開除的可能，「一天過一天」、「混日子」就是最佳寫照。

2. 第二種看法，典型的心態是，「領人一份薪水，做一份工作」，或是對外炫稱「呷公家的頭路」，把「依法辦事奉為圭臬、法寶」，法無規定或規定模稜兩可，就無法辦事，「消極的依法行政」就是此種人的典型作法。

3. 第三種看法則是認為有價值的、對人有幫助的、有成就感的。雖然是小事，他們認為是解決人民的問題，提供了他們的需求，就像做善事、功德一樣，很有價值及成就感，因此做起事主動積極，只要不違法，都儘可能滿足人民的需求，「積極依法行政」、「主動積極、樂在工作」就是最佳註解，不但是模範或傑出公務人員共同特徵，同時也是「公門好修行」最佳寫照。

如何型塑良好態度

我們知道了態度的重要、類型及職業、事業、志業之別後，認為需要具有良好的工作態度，但態度除與生俱來的特質外，更重要的是後天的培養型塑。由於態度需要長時間累積而成。在公門職場上，要如何去養成這種好的工作態度呢？依我個人自己工作的經驗及觀察，至少有下列七種途徑，可讓你達標。

◆ 從規定到服務到感動服務

政府的規定是死的，人是活的，所以不能只以法有無規定，當作是做事唯一準則，而是要以服務的心，解決他們的問題，縱使礙於規定無法照准，亦應妥為解說，這就是從規定到服務；而感動服務，就是以**自己的專業能力，滿足顧客的需求，並適時給予驚喜的服務**。換言之，只要把你對顧客的問題，所瞭解的相關規範、可能的解決方法或方向告訴他，或建議其他具體可行的措施給他參考，就可做到。其實這些對你而言，易如反掌，因為那些解決顧客的方法（向）或措施，都是你的專（擅）長，端視你要不要做而已。

❛❛ 我的體悟 ❜❜

在公務經驗傳承課堂裡，我分享一個親身的經驗：有一次去高雄太太的娘家，和岳父一起爬壽山，就在往前走時，忽然聽見後面有人叫「廖科長、廖科長」，回頭看到一位並不熟悉的年輕人，以為他看錯人，正要走時，他自我介紹是公平會的某某科員，停下來跟他談話，才知道原來他是當年考上國考分發公平會服務的同事，因為在人事上有一個問題曾來問我，我不但解決他的疑問，還把相關的規定及可能的選項都告訴他，他非常感激，從此記住我，後來他辭職回來高雄當律師，還是對我印象深刻，並把我對他的服務，當成他現在做事的標竿呢！

我的結論是，解決這位同仁的人事問題是我的職責，我把他的問題，依據規定告訴他，其實已經完成了我的工作，也解決了他的問題。但據我專業的瞭解，還有其他並無礙解決他問題的相

關規範，為了給他有完整的概念，於是我毫無保留全部告訴他，沒想到他竟因此對我印象深刻，心存感激呢！這就是感動服務，其實很簡單，每個人都能做到，因為這是你的專長，端視你有無此心。

如前所述，公門的特性是依法行政、獨一無二，缺乏競爭是與私部門最大的不同。依法行政就是規定，每項事情均有相關法規規範，常見機關裡公務人員處理案件，遇到不准，簡單說一句「不符規定」，就把民眾打發過去，無法妥為說明，或進一步提供如何做、怎麼做的服務，因此常被批評官僚。這些消極的工作態度，表現出的被動、服務差，就成為公門的標誌，凡此，都是新鮮人必須引以為戒的，最起碼不要被感染上這些惡習，而當你已蓄積一定能力時，就要以感動服務為目標儘量去達成。

◆ 從被動到主動

由於學生在學校學習，都從老師傳授而得，久之養成被動習慣，到了職場仍然依舊，就產生了被動現象，長官交代一件做一件，不會主動思考可以做類似的事情。此外，公門新鮮人在面對問題時，通常會缺乏自信，因為無經驗或沒信心，所以即使瞭解自己的工作內容，或該怎麼解決問題，仍因為害怕犯錯，不敢主動執行。因此，欲型塑良好學習或服務人民態度，就要將學生時代被動習性改掉，養成主動的好習慣。

❝❝ 我的體悟 ❞❞

在課堂上，我以在人事局的經驗講解。剛來局裡做事，老鳥會告訴一些處理公文的大原則，但當接到實際案件時，往往都不知從何下手，此時最重要的就是要主動出擊，將問題請教同事，縱使是階級比你低者亦可。同事常會告訴你可參考哪些案例，調何種檔案，你不能依樣畫葫蘆了事，而是要思考何以會如此簽辦，有不瞭解或模糊不清楚的地方，仍然要積極主動繼續請教。另在文稿擬辦上，經上級長官修改後謄稿，更不能僅僅照抄了事，必須仔細推敲，何以要這麼修改，如有不懂仍然要繼續請教，如此才能舉一反三，在下個案件中突圍而出。

◆ 從負責到當責

「當責」（Accountability）與「負責」（Responsibility）最大的不同，在於「當責」必須「對結果負責」，而不是只把自己份內的事情做完就好。

一個有「當責」概念的員工，會主動認識到自己有能力解決問題，而不只是做完「主管交代的任務」，且會更進一步確認達到任務所想要的結果。例如主管要你寄出一份文件，你準時寄出了，這是負責；而打電話確認收件人已經收到這封郵件，並傳遞到了主管希望可以送到的人手上，這就是當責了。

●● 我的體悟 ●●

在上課時，我特別強調的是承辦開會的案例，不是將開會通知單發出即認為完成主管交代的任務。最重要的是後續的追蹤，如參加的機關或專家學者出席的情形等，尤其對案件特別重要，非出席不可的機關能否參加、派誰出席，都需進一步再三瞭解確認。

此外，會前必須與主持人報告及溝通，甚至告知會議想要達到的結論，或與機關內相關單位或人員事先溝通等，都是非常重要的事項，這就是當責的精髓，同時也是我在公平會獲得其他單位主管肯認「廖科長承辦的案子，一定沒問題」美譽的原因。

◆ 從同理心到修行心

教育界的人都知道，當你與小朋友講話時，要蹲下來對著她的眼睛，如此對話才無壓力，小朋友不用仰著頭，才能自然講話，這就是老師能設身處地想到小朋友身高問題。同樣地，當你辦理案件時，也應設想如果是當事人，會怎麼想、希望得到甚麼等等，如此設身處地的同理心，自然服務態度及該做的事，一定都會好、會做，民眾一定滿意。

有一句話說，「人在公門好修行」，就是要我們公務人員，在政府機關做事，平常以同理心做好每件事，只要解決每個人的問題，就如同在人間修行，做好事積功德。而你如隨時心存修行心，在公門做事，自然就會以同理心的心態處理民眾的事情。

●● 我的體悟 ●●

我在文官學院時，常問受訓學員退休後最想做的事情是甚麼？有很多人回答想當志工服務眾人，其中還有不少人想到寺廟當志工，除可為自己求得一個信仰，更希望可藉服務信眾修行積德。其實我們當公務人員，平常積極做事，解決民眾問題或困難，就是在做功德。尤其公門有很多工作，法規無法鉅細靡遺規範，需要公務人員自己判斷，此時如在不違反法規規定意旨下，主動積極做事，解決民眾的問題，功德更大。所以我在各種訓練開訓時就常勉勵學員，公務人員就是政府聘請服務民眾的人員，用志工的精神、心態，服務社會人民，解決各項問題，就可積功德。因此，公務人員想當志工，不必等到退休，現在即可馬上做。

◆ 沒有任何藉口：把「Impossible」變成「I'm possible」

「Nothing is impossible」，這是一句常聽到的話，意思是世界上沒有不可能的事，只是要或不要做而已。常說不可能的人，其實都是逃避或不想做的藉口。

在職場上，我常看到很多人，一接到上級交代的事情，馬上提出很多理由，如最近比較忙或說這個案事情有諸多問題，要不然就顯示出不耐煩、不願意的表情等等，其實這都是不願做的藉口。新鮮人如養成這樣的壞習性，不但會被長官貼上「不成才」的標籤，更是阻礙你學習成長的毒藥，必須特別引以為戒。

❝❝　我的體悟　❞❞

我在課堂上，即以個人從警界轉調到人事局的心得做分享。

初到人事局，對我而言即是新鮮人，從頭學起，因此我抱著學習的心，凡事不拒絕，更不會找藉口推辭，如參加人事徵文比賽（這是人事界每年人事業務的創新比賽，除個人獎外，還有團體獎，因此每個處室，都要全力以赴，以爭取榮譽。但因每年辦理，很多人因業務繁忙或家庭因素，能閃則閃，逃不了的也敷衍交差了事，所以這項比賽變成上級必交代給新人的「業務」，以爭取團體好成績），或其他上級交代業務，均全力以赴。沒想到第一次參加人事徵文比賽即得獎，而各項業務推動雖無法達到完美，但也能得到長官肯定。

從此，奠定了我在長官的地位--認為是一位可栽培的人，接著獎勵、考績、陞遷等都會優先考慮（我是76年9月1日調到人事局的新人，到年底參加考績時才來新機關4個月，依照慣例，這樣的新人當年考績通常乙等機會很大，但因為做事主動積極、表現優異，76年考績仍然考甲等，之後4年考績皆為甲等，且至人事局4年6個月期間，也由委任科員調升至薦任9職等科長）。

◆　從消極依法行政到積極依法行政

到政府部門申辦案件或接洽事情時，常可聽見官員習慣用「法規規定」這句話，來回答申請人的問題，聽到這樣的答覆，很多人不滿意，會持續追問「為什麼？」但是得到的答案仍然是「就是某某法律第○條的規定」，當然這些人仍不滿意，接著可能會聽到「如果對這規定不服，可於30天內向上級機關提出

「申訴或訴願」等，令人更氣憤地話。這就是典型的消極依法行政，而被人詬病的官僚或僵硬的批評隨之而來。

政府的法律、辦法、制度或規定，其實背後都有其政策目的、精神及經驗累積的道理。**積極的依法行政，就是在應用這些法律、辦法、制度、規定時，必需先探究其背後的立法目的、精神**（法律案可從立法院審議該法案的資料，瞭解機關原送法案立法目的及條文逐條立法說明，即可知道該法立法精神或緣由，並可進一步清楚，在法案審查過程增刪條文原因；法規則可到訂定發布的機關，瞭解訂定目的及緣由），**及以前發生過的缺失等**。這樣不但能理解、學習到這些寶貴的道理，實際執行時，因已抓住法規規定的目的與精神，也能很快運用自如，做事成效自然又快又好。而當人民有疑義或意見時，亦能詳加解釋，並說明問題所在，進而協助人民解決問題，這就是積極的依法行政。

此外，法規規定無法鉅細靡遺，很多事情無法一一規範到，消極的依法行政人員，會以法無規定而拒絕人民的申請；但積極依法行政人員，則會依該法規的立法意旨及精神，作妥當的行政裁量，辦理人民的案件，這也是與消極依法行政人員，最大的差異。

❝❝ 我的體悟 ❞❞

在課堂上，我以個人89年在文官培訓所教務組服務遇到的一件事情來說明。組內有一項業務是考試錄取人員考試及格證書的申請。有一天下午，一位這項業務的承辦人連續接了好幾通電

話，講到最後竟然哭了，我察覺有異，接過她的電話，一問之下才瞭解，原來是一位高考錄取人員的父親，質問為什麼考試時都已經繳了報名費，請領及格證書，還要繳納證書費500元，沒有道理。承辦人一直告訴他這是「考試院規定」或「考試院發給各種考試及格及訓練合格證書辦法第○條」的規定，結果這位父親都不滿意，一直來電問個不停。承辦人累積的申請案件已多到辦不完，又遇到這麼「魯」的家長，很委屈的掉下眼淚。

我接過電話告訴這位家長，其實所謂考試報名費，並不包含及格證書費用，因為參加考試的人眾多，錄取率很低，如果報名時即收取包括及格證書在內的費用，放榜後未錄取者或訓練未及格者都還要退還，勞民傷財，因此才於考試錄取並訓練及格後，始收取證書費，並無重複收取費用的情形，同時也符合使用者付費原則。經我說明後，這位家長才終於未再來電，結束了這場風波。而承辦人之所以會發生這樣的情形，就是因為不瞭解考試院訂定收取證書費的緣由，以致家長一問即無法回答其背後的原因，使得家長不滿意，而一問再問。

此外，我也簡短地放映了「不能沒有你」這部紀錄影片（這是台灣導演戴立忍編劇、導演的一部電影，取材於2003年一則台灣單親父親抱女兒欲跳天橋的社會新聞。劇情略如下：高雄無證潛水夫李武雄與未婚的前女友生下女兒後，便不知去向。李武雄因為沒有法定監護權，與他同住一起的女兒的入學權利便產生問題。在躲避警察尋找之後，李武雄帶著女兒北上陳情皆不得要領。心急之下，便打算直入總統府，但半途中便被便衣憲兵帶走。被釋放後的李武雄在絕望之餘，帶著其女兒在車潮高峰期間爬上行政院附近天橋，大喊社會不公。警方與他進行周

旋，並趁其不備將之擒下，而其女兒也被帶走。兩年後，李武雄
才得知女兒已被社會局安置到寄養家庭，並辦理入學。而在他
自己積極的尋找和等待之下，終於透過社會局的幫忙與其女兒
重逢。）同時與學員討論這位家長的問題，相關部門處理的情
形，及可再強化改進之處，並進一步闡述說明消極與積極依法
行政之差異所在。

其實，依法行政只是行政運作的基本規範，並非唯一的標準。奉
公守法，固然值得肯定，但積極依法行政的態度，才是人民真正
需要的。政策與法令，通常只是一個架構，架構底下仍有相當空
間可作行政裁量。這些行政裁量，就是要讓公務人員能夠因應急
速變遷的潮流與環境，針對具體個案，運用熱情發揮創意，做
出最妥適的處置。

法令只是達成服務人民的工具，不是目的。如果法令無法滿足
人民的需求，就該檢討修正，但修法往往曠日廢時，所以公務人
員在政策與法令的彈性空間中，應以服務人民為目的，不可錯把
工具（法令）當成目的。「依法行政」不能作為保守卸責的藉口，
而是要改變過去這種消極的依法行政觀點，發揮主動積極的精
神，隨時思考如何幫助人民解決問題，克服困難。

◆ 從發現問題到解決問題

　　有人說「只有發現問題，才能面對問題、解決問題」，「發現
問題是解決問題的前提」，所以，發現問題是重要的、正面的
步驟。但如只會發現問題，卻提不出解決問題的方法，就成為

負面的、製造問題的人，尤其是自己職掌的業務，發現問題卻解決不了問題，更成為不能勝任工作的人，是會被調離或開除的。因為，首長或主管請你來這個機關或單位，是要你解決問題，不是只會提出問題或製造問題。所以，你不但要會發現問題，更要能解決問題，如此，才能圓滿達成工作任務，成為主管好幫手，模範或傑出的公務人員。

❝❝ 我的體悟 ❞❞

我在文官學院，每次主持各項訓練，尤其委任晉升薦任官等訓練、薦任晉升簡任官等訓練或各官等主管人員管理才能發展訓練時，常常分享一個至今仍印象深刻的親身經驗：我在保訓會擔任處長時，有一位會計主任，每次我們業務部門提出方案或計畫，他都詳細看過，除對與其職掌相關之預算經費，指出可能與法規有違或核銷窒礙難行之處外，難得的是，每次他都會依其專業或相關機關之作法，提出相對可行調整的建議或改進之處。這個時期記得每次會議，我們都在充滿感謝這位主任，和諧快樂的氣氛中畫下句點。

後來這位主任高陞至另一機關任職，來了一位女性會計主任，情形完全改變了，相同或類似的會議，會計部門也會提出認為有問題的地方，但然後發言結束沒有下文了。主席問她如何處理，她的回答不是建議修改計畫（以符合法規規定），就是刪除或甚至不要做，令人氣結。有一次會議中大家討論爭執不下，一氣之下，筆者講出大家心中都非常疑惑的話：「為什麼同樣的事，在前任主任就可以，到了妳手中通通都不行？」後來經側面瞭解，

原來這位主任是具統計專長，過去任職的單位主要都負責統計工作，對於會計業務較少接觸、不熟悉，僅瞭解相關的法規規定，進一步的應用，則無實際的經驗，更糟的是她又非常固執堅持，不能接受別人建議或看法，也不主動請教上級長官或其他機關同事的看法或作法。

我給學員的結論是：「上級派你來擔任這個職務（或工作），是要來解決問題，不是只會發現問題」，「如果只會對業務計畫或方案提出不符合某項會計法規規定，就不需要你這樣的高官，只需要叫一位看得懂相關法規條文的人就可以。」其實，這也是我服務機關同事共同的看法，新鮮人應該引以為誡。更何況，有人說「解決不了問題，就解決發現（提出）問題的人」，如果大家沒有這樣的認知，下一次被解決的，可能就是你。

小結

一個人的能力有限，但態度卻無限。每個人的能力有大有小，但表現出的態度卻可以無遠弗屆。**態度的決定權在於自己，要不要主動積極，自己可以決定；要不要負責認真，自己可以選擇**。仔細想想很多在職場上擔任高階主管或是我們所熟悉的職場名人，並不是都有高學歷的知識分子，當然，這並不是說學歷不重要，學歷當然重要，而且是必要的基本條件及入場比賽的通行證。但是，**有比學歷更重要的東西，那就是「工作態度」**。

能力

能力類別

楊艾俐在天下雜誌403期所撰，「一流文官，帶領獅城向前奔」一文中指出，新加坡政府規定，每個文官要具備四種能力「HAIR」，第一項是「helicopter」，就是要有如直升機般的能力，綜觀全局。第二項「analysis」，要有理性分析利弊得失的能力。第三項「imagination」，施政要創新，需要有想像力，但是不能破壞法律及規矩。第四項「realistic」，不能閉門造車，要有顧及現實的能力。考試院關前院長也在前述文（即「如何做一位好的公務員」）中提到，好公務人員的能力要有：「回應力、專業力、執行力」。杜書伍在「打造將才基因」一書中，則將「能力」的內涵，分為專業、執行及學習能力等三大部分，並在能力等級上分為不會、會、熟、精、通等5個層次。我認為這些能力概念，是達成新加坡公務人員須具備「HAIR」4種能力及關前院長好公務人員3種能力的基礎。因此特別引述，並介紹公門培養途徑，同時佐以個人經驗供參。

◆ 專業能力

專業能力，顧名思義即為個人在某一領域的專業知識而言。公務人員依據不同的專業分工設職，每一個專業都有其職系。目前公務人員的職務，共區分為行政與技術二大類，其下再區分為25個職組與57個職系，公務人員考試類科的劃分，就是根據這57個職系。一個具有專業能力的公務人員，代表他在執行

職務時，所呈現出來的知識、技能與態度，能夠達到工作的要求並符合人民的期待。

◆ 執行能力

執行能力牽涉的層面相當廣泛且細膩。首先，要能掌握不同事物間的輕重緩急，要懂得階段性、循序漸進推展的道理；執行事物時，必然會產生與其他人溝通協調的需要，因此溝通技巧與方法不可或缺；事物的推展不可能靠一個人就能完成，必須懂得宣導的技巧與方法，並且知道如何把一群人組織起來，分工合作將一件事物「做出來」；由於執行事物必然牽涉到人，所以對於人的行為模式與心理特質的認知也很重要……等等。諸如上述種種，都屬於「執行能力」的範疇。

對於公務人員執行力的要求，重點在於必須為「成果」負責，而不只是服從程序。政府推動一項立意良好、規劃完善的政策，如果不能有效的傳送給人民，也只能落得失敗的下場。因此，政策推動只有靠執行力，政府才能終結政策空轉。

◆ 學習能力

學習能力是專業知識、執行能力兩方面能否精進的關鍵所在，可謂個人能力的基礎源頭。學習能力除了包含態度上是否有心要學，以及是否懂得正確學習方法之外，一般人很容易忽略的一點是，持續地自我反省檢討也是個人學習能力不可或缺的一環，如果不能時時自我反省檢討，學習的成效便大打折扣。

杜書伍認為，個人能力的成長，必須上述三方面均衡發展，不可偏廢。有些人專業知識非常豐富專精，談起事來頭頭是道，

但到了實際執行時，得到的結果卻是奇差無比。事實上，只有專業知識而缺乏執行能力，並不足以成事，所有談論的事物即使再理想，也都只是空中樓閣。沒辦法執行落實以得到最後結果的話，絲毫沒有價值可言。反過來說，如果執行能力很強，但是缺乏專業知識的話，則因為無法正確地分辨、判斷事物，而很容易導致把事物執行到錯誤的方向去。雖然最後還是把事情做出來了，但是卻沒有把事情做「對」，這種情況同樣無法產生好的結果。

專業能力、執行能力、學習能力是能力的三大部分，一個人必須這三者兼具才可以稱得上是「有能力」。**具有專業能力才能做出正確的選擇與判斷，避免走錯方向；而執行能力強，才能讓事物產生結果與價值來；學習能力則是個人能力的基礎**，有此能力，專業及執行能力，才能不斷累積，向上提升。一個人也唯有三者同時注重、均衡發展，其能力才得以真正地提升。

能力等級

能力等級，杜書伍在上述書中區分為「不會、會、熟、精、通」等5個等級，分述如下：

◆ 從「不會」到「會」，只能勉強及格

當我們接觸到一件新的事物時，因為沒有人是天生就會的，所以必定是從「不會」的階段開始。透過學習，我們知道了基本的方法與步驟，於是學「會」了這件事。「會」的標準其實不

高，只要一件事情做得出來就算是「會」，但可能要花太多時間而沒有效率，且做出來的品質也可能只有六十分低空飛過，勉強及格。很多事物我們經常只學到這個階段，如果這是生活中休閒娛樂方面的技能，自然也足夠了；但如果是工作上的能力，由於職場競爭講求的是優劣高下之分，並非及格就好，特別是在競爭激烈的社會裡，比別人差一分就居於劣勢。因此，能力光是停留在「會」的階段，顯然不足以在職場競爭中留存下來。

◆ 從「會」到「熟」，小心別陷入盲點

學會了一件事物之後，透過反覆不斷的操作練習，經過一段時間之後，進步到可以把這件事做得很有效率、做得很好，則能夠稱之為「熟」。也就是說，一個人在能力上達到「熟」的等級，代表著他能夠在效率與品質這兩方面，同時達到一定標準的要求，對事物的運作與執行滾瓜爛「熟」。一個人的能力到達這個等級時，大抵能在既有的工作崗位上，表現得中規中矩，還算稱職。

許多人在某一方面的能力達到「熟」的程度之後，很容易會陷入一個盲點，即認為自己對這件事情已經熟透了，難道這還不夠嗎？然而「熟」充其量也只是在依樣畫葫蘆，只不過畫得又快又好罷了，但對於事物的瞭解卻不見得透徹，知其然，而不知其所以然，一旦稍有變化，很可能就無從下手。在公門裡有很多人，能力即一直停留於此，因此成為所謂的「萬年科員」，數十年如一日，做著同樣層級的事。

◆ 從「熟」到「精」，有資格擔任初中階主管

「熟」的往上一個等級是「精」，在職場上，唯有達到這個等級的能力，才有資格在組織中，擔任基層主管到中級主管的職位。要提升到「精」有一個先決條件，即要對於所從事的工作能夠有「深度」的瞭解。而一個人唯有具備「獨立思考」的習慣，並且習慣性地運用「系統性的思考」與「結構性的分析」，才有可能對於事物產生澈底而深度的瞭解。經由對事物深度的瞭解，便能夠主動、獨立地改善事物，具有這樣的能力才可稱之為「精」。因此，一個人要從「熟」提升到「精」，最重要的一點便是，**不僅要知道如何做，還要進一步瞭解為什麼要這樣做**，藉以掌握每一個運作背後的道理與根源所在，如此才有可能找出當中不夠完善之處，加以改善；遇到變化的時候，也能夠知道如何因應。

◆ 從「精」到「通」，成為領域中的「專家」

從「精」到「通」，則是一個較為漫長、難度較高的過程。就工作上而言，一個人能力要提升到「通」的等級，必須在同一個領域中，經歷過兩種類型以上的事物，在「精」於不同類型的事物之後，比較分析不同類型之間的差異，加以去異求同，而在面對此一行業內的其他新事物時，便能夠駕輕就熟地因應。一個人的能力提升至此，可稱之為「通」，也就是融會貫「通」的意思。

能力養成的五個等級示意圖

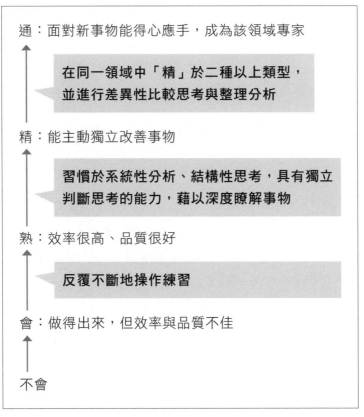

通：面對新事物能得心應手，成為該領域專家

在同一領域中「精」於二種以上類型，並進行差異性比較思考與整理分析

精：能主動獨立改善事物

習慣於系統性分析、結構性思考，具有獨立判斷思考的能力，藉以深度瞭解事物

熟：效率很高、品質很好

反覆不斷地操作練習

會：做得出來，但效率與品質不佳

不會

（資料來源，https://www.managertoday.com.tw/columns/view/50772，經理人）

在學習成長的過程中，對於一件事物從「不會」到「會」，再到「熟」，進而提升到「精」、「通」，是一個持續不斷的學習過程，即使已經成為某一個領域的專家，也還有更大、更多的領域等著去學習，沒有盡頭。而每一次等級的提升，都有更多不同的條件必須具備，而非隨著時間的進展就能自然地升級；而且，越往高的等級，其升級所需的學習過程也越為漫長。因此，一個人的能力可以提升到哪一個等級？是否會在中

途便停止了？端視此人是否清楚認知到此一能力提升的過程與所需條件，以及是否有足夠的動力與耐心去學習。

❝ 我的體悟 ❞

初到人事局服務，我記得辦理第一件公文，科長稍微講解後，叫我去調一份類似案件，參考後依樣畫葫蘆，很快就過關，這是我學到的第一樣功夫，久了也就熟悉了，所謂一回生兩回熟。

記得這樣的事情，學得很快，就如上所述，從不會到會到熟，既快且容易。直到有一次遇到一件相當複雜的案件，雖也有相關的案件參考，但因情節不同，無法依樣畫葫蘆，於是卡關了，思考甚久，始終寫不出來，直到科長催促，才勉強交稿，當然被退稿了。後來經過指點，重新騰稿過關，卻又被處長退件，之後又遭局長退稿。我記得這個案件，就這樣來來回回，最後定稿計寫了7次，在未用電腦辦公前，都是手寫擬稿、重新騰稿，且因案件複雜寫了4頁，以每頁約300字計算，那個案件寫了近萬字，如計入自己擬稿時不滿意操掉的稿紙字數，接近1.2萬字才過關。自那次震撼教育後，平常有空，我就自動到檔案室，參考各類案件之處理方式，並請教老鳥如何入手，這樣一段時間後，才對業務慢慢得心應手。

對照上述從熟到精過程，的確需很勞力且花很多時間，有時仍然無法到達這個關卡。我記得當時同科一位同事，就是在這個階段，一直無法突破，因此常無法完成不了長官的要求，更受不了如上所述來來回回退稿的折磨，自願請調到外面機關人事單位呢！

能力培養Model

瞭解了能力的類別及等級後，我們進一步要來探討如何培養能力。在課堂裡，我提出廈門大學經濟學院、管理學院博士生導師廖泉文的**繡花理論**，作為能力培養的一個Model。因為此理論模型，所提概念很切合實際培養好能力的狀況。

◆ **繡花理論內涵**

廖導師在繡花理論中認為：當一個人的職業生涯開始時，或者是職業生涯處於低谷時，都必須努力藉助他人的「資源」，並主動義務或只取比市場更低的價格去為提供資源的人工作，在這個工作過程中，完成自己技能、關係、資金（或其他資源）的積累，求得個人人力資本的飛躍，以獲取職業發展的成功。

1. **理論概述**：鄰居大娘除家務外無任何謀生本領。想學一門手藝，但家境貧寒，求藝無門，後來想學繡花，主動為鄰居出嫁姑娘繡花，由她們提供繡花所需圖案和材料。頭10年的義務勞動，練出極好的技藝、積累很多圖樣；第二個10年開始有償服務，但價格低於市價；第三個10年，以高於市價仍贏得眾多顧客。

2. **義務為他人作嫁衣裳**

(1) **學藝要先學會吃虧，獲得資源要付出更多的勞動**：無論你想做什麼事，都要擁有一定的資源，鄰居大娘要學繡花，必須要有針線和布料；要想讀書，必須要有書本和紙筆。當你剛進入職業階段，或者你處於職業低谷時，第一件遇到的困難就是你手中沒有資源。如何去獲取資

源，這是許多缺少資源的人感到非常困惑的事。繡花理論提出的是用義務勞動去換取資源，或用低廉的報酬去做更多的事，這種獲取資源的方式就是先**吃虧**，做更多的事，**不要報酬或要很少的報酬**，很多人做不到，他們認為這不公平、不合理、吃虧，結果他們就學不成藝。

(2) **學藝要肯下苦功**：當你完全沒有資源和技能時，你也許會用義務勞動或很低酬勞去獲取資源，當你用義務勞動換取的資源學會了某項技能時，你還願意接受這種不公平嗎？你能否吃得起這個虧？其實，一個精湛的技藝是很不容易學到的，因此，學藝一定要下苦功，既要假以時日，又要肯用汗水。十年植樹，百年育人，一個人要長成材，苦功夫是一定要下的，一般會一門技能和成為這門技術（知識）的專家，哪是只有百步之遙，因此學藝要狠下苦功。

(3) **做他人的嫁衣裳，學自己的繡花藝**：為他人繡花，資源是他人的，成品是他人的，你的工錢沒有，是不是你就吃虧了呢？其實不然，**學藝就是你的收穫**，學到很精的藝，更是你的大收穫。我們很多的大學生、研究生，一踏出校門，對社會、對實踐知之甚少，**但一點虧都不肯吃，不願偷學藝，也不願為學藝而多吃苦、少報酬**。繡花理論告訴我們，做他人的嫁衣裳，學到的藝都是自己的，而且學到的藝並不會隨成品而陪嫁出去，相反，它一定成為你個人的人力資本，而被強化在你自身體內。

3. **完成職業能力的三大積累**

(1) **人力資本的積累**：十年磨一劍，積累是一個很艱苦的過程。職業能力首要是個人身上的人力資本，這裡包括技

術、知識、經驗、能力。人力資本的積累，既包括學校所受的教育、在職培訓，又包括自己努力去獲取的各種技能和經驗。

(2) **品牌的積累**：繡花大娘義務為他人繡了十年的花，遠近皆聞名，花越繡越好，知道的人越來越多。這種品牌的積累既需要時間，又需要公眾的認可，這種「認可」積累到一定程度，逐步就成長為品牌。品牌是有層次之別的，是一個地區的品牌，還是一個省的品牌，或者是國內一流的品牌？品牌的差異關鍵點是人力資本轉化為產品和服務後，這些產品和服務被認可的程度。

(3) **資源的積累**：繡花大娘用十年的時間積累了品牌和人際關係，同時又積累了一個十分重要的資源：花色圖案。她把每一位請她繡花的圖案臨摹下來，日復一日，年復一年，她的案頭上就積累了厚厚一疊的繡花圖案。這種資源讓她在後十年及更後的十年擁有了超過一般人的「資源」。

❛❛　我的體悟　❜❜

初到人事局，人事工作對我而言即是新鮮人，從頭學起，因此我抱著學習的心，凡事不拒絕，就如前所述參加人事徵文比賽、同事請假代理、臨時有事或上級交代業務等，雖都是增加出來的無償事項，均全力以赴。我的認知就是，新鮮人初到公門職場很多事情都是第一次接觸，有些容易，有些較難，但必須做了才知道，所以要多接觸、多辦理，才能學習到更多事務。因此，只要時間許可，我儘量找機會及事情做，並樂於幫忙同仁，以增加學習的機會，同時也積累與同仁及長官間的人際關係，一舉數得。

事後回顧起來，當時不計較報酬或義務找資源磨練，對於我往後能到別的機關服務，以及在該機關服務時，能得到機關首長、各級長官及同事的肯定，有著絕對的關聯。因為當時在人事局所練就的功夫扎實，建立的人脈多而廣，遇到問題或困難，都能迎刃而解；就如同一棟堅固耐震的房屋，有著堅實的基礎一樣。

考試錄取的新鮮人，第一堂課就是四個月的訓練學習，因此要有「只怕沒事做，無法學習」的心態，而不是怕多做事情。就如同上述繡花理論，起初不要計較報酬，甚至義務都要接受，因為一個機關人員很多，如果是好的差事，大家都搶著要，絕對輪不到你這個新鮮人，剩下的一定是一些大家不要的瑣碎、煩人、枯燥或棘手的事，正好這些事情就是磨練你的好時機：瑣碎、煩人、枯燥的事，剛好可練就你的基本功，而棘手的事則可測試你的實力及幫助你瞭解不足之處。

此外，上級交代的事，更是最佳磨練的時機，一定要好好把握，因為身為新鮮人的你，如上級敢交代事情給你做，一定經過觀察，認為你可勝任才敢交付，自當全力以赴，縱使未能竟功，上級也會體諒你是新鮮人，但如能順利達成任務，你就成了上級心目中的傳承者，未來一定會好好栽培，當然獎勵、考績、陞遷及出國等，各項好處絕對少不了你。

總之，一個初入公門的新鮮人，如果肯學習、肯吃苦、肯努力，願意用業餘時間多請教學習，或幫忙同仁，或接受單位多餘的業務。那麼，短則6～10個月，長則1～2年後，一定比別人優秀，表現突出，因為你已積累了比別人多的經驗（專業能力）與資源（提升執行能力及累積人脈）。

公門能力培養途徑

「專業力、執行力」的形成，具體展現在兩個主要的構面上，一個是「知識」、一個是「經驗」。因此，如果要蓄積這兩種能力，不斷的「追求新知」及「磨練經驗」，是唯一的途徑。亦即須不斷地學習，並於職場中找機會磨練，汲取前人的經驗。

精通一項技藝，至少需要投入1萬小時。這個1萬小時定律是作家格拉德威爾在《異類》一書中指出的定律。他認為人們眼中的天才之所以卓越非凡，並非天資超人一等，而是付出了持續不斷的努力，1萬小時的錘鍊是任何人從平凡變成世界級大師的必要條件。按比例計算，如果每天工作8個小時，一週工作5天，那麼成為一個領域的專家至少需要5年。但扣除例假日、休息、應酬、吃飯等時間，約需7到10年。因此，如果不能堅持在同一個領域持續耕耘10年，是很難養成優異的專業力及執行力。以大學或研究所畢業的新鮮人為例，在22～25歲投入職場，經過10年的努力，才會有較大的區別，所謂十年磨一劍就是這個道理。當然，現在公門職場上，即有多種長知識及實務歷練的機制，以培育優秀的公務人才。分述如下：

◆ **訓練進修**

這是公務人員正式學習的管道，有「公務人員訓練進修法」及各種訓練辦法、要點規範，包括新進、在職、升官等、一般管理、專業訓練及進修等多種途徑，有的是法定強迫訓練，有的是機關基於業務需要規畫辦理，有的則是自己認為哪裡不足需要學習者，各項類別如下圖所示。

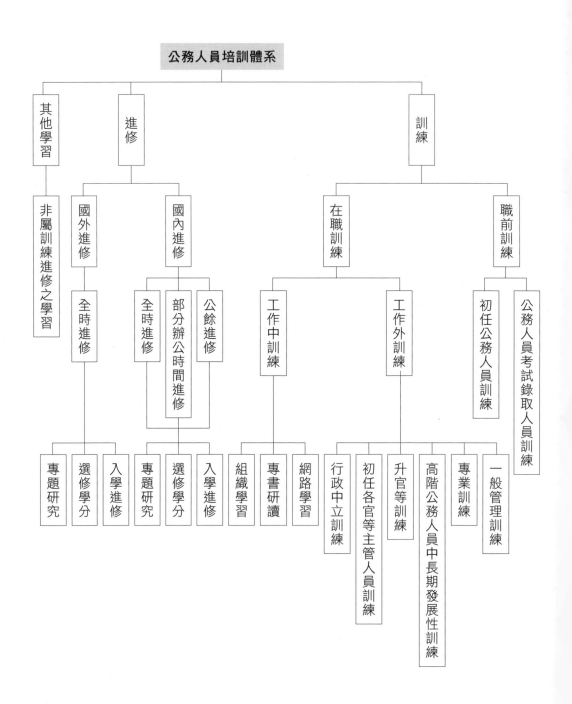

1. **訓練**：訓練就是機關為因應業務需要，提升公務人員工作效能，由政府各機關（構）學校提供現職或未來職務所需知識與技能之過程。又可分為工作前訓練（即職前訓練）及工作中訓練（即在職訓練）兩類。

   (1) **工作前訓練**

   　　A. **考試錄取人員訓練**：就是公門新鮮人初入職場的訓練，是考試程序的一環。依照公務人員考試法規定，參加國家考試筆試錄取後，需要經過一定訓練成績及格，才能取得考試及格證書。時間短則4個月，如高普初考、地方特考等；最長可達1～2年，如司法官特考、一般警察特考（非警察大學或警專生考取者）等。這個訓練是針對各類機關考試錄取新進人員，初入職場所需的基本概念、職場環境、倫理、專業及執行知能的訓練。訓練類別區分為，基礎訓練及實務訓練（或實習），前者為集中於訓練機關（構）的訓練；後者為「做中學」，依其考試類科辦理之業務，由服務機關指派資深優秀人員指導完成，必要時並可於訓練期間集中辦理專業訓練；有的訓練則安排去機關實習，如司法官或警察人員訓練，安排至檢察署、法院或警察機關實作或觀摩學習。

   　　B. **初任公務人員訓練**：如專技人員、事業機構或學校教師，依相關法規轉任公務人員時，因屬初次到行政機關擔任公職，為使其暸解公門機關運作規定、行政倫理及環境等，需由進用之機關辦理本項訓練。

   (2) **工作中訓練**

   　　A. **高階公務人員中長期發展性訓練**：為培育具卓越管理、前瞻領導及民主決策知能之才德兼備高階文官，以配合

國家重要政策與未來發展願景，拓展國際視野、國際溝通能力、跨域整合思維及洞察全球化發展趨勢。保訓會擬定「高階文官培訓飛躍方案」，每年訂定訓練計畫，辦理下列三種訓練：

a. **管理發展訓練**（Management Development Training，**簡稱MDT**）：此項訓練是培育簡任第12職等高階主管或相當職務。調訓對象為，現任合格實授簡任第11職等，或合格實授簡任第10職等職務滿2年以上；各大專校院、學術機構現任專任助理教授（助理研究員）4年以上人員；非政府組織或非營利組織相當秘書長級以上人員；公民營事業機構經理級以上人員。

b. **領導發展訓練**（Leadership Development Training，**簡稱LDT**）：此項訓練是培育簡任第13職等高階主管或相當職務。調訓對象為，現任合格實授簡任第12職等人員或合格實授簡任第11職等之機關首長；各大專校院、學術機構現任專任副教授（副研究員）4年以上人員；非政府組織或非營利組織相當副會長級以上人員；公民營事業機構副總經理級以上人員。

c. **決策發展訓練**（Strategy Development Training，**簡稱SDT**）：此項訓練是培育簡任第14職等高階主管或相當職務。調訓對象為，現任合格實授簡任第13職等或第14職等人員或合格實授簡任第12職等之機關首長；各大專校院、學術機構現任專任教授（研究員）；非政府組織或非營利組織相當會長級人員；公民營事業機構總經理級以上人員。

以上訓練總人數合計以35人為原則，其中非公務人員人數至多5人；得視教學需要進行分班上課。

B. **升官等訓練**：公務人員分簡任、薦任、委任3個官等，當委任職務達到一定條件，並經委任晉升薦任官等訓練合格，即取得進升薦任官等資格；當薦任職務達到一定條件，並經薦任晉升簡任官等訓練合格，即取得進升簡任官等資格。本項訓練由國家文官學院負責辦理，目前計有「委任公務人員晉升薦任官等訓練」及「薦任公務人員晉升簡任官等訓練」兩種，訓期均為4週，目的在透過訓練取得晉升高一官等所需知能。

C. **一般管理訓練**：公務人員除需具有專業工作能力外，亦需有規畫、溝通協調及處理各項事務能力，主管人員更需要有領導管理能力。為因應不同層級公務人員需求，中央及地方培訓機關每年均會規劃出有關增進這些知能的訓練，其訓期從半天至2-3天均有，由公務人員依其需要選擇參加。

D. **專業訓練**：就是機關為提升各類公務人員，所需專業知能，以利業務執行的訓練。例如人事人員訓練、政風人員訓練、採購人員訓練等，分別由該業務主管機關（人事總處、法務部、公共工程委員會）規畫辦理，針對業務需求調訓執行業務人員參加。

E. **初任各官等主管人員訓練**：公務人員第一次擔任簡、薦、委任各官等主管職務，如股長、科長、組長、司長、處長或機關首長時，依照公務人員陞遷法規定，需參加此種訓練。其目的在使公務人員初任主管職務時，可獲得擔任主管所需領導管理知能，以利領導管理單位屬員執行業務。目前考試院訂有「初任各官等主管職務人員管理才能發展訓練實施計畫」，訓期至少30小時。另行政院亦訂有「行政院暨所屬機關初任各官等主管職務人員管理才能發展訓練實施計畫」，訓期至少一週，每天至少授課6小時。

F. **網路學習**：網路時代人手一機，電子書、網路課程、
甚至遠距教學，成為隨時學習的主流。公門訓練機關
除實體訓練外，也多設有學習網站，提供多樣化的線上
課程，由公務人員自己選擇學習，甚至有套裝課程，方
便系列性課程學習。目前在中央機關有國家文官學院的
「文官e學苑」、公務人力發展學院「e等公務園」；在
地方各縣市訓練機關也多設有學習網站，如台北市政府
公務人員訓練處的「台北e大」、高雄市政府「港都e學
苑」、台南市政府公務人力發展中心的「e學補給站」
等，現在只要上了公務人力發展學院「e等公務園+學習
平台」，即可至全國各機關網路學習網站，直接選擇所
需課程，搜尋提供相關學習網站及課程，非常方便。

G. **組織學習**：各機關為了有效增進公務人員知能，除派員
參加各種訓練外，也會定期辦理專題演講，或組織讀書
會、舉辦業務研討會、心得寫作等措施，以推動組織學
習文化。

2. **進修**：進修是為配合組織發展或促進個人自我發展，由各機關
（構）學校選送或由公務人員自行申請參加學術或其他機關
（構）學校學習或研究，以增進學識及汲取經驗之過程。進修
有入學進修、選修學分及專題研究等3種類型：

(1) **入學進修**：指由各機關（構）學校選送或公務人員自行申
請，至國內外政府立案之專科以上學校攻讀與業務有關
之學位。由機關（構）學校選送進修者，可以帶職帶薪進
修，並得予相關補助；選送國外全時進修期間為1年，但經
各主管機關核准延長者，得延長期間最長1年；選送國內全

時進修期間為2年，但經各主管機關核准延長者，得延長期間最長1年，於寒暑假期間，應返回機關上班。自行申請經機關同意，全時進修需留職停薪，國內部分辦公時間進修，一週最長得請公假8小時。目前實施概況：

A. **國內進修**：國內很多大學都設有碩士在職專班，公務人員可依自已的需要就近報考在地大學與業務相關的碩士專班就讀。

B. **國外進修**：各主管機關依其需要都訂有出國進修規定。在中央，如行政院選送優秀公務人員國外進修實施計畫、國家發展委員會選送優秀公務人員出國進修實施計畫、經濟部派員出國進修研究實習實施計畫、僑務委員會派員赴國外進修外國語文實施計畫等；在地方，如臺北市政府選送優秀公務人員出國進修實施要點、屏東縣政府及所屬各機關學校人員出國案件審核要點等。

(2) **選修學分**：指由各機關（構）學校選送或公務人員自行申請至國內外政府立案之專科以上學校修習與業務有關之學科。進修期間為1年，但經各主管機關核准延長者，得延長期間最長1年。目前實施情形：主要係配合各大學推廣中心開辦的各種學分班，由公務人員依自己需要申請進修。

(3) **專題研究**：指由各機關（構）學校選送或公務人員自行申請至國內外機關或政府立案之機構、學校從事與業務有關之研究或實習。研究期間為6個月，但經各主管機關核准延長者，得延長期間最長3個月。目前中央訂有「行政院選送公務人員出國專題研究實施計畫」，每年選送中央各機關公務人員出國專題研究，期間為3個月，必要時報准得延長最多以3個月為限。

◆ **職務歷練**

1. **機關內**：各機關為避免公務人員久任一職務，產生倦怠或弊端，都會採取一些措施改善。一般而言，常見的措施，有下列三種：

    (1) **承辦業務的調整**：在機關同單位服務一段時間或於單位進用新人時，單位長官就會重新調整單位人員辦理的業務。除可安排新進人員辦理業務外，並可增加單位其他人員對業務的瞭解與歷練，同時也可解決久辦同一項業務產生的倦怠感。

    (2) **定期輪調**：各機關為增加人員的歷練，大都訂有「職務輪調規定」。當公務人員在機關內服務一段時間後，可申請調整至其他單位服務。一般而言，這種輪調，主要以業務單位間互相調任為主，少部分幕僚單位人員，具有業務單位所需的專業及任用的資格，亦得申請調任。

    (3) **業務與幕僚人員間歷練**：如前所述，機關內有業務及幕僚單位設置，前者為該機關主要業務辦理者，如戶政、地政、財政機關，就是戶政、地政、稅務或財政人員；後者為機關的秘書室、資訊室、人事室、會計室、政風室等人員。在機關任職，如業務人員對幕僚單位業務有興趣，或幕僚單位人員對該機關業務有興趣，而且具備了該單位所規定的任用資格，經機關長官同意後（人事、會計及政風人員需經其主管機關同意）即可轉任，這種不同業務歷練，具有跨域學習的效果。

2. **主管機關與所屬機關間調任**：很多主管機關為推動業務需要，都設有所屬機關。為增加公務人員磨練，並在兩種機關間訂

有互相調任的規定。此種調任，除可增加公務人員的職務歷練外，最主要還可增進主管政策機關與負責執行機關間的瞭解，使政策制定更能符合實際業務需要，執行更為落實。

3. **遷調他機關**：在同一機關服務一段時間後，其他機關如有職缺（可參考人事總處網站「事求人」訊息），也可參加該機關徵才，如獲錄取並經本機關同意，即可被商調至該機關服務。這種不同機關服務，不但可增加職務歷練，也有機會調陞至較高的職務，更可擴展人脈，適應各種機關文化，對公務生涯助益頗大。

❝❝　我的體悟　❞❞

職場上的學習，大致可分正式與非正式兩類。上述法定訓練進修及職務歷練途徑，就是公務人員正式的學習管道，新鮮人允宜珍惜保握，依據自己的需要，善加運用。此外，在公門職場工作中，每個時刻都可學習──只要你有心，且具有很大的實用性，這就是所謂非正式的學習，其學習方式因人而異。謹就個人的經驗，提供以下一些非正式學習方法供參：

1. 影子學習：有人認為最具威力的教育方法叫做「影子學習法」，也就是身教大於言教，與其在課堂中學管理，不如貼身在企業CEO旁觀察，看他怎麼開會，怎麼溝通，怎麼與人應對進退。幾個月後，雖然他沒有開口教你，你的管理方式就會與他很像。這種影子學習方式，在我經驗中，常用的作法有兩種：

(1) 鎖定長官或同事當作學習對象：在一個單位中，有很多同事或長官，都是你可學習的對象，如資深績優同事、科長、專門委員、副處長、處長等。在每個不同時段，鎖定不同的同事或長官，當作學習的對象，隨時觀察他待人處事的情形，隨時學習並請教，久之就像他；譬如科員時，可鎖定績優科員或上一層的專員，陞任專員後，則可鎖定科長或上級長官當作學習對象。

(2) 參加會議學習：每次我參加各種會議時，在冗長的會議時間裡，我會仔細聽別人發言，有人講得很長，給人抓不到重點；有的人則言簡意賅，直中問題的核心；有人發表意見，先講結論再說理由，有人則先說緣由過程再做結論。這些都是我學習或借鏡的地方，在下次會議裡就成為我試點的時機。此外，我也會把自己當成主席，當別人發言後，我會試著處理（寫在紙上），再比較對照主席處理情形；同時也會試著做會議的結論，再與主席最後做成的結論比較，有哪些一樣或不一樣。再者，我亦會比較會議主席的主持風格及作法，做為未來當主席的參考。這樣的學習，對我當承辦人，簽擬會議的發言意見，或代表機關參加會議時發表意見，有著很大影響及幫助；尤其後來我成為別人長官，並為會議主席時，如何主持會議，如何做成結論，助益尤大。

2. 借鏡學習：我常用的方式有二：

(1) 事後檢討：每次辦理專案或參與較重大案件後，機關或單位均會召開會議檢討，會上大家都會提出案件執行的優缺點及改進之處，我都會摘要做成紀錄，以做為往後辦理類似案件的參考。

(2) 借鏡別人的優缺點：在機關或單位中，我常觀察同仁或長官為人處事的種種，尤其哪些為長官或同仁肯定或詬病之處，就成為我學習或引以為戒的地方。

3. 向外學習：當我遇到業務上無相同或類似案例，尤其是創新或第一次辦理的業務，我通常會探尋其他機關類似的作法，再次則在企業界或國外找詢相關的作法，以作為擬案的參據。

4. 結合理論與實務：也許因為撰寫人事研究比賽及碩士論文的影響，我在處理業務時，常常會思索有無相關的理論可資引據，試著把理論應用到業務上。這種結合理論與實務的作法，我發覺更具有說服力，而且有時也會從理論中發覺，有哪些實務不足或可補充的面向，可謂助益多多。

5. 清晨學習：有人研究人腦，發覺我們只用到3%的腦力，「喚醒大腦」後，可以同時有效率地處理多項工作、專注力提升、創新的點子不斷湧現、判斷速度加快，看到問題馬上就能想到解決方法，可以像鳥一樣，腑瞰所有的事。我的經驗則是在清晨時，發覺腦袋是最清楚的時刻。因此，讀書需記憶或需邏輯思考問題時，通常我會把握清晨約兩個小時為之，效率極佳，可謂事半功倍。而在職場業務處理上，我的作法則是，在白天工作中，發現有棘手問題時，不會急於一時解決（除非具有時效性者外），通常我會儘量多找相關規定及資料，詳加閱讀後在腦中不斷思考，到了晚上睡覺前再重複思索數次，如此隔天清晨或半夜醒來，就常會出現解決的方法（案），這種作法頗符合上述「喚醒大腦」的研究結果，效果也奇佳。

小結

如前所述，公務人員陞遷需具有「有資格」、「有職缺」及「有能力」等3項條件，前兩者為公務人員陞遷法所明訂，陞遷時如未具有這兩種要件，當然不能陞遷，但縱使「有資格」、「有職缺」，也要經過評核，經長官認可才有機會陞職，這時「有能力」就是關鍵。

「有能力」是在公務人員任用法中的「職等標準」給予規範，但這是屬於制式性規定，無法像資格、職缺那麼具體，辦理陞遷時只能由有資格人員的個別資績積分，及單位主管、機關首長的綜合評定，做出決定；但真正是否「有能力勝任」，仍有待陞遷後在職務上的工作表現，才得以看出端倪，也因此實務上即顯得特別重要。因為，如沒有好的能力，縱使僥倖調陞較高職務或主管，也無法勝任，其結果不是被「冰凍」、就是被轉調至冷門單位或辦理不重要業務等；更嚴重的還可能被降調，主管職調為非主管職。

從上述可看出「有能力」在陞遷的重要，更甚於「有資格」、「有職缺」這兩項要件。這也是本節詳細闡述有關「能力」的種種，包括能力類別、等級、能力模型及各種培養能力的途徑等，乃冀望新鮮人能早日瞭解，並加以運用實踐，以成就未來在公務生涯各個階段陞遷時，可以真正做到具備「有能力」條件。

品德

品德的重要

我在課程裡，首先引述網路一個「綠豆芽的故事」來說明品德的重要及有好品德的利基。故事大要如下：

有一間公司招考人員，筆試結束後，發給所有甄選通過的人一袋綠豆種子，並且要求他們在指定時間，帶著發芽的綠豆回來。時間一到，每個人都帶著一大盆生意盎然、欣欣向榮的綠豆芽回來，只有一個人缺席。經理打電話給這個人，他以抱歉、懊惱與不解的語氣說：因為他的種子都還沒發芽，雖然在過去那段時間，他已費盡心血全力照顧，可種子依然全無動靜。「你，才是唯一被我們錄用的新人！」經理在電話中告訴這個人。因為這些綠豆都是已經處理過，根本不會再生長，因此，那些帶著綠意盎然發芽綠豆的人都是造假，這種連最基本的誠實都沒有的人，公司怎敢進用。

因此，有人就對品德的重要性提出這樣的看法，他們說評價一個人：

(一) **工作能力，可以打0分-100分。**

(二) **健康為乘上0或1。**

(三) **品德則為加上正負號。**

由此即可看出，如無好的品德，一個人雖有健康的身體及極佳的工作能力，皆顯現不出來，甚至比零還差變成負數。一個工作能力差或失去健康的人，頂多是無作為，但品德差者，做盡壞事，成為社會敗類，他表現出來比零更差，成為社會重大的負擔，品德的重要可見一斑。

品德的內涵

品德，即品行道德。依據百度百科註釋，品德即道德品質，也稱德性或品性，是個體依據一定的道德行為準則行動時，所表現出來的穩固傾向與特徵。品德就實質來說，是道德價值和道德規範在個體身上內化的產物。從其對個體的功能來說，如同智力是個體智慧行為的內部調節機制一樣，品德則是個體社會行為的內部調節機制。

另依國語辭典註釋，道德（moral，源自拉丁語：moralitas，指舉止、品質、適當的行為）是依據一定社會或階級（生活形態）的價值觀、社會輿論、傳統習俗和人的內心信念的力量（生產能力），來調整對他人和自己之間的行為，進行善惡、榮辱、正當或不正當等的相互關係（生產關係）的評價和斷定的行為規範標準，通過確立這樣一定的善惡標準和行為準則，來約束人們的相互關係和個人行為，調節社會關係，並與法一起對社會生活的正常秩序起保障作用，貫串於社會生活的各個方面，如社會公德、婚姻家庭道德、職業道德等。

綜上所述，品德的內涵，就個人言，係指個人「基本態度」和「基本價值觀」；從社會面言，則指個體和社會中的倫理關係，是是非善惡的判斷基準；從現代民主社會角度觀之，就是公民所必須具有的民主素養和民主的主要價值，強調的是「公」與「私」的分別，以及「以民為主」的基本認識和「服務大眾」的高貴情操。**公門人，除要有個人的修養外，更需具有社會示範及推動民主的責任，因此，上述個人基本的道德價值、社會倫理及民主素養，都是公門新鮮人必須要兼具的品德。**

如何培養良好品德

品德的課題，愈是到高層愈重要，因此必須從基層長期的培養。當然，品德是無形的，也相當主觀，因此很容易被忽略。瞭解了品德的重要及內涵，那如何培養它？我在課程裡提出三個途徑，**要「誠實」、重視「工作倫理」，實務上則從「不貪小便宜」做起。**

◆ 誠實

從小我們就讀過美國國父華盛頓砍櫻桃樹的誠實故事，印象深刻。我就讀的中央警察大學的校訓就是「誠」，因為警察具有包括百姓生活面大大小小的公權力，環境非常複雜，到處充滿誘惑，因此，學校要從學生時代，就培養誠實不作假，面對任何事，都要誠實以對。為落實校訓「誠」，學校規定各類考試作弊，一律開除退學；生活上設有誠實商店，沒有店員，買東西都由同學自己拿、自己付錢；平常生活起居及上課秩序、紀

律管理，也要我們坦誠面對，並以優缺點呈現出來。凡此都希望從學生時代，就要我們瞭解甚麼是誠實，更要養成誠實的好習慣。

事實上，公門裡豈只警察充滿誘惑，各類公門人員均如此。蓋政府都掌有公權力，編有預算。公權力使得公務人員握有申請核准與否、違規糾正、取締違法的權力，而申請案件想順利獲准，或違規、違法之徒欲避免處罰，都會用盡一切手段、方法、途徑，如行賄、送東西、給方便等利誘你。而機關預算的運用，很多公務人員都以為是公家錢沒關係，因此浪費使用，比比皆是。另個人出差費、加班費、各項補助申領等，也都由個人依事實申報。凡此，我們都需要誠實以對，處理案件准或不准或該取締否，均**需依法行之**；而預算的花用，則當以自家錢使用的觀念，**該用則用，當省則省**；個人申報之費用，也要秉持**該拿則拿，不該拿的則分文不取**，否則大則違法，遭牢獄之災，身敗名裂，小則對不起良心，終身難安。

在職場工作處理上，郝明義先生認為有下列兩項，要誠實面對：

1. **不要不懂裝懂，不懂不問**：任何人都有能力不及之處，因此，遇上不懂、不明白的事情，一定要問個明白，不要裝懂。不懂不問，是所有工作上不勝任問題的起源。

2. **不要掩飾問題**：任何事情都不可能萬無一失，因此，工作總會出現問題。但是出現問題不要掩飾，掩飾問題，再小的問題也沒法改善，甚至進一步惡化成大問題。

◆ 重視工作倫理

公門工作倫理,又稱行政倫理、服務倫理或公務倫理。行政倫理,是指公務人員要負責任、守紀律、忠職務;對國家、民眾、長官、同事、部屬要有合理社會期待的角色扮演與相互關係之分際,它是規範公務人員做人處事的準繩。其具體內涵,依據行政倫理相關論述,可概分為關係倫理與形式倫理兩類,簡述如下:

1. **關係倫理**
   (1) **個人與個人關係之規範**

      A. 對長官要尊敬、服從。

      B. 對同事要和諧、合作。

      C. 對部屬要能教、培養。

   (2) **個人與群體關係之規範**

      A. 對機關要敬業、盡職。

      B. 對人民要尊重民意、造民福。

      C. 對國家要盡忠。

   (3) **機關與機關關係之規範**

      A. 上下級機關間之關係,要尊重(下級)、服從(上級)。

      B. 平行機關間之關係,要互相尊重、彼此協商。

2. **行事倫理**
   (1) **積極「有所為」(應為)的倫理**

      A. 工作倫理:以個人專業知識及道德,認真履行職務,為行為後果負責。

B. 決策倫理：著重整體長期利益，勿以私害公。

C. 效能倫理：強調團體精神、效率觀念及創新進取。

D. 服務倫理：有高度熱忱與愛心為民服務。

(2) **消極「有所不為」（不應為）的倫理**

A. 不受賄、貪污。

B. 不假公濟私。

C. 不浪費資源。

D. 不漠視法律。

E. 不聽任腐化。

具體而言，在實務上，如何在工作或生活中做到？可從「**公私之別**」、「**主從之分**」、「**不背後說話**」、「**不要讓自己成為一種很討厭的人**」、「**不要成為謠言的傳播者**」等5項著手。前兩項是機關內為人處事的基本原則，後三項則為機關最忌諱的事。茲就其內涵，分述如下：

1. **公私之別**：我們常聽到不能以私害公，不可以公私不分，就是要大家在公門裡，公私必須分清，不能混為一談，否則很容易出問題，其結果小則有行政責任，申誡、記過免不了，甚至免職；大則觸法，涉及瀆職、貪汙，斷送一生清譽及公務生涯，所以要特別注意，以免因小失大。不過公私之別，說來容易，做起來不然。原因有二：

(1) 公私之別不是絕對的，是相對的。如你和服務的機關，是相對的公私；你服務的部門和其他的部門，也是相對的公私；社會和你服務的機關，又是一個相對的公私。因此，很不容易隨時掌握自己在這相對之間的立場。

(2) 公私之別，大多時候分際著重於直接有形的的金錢，但很多時候牽涉到間接而無形的利益。一個總統發動對他國的戰爭，到底是為了國家利益，還是為了解除自己涉案的壓力？一個閣揆要公布利多的政策，到底是為了社會的公益，還是為了拉抬己黨的選情或家族事業的利益？沒有一個人能講出客觀又絕對地所以。因此，不容易坦誠的面對自己。

正因為公私之別如此不容易掌握，所以郝明義提出一個最低的標準，他認為最起碼，公司（機關）與個人之間直接而有形的**金錢分際，一定要嚴守**。當然，公門裡有很多有關涉及有形或無形利益的法律，如公務員服務法規定，公務員不能經營商業或投機事業、不能兼任業務或於視察時不得接受官民招待或餽贈等；公職人員利益衝突迴避法，也規定公職人員不得假借職務上之權力、機會或方法，圖利本人或配偶或二親等以內親屬之利益；公職人員財產申報法規定，各機關首長、副首長及職務列簡任第十職等以上幕僚長、主管每年均需誠實申報動產及不動產等等，都必須遵守，自不在話下。

2. **主從之分**：常聽到長輩勸戒晚輩**「要有分寸，不能太過分」**、**「不能沒大沒小」**，就是要我們有主從之分。這裡的重點乃是要我們拿捏**「分寸」**，無論做人處事都是一樣。例如，有的長官很隨和，沒有官架子，與部屬打成一片，有的人即因此忘記了下對上應有的倫理，口無遮攔，拿長官的醜事當笑話或稱兄道弟，舉止放蕩不羈，所謂「不要把長官給予的方便當作隨便」，就是要大家拿捏

「分寸」。做事也一樣，業務是甲主辦，其餘協辦的人，就要尊重甲的處理，不要處處搶功。此外，越級報告或英雄主義也都要避免的，因為這些動作都已經逾越了你該守的分寸。

3. **不背後說話**：在一個組織或團體裡，最忌諱的就是在背後說三道四或發洩對別人的不滿等行為，此種行為最易引起團體分裂，虛耗內部力量。在政府機關裡，常看到很多小團體，都是喜歡道聽塗說，成為背後說話的根源。當然這是一種組織文化，與上級長官領導與做法，有很大關聯，但身為新鮮人的我們，至少可讓自己養成隨時隨刻不在背後說話的習慣。

4. **不要讓自己成為一種很討厭的人**：在一個組織或團體裡，有許多形形色色的人。其中，不免有一些人是很討人厭的，如「愛講別人閒話的人」、「喜歡佔小便宜的人」、「愛動手動腳的人」或「高傲狂妄的人」等，新鮮人一定要及早察覺，自己是不是有這些惹人厭的習慣或做法，尤其不要養成這種壞習慣。

5. **不要成為謠言的傳播者**：在一個機關團體中，我們常會聽到一些似是而非的傳言，或不實的謠言，尤其在人事陞遷或調動時，更是各種聲音都有。這種情形，通常是由機關內非正式組織的小團體傳出，因為這些團體成員多而雜，有人又喜歡道聽塗說，即容易以訛傳訛。因此，建議初入公門的新鮮人，第一，不必急著加入這些小團體；第二，一些傳言在還沒經過求證，不要輕易成為「代言者」，更不要成為謠言的傳播者。

◆ 勿貪小便宜

此可從劉備臨終留給後主阿斗的兩句話做起：

1. **勿以惡小而為之**：在公門裡，如上所述公私分明的原則很重要。不但適用在業務的處理上，甚至機關的辦公用具，如原子筆、鉛筆、橡皮差、立可帶、共用紙張等公務用品，不要以為小小的東西無所謂，隨便拿回家私用，否則即有觸法之虞。103年10月2日自由時報報導，台北市政府一名工程車駕駛兼負保管公務用垃圾袋，為了防颱，擅自將每個單價近6元的大型垃圾袋，拿了幾十個回家包棉被、電風扇，以免颱風來襲浸水，遭廉政署依貪污罪移送，檢方認為被告承認犯行，且情節輕微，改依業務侵占罪嫌起訴，聲請簡易判決。

   此外，職場辦公時間有事外出，務須依規定為之，如請假或寫外出登記簿等，絕不能以為只出去一下沒關係。此外，上班時不能利用公用電話聊天；或長官看不到時，就摸魚混日子，或上網做些與公務無關的事情，或在出外勤時隨便溜搭等。這些職場上的小事，或是長官無法監視到的地方，需憑自己良心做事，都是品德的基本項目，不可認為是小惡而忽略，更不要為之。

2. **勿以善小而不為**：民眾來政府機關辦事，百分之八、九十都是芝麻小事，如警察服務問路者、指揮交通；戶政所服務申報戶籍、申請戶籍證明；衛生所打疫苗等等均屬之。村里幹事更是與民眾接觸密切，大大小小的事情都要處理，如替不識字長者寫字、看書信、村里民寄送東西或反

映村里民心聲、意見等，不要以為這些瑣事、小事，就不在乎、隨便做或敷衍了事，否則將影響政府形象，所謂積小成大，政府的信譽都從這些小事積累，逐漸反映民眾對政府的的形象與信心。

小結

品德是一個人做人做事的基本，是職場上的防腐劑，也是公務人員最起碼的要求，更是陞遷重要的先決條件。如何養成好品德，從誠實的心做起、落實工作倫理，並從平常工作勤務中，養成雖**「惡小仍不為，善小仍為之」**的習慣，好品德自然而然成為你的好夥伴，新鮮人尤其重要，因為好的開始是成功的一半，大家一起加油吧！

做一個充滿**希望快樂**的新鮮人

結語

做西行的馬，不做原地打轉的驢

唐太宗貞觀年間，在長安城西的一個鄉下小村子裡，住著一匹白馬和一頭黑驢，他們年紀相仿、稟賦略同，是一對十分要好的朋友。他們體格健壯，勤勞能幹，雖出身於貧寒之家，但都志向高遠。迫於生計，白馬整日幫人拉東西，黑驢則天天在自己的破屋子裡給人推磨。他們的日子過得異常清貧。

一年後，白馬離開鄉下，去了長安城；三年後，白馬被得道高僧玄奘法師選中，出發經西域前往印度取經；十七年後，白馬馱著經書返回，被唐王封為「天下第一馬」。當功成名就的白馬再次見到黑驢時，它還在十七年前那所昏暗的破屋子裡蒙著眼睛幫人推磨。

談及這些年來彼此的生活，驢馬都唏噓不已，黑驢驚嘆於白馬歷經千險所取得的不世功勳，白馬則為黑驢把整個青春都虛擲在磨盤上而惋惜。現在，它們都老了，但境況卻完全不同：白馬老了，但功成名就，永載史冊，成為萬眾景仰的對象，可以說它得到了自己想得到的一切；黑驢也老了，但卻依然一貧如洗、碌碌無為，非但如此，整日還要為一日三餐而愁，生命的履歷猶如一張白紙，除去空白還是空白，什麼都沒留下。

看看華服美衣、容光煥發的白馬，再看看自己的破屋和終日相依相伴的磨盤，黑驢被眼前這種巨大的反差壓得喘不過氣來。它怎麼也沒想到，十七年中竟會發生如此大的變化。

當黑驢向白馬詢及成功的秘訣時，白馬道：「我哪有什麼成功的秘訣啊，而且，據我所知，這個世界上也從來不曾有過什麼成功的秘訣的。」黑驢不信，說：「你我十七年前還一模一樣，十七年後卻天壤之別，你要是不知成功之法，又何以取得今日之大成就呢？」

白馬說：「其實，我們每天所做的事並無二致，都是不停的走，而且，所走過的路程也是大體相等的，但關鍵是，我是向一個固定的方向前進的，始終如一的目標，使我和玄奘法師越走越遠，並終成大業；而你雖然在我西行的時候一步也沒停過，但卻只是在圍著磨盤原地打轉，自然是勞而無功了。」

黑驢呆呆的聽著，它被白馬的話所深深震撼。

白馬繼續說：「要說付出，咱倆差不多；要說本領能耐，我也不比你強到哪去；要說勤奮惜時，我可能更不如你……」

黑驢聽至此，像是發現了新大陸，它情緒激動，大聲的打斷了白馬的話，道：「我懂了！我懂了！……我之所以弄成今天這般悲慘的境地，完全是因為我**沒有明確的目標**啊！雖然我勤勞能幹，付出的不比你少，所走的路也不比你短，可是僅僅因為缺少目標，只知道在飛逝的歲月中日復一日的重複，並在內心深處固執的認為只要付出了就必定會有回報，以至於混到了今天這般田地。哎！這些年我壓根就沒踏出過磨坊一步啊！」

老子道德經云：「千里之行，始於足下」，千里遠的路程是從邁開腳下的第一步開始，然而更重要的是**「千里之外，是否是你要的方向」**。三、四十年的公職時光，何止是千里，新鮮人必須要用心努力找尋**「對的方向」**，再邁開足下第一步，切莫等到退休時，始回頭懊惱後悔都已來不及，就像上述原地打轉的黑驢一樣，這是西行的馬給我們最大的啟示。因此，欲進入公門的新鮮人，必先找對工作的方向、努力的方向，並有正確的認知與觀念，這樣持續堅持、奮鬥不懈、努力向前，才有意義，才有未來。

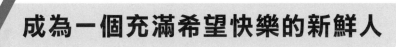

成為一個充滿希望快樂的新鮮人

帶領美國聖母院大學美式足球隊，獲得1988年全國冠軍教練魯・賀茲（Lou Holtz）說：「**訂定目標，找到定位，然後努力去實現，你就能使自己從人生的旁觀者變成積極的參與者**」。對這支1988年賽前被預測只排第13名的球隊，開賽後卻獲得全勝紀錄，得到全國冠軍。在被評選為全國冠軍的記者會上，教練魯・賀茲有感而發說出上述這段被世界有名的卡內基訓練列為名言的話。

的確，審慎評估後進入公門，並有了正確的認知與觀念、練就札實的基本功，同時設定了目標，然後努力堅持不斷做，最後屬於你的就是成功，就如同上面西行的馬一樣。否則就會像原地打轉的驢，更可能像英國有名的「三隻小豬」寓言故事給我們的啟示：如果你的房子地基沒打穩、沒蓋好，在你身邊周遭的大野狼，可能是你的主管、同事、民眾或你服務對象，只要他們吹一口氣，就可以摧毀你所有的一切。

《孫子兵法，謀攻篇》說：「**知己知彼，百戰不殆**；不知彼而知己，一勝一負；不知彼，不知己，每戰必殆。」新鮮人能在入公門前，透過首部曲，用心瞭解各行業及公門特性，再仔細思考、評估自己是否適合走公門的路，真正做到「知己知彼」；再依第2及第3部曲，於訓練期間有計畫、有步驟地持續不斷學習，訓練合格後並能繼續不斷積累經驗，汲取工作新知，練就札實的基本功，未來必定「百戰不殆」，成為一位樂在工作，充滿希望有為的公門人。

公門職場對公門人的

給與和要求

附錄

前言--「要求」重於「給與」

公門職場對公門人有不少的給與，包括權利與福利，其中薪津待遇等權利，是新鮮人很在意的一件事；但相對地也對公門人要求應負的義務與責任，很多公門新鮮人都忽略了這些要求，其實它的重要性並不亞於給與事項，甚至有過之而無不及。因為新鮮人如果只看到權利、福利，忽略職場要求，進入職場後才發覺無法接受或適應，那麼再好的權利與福利，也只是看得到享受不到。因此，在這裡，特別將公門職場對公門人的給與和要求，以圖表方式，做一簡單介紹，希望新鮮人都能事先有所瞭解，並預為評估能否接受及適應。

對公門人的給與

公門人權利都是由法律規範，如公務人員任用法、陞遷法、考績法、俸給法、退休資遣撫卹法、保障法及公教人員保險法等，因此相對有保障。權利類別大致有經濟、身分及救濟等三個面向，13種權利（詳如下表所示）。至於公務人員福利，尚無專法規範，都是由相關的法規或行政規則規範，因此，有較大的彈性及變動性。

公門人的權利

公門人各種權利

經濟方面的權利	1. 俸給權 2. 考績權 3. 公保給付權 4. 退休金權 5. 撫卹金權 6. 加班費及費用請求權
身分方面的權利	1. 身分保障權 2. 職務執行保障權 3. 請假及休假權 4. 結社權
救濟方面的權利	1. 申訴、再申訴權 2. 復審權 3. 訴訟權

(一) 俸給權（薪資待遇）

1. 一張表看懂你每月的薪資

支給項目	本俸（或年功俸）		依銓敘審定的等級俸點，並折算為俸額（新台幣），即為每月實際支領本俸（年功俸）薪資（附表1）。
	加給	專業加給	依據各類人員專業程度支給（計有29種專業加給表，謹節錄其中4種表供參，詳如附表2～5）。
		主管加給	擔任主管人員始能支給（附表6）。
		地域加給	離島或偏遠地區始能支給（附表7）。

支給項目	加給	其他加給（如危險加給、警勤加給、重大交通工程機關職務加給等）	擔任危險工作人員，如消防、海巡、空中勤務、移民及航空測量機關專業人員危險職務加給表得支危險加給（附表8）；擔任警察職務工作人員，得支領警勤加給（附表9）；實際負責重大工程規劃、建設、監造等工程機關人員，如交通部鐵道局及所屬機關等，得支重大交通工程機關職務加給（附表10）。
合計	每月可支給總額（A）＝本俸（年功俸）+各項加給		

	類別	保額或基數	繳納金額		說明
			個人自付	機關補助	
扣減項目	公保費	月投保額為月支俸額（即本俸或年功俸）	C	B-C	1. 全月保險費總額(B)=俸額×16.33% 2. 自付部分(C)=B×35% 3. 機關補助部分=B×65%
	健保費	月投保金額＝〔本俸(年功俸)+各項加給〕×93.52%（總額依健保投保保額分級表額度計算）	E	D-E	1. 全月保險費總額(D)=月投保金額×5.17% 2. 被保險人及眷屬負擔金額(E)=D×30% 3. 投保單位負擔金額＝D×70%

	類別	保額或基數	繳納金額		說明
			個人自付	機關補助	
扣減項目	退撫基金	基數＝月俸額×2	G	F-G	1. 基金費用提撥總額(F)=月俸額×2×15% 2. 自繳部份(G)＝F×35% 3. 公繳部份＝F×65%
合計	扣減總額（H）＝C+E+G				

每月實發薪資＝A-H

以一般行政及法制人員（非偏遠地區）為例，其每月實發薪資如下：

(1) 一般行政人員（專業加給適用附表2）

　　A. 高考3級（荐任第6職等本俸1級）每月實發薪資
　　＝A－H(C+E+G)＝(28390+25130＝53520[A])－
　　(28390×16.33%×35%[C]+53520×93.52%×5.17%
　　×30%[E]+28390×2×15%×35%[G])＝48140元

　　B. 普考（委任第3職等本俸1級）每月實發薪資＝
　　A－H(C+E+G)＝(20590+21110＝41700[A])－
　　(20590×16.33%×35%[C]+41700×93.52%×5.17%
　　×30%[E]+20590×2×15%×35%[G])＝37756元

(2) 法制人員（專業加給適用附表3）

　　A. 高考3級（荐任第6職等本俸1級）每月實發薪資
　　＝A－H(C+E+G)＝(28390+28690＝57080[A])－

(28390×16.33%×35%[C]+57080×93.52%×5.17%
×30%[E]+28390×2×15%×35%[G])＝51648元

B. 法制人員最低為委任第5職等，沒有普考（委任第3
職等）的法制人員。

2. 一張表看懂你每年的總收入

年收入			
	項目	數額（或項目）	內涵
1	待遇（薪水）	12個月	本俸+專業加給+主管加給+地域加給+其他加給（如警勤加給、危險工作加給、重大工程機關職務加給等）
2	年終工作獎金	1.5個月	本俸+專業加給+主管加給
3	考績獎金	2個月或1.5個月或1個月或0.5個月	本俸+專業加給+主管加給+地域加給+其他加給
4	加班費	依每個月規定可加班實際時數計算	每小時加班費＝本俸+專業加給+主管加給/240
5	不休假加班時數或休假補助	1. 每年最多20日不休假加班費。 2. 10日休假補助及10日休假外之補助。	1. 每小時不休假加班費＝（本俸+專業加給+主管加給）/240 2. 10日休假補助16000元（觀光旅遊、自行運用各8000元） 3. 10日休假外之補助，每日600元
6	各項獎金	如工程獎金、破案獎金等。	依相關規定之機關，且實際參與執行者始得支領。
7	其他收入	兼職（課）酬勞、出席費、出版版稅、稿費等	需依規定核准兼職（課）者，始得支領兼職（課）酬勞。

附表1：公務人員俸額表

公務人員俸額表　　　　單位：新臺幣元

委任＝第一～第五職等、薦任＝第六～第九職等、簡任＝第十～第十一職等、任＝第十二～第十四職等

第一職等	第二職等	第三職等	第四職等	第五職等	第六職等	第七職等	第八職等	第九職等	第十職等	第十一職等	第十二職等	第十三職等	第十四職等	俸點	新俸額（教育、警察人員）	月支數額
											61,660	61,660	61,660	800	770	61,660
										58,480	58,480	58,480		790	740	58,480
									57,740	57,740	57,740	57,740		780	710	57,740
									55,510	55,510	55,510			750	680	55,510
									54,020	54,020	54,020			730	650	54,020
								52,540	52,540	52,540	52,540			710	625	52,540
								51,050	51,050	51,050				690	600	51,050
								49,570	49,570	49,570				670	575	49,570
								48,080	48,080	48,080				650	550	48,080
							46,590							630	525	46,590
							45,110	45,110	45,110	45,110				610	500	45,110
						43,620	43,620	43,620	43,620					590	475	43,620
						40,650	40,650	40,650						550	450	40,650
					39,540	39,540	39,540	39,540						535	430	39,540
				38,420	38,420	38,420	38,420	38,420						520	410	38,420
				37,310	37,310	37,310	37,310	37,310						505	390	37,310
				36,190	36,190	36,190	36,190	36,190						490	370	36,190
				35,080	35,080	35,080	35,080							475	350	35,080
				33,960	33,960	33,960	33,960							460	330	33,960
				32,850	32,850	32,850	32,850							445	310	32,850
				31,730	31,730	31,730								430	290	31,730
			30,620	30,620	30,620	30,620								415	275	30,620
			29,500	29,500	29,500									400	260	29,500
			28,390	28,390	28,390									385	245	28,390
			27,280	27,280										370	230	27,280
			26,530	26,530										360	220	26,530
			25,790	25,790										350	210	25,790
			25,050	25,050										340	200	25,050
		24,300	24,300	24,300										330	190	24,300
		23,560	23,560											320	180	23,560
		22,820	22,820											310	170	22,820
		22,070	22,070											300	160	22,070
		21,330	21,330											290	150	21,330
	20,590	20,590	20,590											280	140	20,590
	19,850	19,850												270	130	19,850
	19,100	19,100												260	120	19,100
	18,360	18,360												250	110	18,360
	17,620	17,620												240	100	17,620
16,870	16,870	16,870												230	90	16,870
16,130	16,130													220		16,130
15,610	15,610													210		15,610
15,080	15,080													200		15,080
14,560	14,560													190		14,560
14,030	14,030													180		14,030
13,510	13,510													170		13,510
12,980	12,980													160		12,980

附則：
1. 各等級應按折算俸額之數額累計：按其應領俸點在160點以下之部分按每俸點81.1元折計；161點至220點之部分按每俸點52.5元折計；221點至790點之部分按每俸點74.3元折計；791點以上之部分按每俸點38.1元計算。如有不足10元之零數時均以10元計。
2. 各職等俸級以下為本俸，粗線以上為年功俸。
3. 本表自113年1月1日生效。

附表2：一般公務人員、警消人員、交通、經濟（礦務局）各縣市動植物防疫、鄉鎮市獸醫人員等專業加給表

公務人員專業加給表(二)

單位：新臺幣元

警消人員		公務人員		月支數額
官等	官階	官等	職等	
警監	特階	簡任	14	46,250
	一階		13	43,350
	二階		12	42,090
	三階		11	38,040
	四階		10	35,590
警正	一階	薦任	9	30,020
	二階		8	28,980
	三階		7	26,040
	四階		6	25,130
警佐	一階	委任	5	22,060
	二階		4	21,460
	三階		3	21,110
	四階		2	21,050
			1	20,870
		雇員		20,870
適用對象	原適用本表及原適用「公務人員專業加給表(一)」人員。			

附則：1. 本表依公務人員加給給與辦法第13條規定訂定。

2. 原交通部民用航空局、觀光局、中央氣象局暨所屬機關、原經濟部礦務局人員、各直轄市、縣(市)政府所屬機關或單位內辦理動物疾病防疫業務之技術人員及各鄉鎮市區公所獸醫人員應按本職敘定職等標準支給，惟原按改任換敘前原支等級之相當標準支給有案人員，准按原支等級之相當標準繼續調整支給。

3. 警察機關(學校)警察人員、行政人員及消防機關消防專業人員按本職敘定等階標準支給；支警佐待遇及委任待遇等人員均比照相當等階之相當標準支給。

4. 警察機關(學校)警察人員、行政人員及消防機關消防專業人員前因配合改按等階支給補足差額有案人員，准按原支等階相當標準之調整數額繼續補足差額。

5. 簡併後所支數額如較原支數額為低者，補足其差額，並隨同年度待遇調整而調整；惟因年終考績升等，或調任其他職務，或調離原機關時，應改依新職敘定職等標準支給，不再補足差額。

6. 技工月支18,060元，工友月支17,740元。

7. 本表自113年1月1日生效。

附表3：法制、訴願、調解人員等專業加給表

公務人員專業加給表(五)

單位：新臺幣元

官等	職等	月支數額
簡任	14	55,190
	13	51,530
	12	49,710
	11	44,640
	10	41,110
薦任	9	35,900
	8	34,160
	7	30,270
	6	28,690
委任	5	26,040
適用對象	同時符合以下要件之法制人員： 1. 職務歸列法制職系。 2. 法律系所畢業或法制類科考試及格或專門職業及技術人員高等考試律師考試及格。 3. 專責辦理法制、訴願或調解業務。 4. 具下列情形之一： 　(1) 依組織法規所設法制機關或單位。 　(2) 經行政院、直轄市或縣（市）政府核定以任務編組型態所設法制機構或單位。	

適用對象	(3) 各機關訂有單獨組織規程之法規會（法規委員會）、訴願審議會（訴願審議委員會）。 (4) 依鄉鎮市調解條例第1條所設調解委員會（並以依同條例第33條指派擔任調解委員會秘書者為限）。 (5) 中央三級以上機關、直轄市及縣（市）政府所屬一級機關、鄉（鎮、市）公所未設法制專責單位者，由上級之中央二級機關、直轄市及縣（市）政府核定專責辦理法制業務之職務（含調解委員會秘書），並以1人為限。

附則：1. 本表依公務人員加給給與辦法第13條規定訂定。

2. 前已依原規定支領有案之現職法制人員或職務，依下列方式辦理：

(1) 83年6月1日修正生效前，已依原規定支領有案，但未具本表所定之資格要件者，繼續支領至調離原機關原職務為止。

(2) 91年6月1日修正生效前，依原規定已符合「曾修習主要法律學科二十個學分」而支領有案者，繼續支領至調離原機關原職務為止。

(3) 102年8月1日修正生效前，直轄市政府所屬二級機關已於編制表註記支領有案之職務，得專案列冊報請直轄市政府核定後繼續支領至編制表刪除註記事項為止。

3. 本表所稱法制類科考試及格，指考試院頒發之考試及格證書中，考試類科欄載明為法制類科者。

4. 本表自113年1月1日生效。

附表4：環保人員等專業加給表

公務人員專業加給表(十四)

單位：新臺幣元

官等	職等	月支數額
簡任	14	49,560
	13	46,300
	12	45,020
	11	40,410
	10	37,490
薦任	9	31,780
	8	30,590
	7	27,100
	6	26,130
委任	5	23,310
	4	22,360
	3	22,100
	2	22,040
	1	21,980
雇員		21,980

適用 對象	以環境部暨所屬氣候變遷署、資源循環署、化學物質管理署、環境管理署及國家環境研究院（不含環教認證中心）、直轄市政府環境保護局、各縣（市）環境保護局及各地方機關所屬垃圾焚化廠、資源回收廠等機關專任掌理以下環境保護工作事項之專業人員為限： (1) 關於環境保護之綜合企劃、宣傳訓練及環境影響評估事項。 (2) 關於空氣、水、熱、土壤等污染之防治、溫室氣體減量、氣候變遷調適、廢棄物源頭減量、資源回收、循環利用與清除處理及噪音、振動之管制事項。 (3) 關於化學物質管制、一般環境衛生、公共場所衛生管理與環境用藥之管理及病媒防治事項。 (4) 關於自然生態環境保育之聯繫、推動及協商事項。 (5) 關於對縣（市）環境保護業務之監督、輔導及管制考核事項。 (6) 關於水質、環境品質、溫室氣體與污染之檢驗及環境保護糾紛案件之鑑定處理事項。 (7) 關於環境品質監測網路及環境資訊之建立、運用及管理事項。 (8) 關於非屬原子能游離輻射污染之輻射污染防治事項。 (9) 綜理或襄理、審核環境保護業務之專責人員。

附則：1. 本表依公務人員加給給與辦法第13條規定訂定。

2. 適用本表之職務及工作項目，應列冊專案報請主管機關（中央機關為環境部；地方機關為直轄市政府及各縣（市）政府）核定後，始得支給。

3. 支領本表專業加給者，不得另支傳染病防治費。

4. 本表自113年1月1日生效。

附表5：氣象、資訊人員專業加給表

公務人員專業加給表（二十）

單位：新臺幣元

官等	職等	月支數額
簡任	14	50,120
	13	47,940
	12	46,610
	11	42,560
	10	40,080
薦任	9	34,460
	8	33,350
	7	30,120
	6	29,140
委任	5	26,070
	4	24,900
	3	24,370
	2	22,720
	1	21,730
適用對象	1. 交通部中央氣象署數值資訊組、海象氣候組氣候預報科、科技發展組、海氣遙測組、氣象預報中心、地震測報中心職務歸列天文氣象地震職系並具高、普考及格或大專相關科系畢業之技術人員。	

適用對象	2. 同時符合以下要件之資訊專業人員： (1) 職務歸列資訊處理職系。 (2) 實際從事電子資料處理（不含電子資料建檔、登錄）。 (3) 具下列情形之一： 　①依組織法規所設專責資訊機關（構）或內部一級單位。 　②經中央一級機關、直轄市或縣市政府核定，於中央一級及二級機關（構）、直轄市或縣市政府所屬一級機關（構），以任務編組型態所設資訊機構。 　③未設專責資訊機關（構）或內部一級單位者，於單一統籌辦理資訊業務之單位中所設次級專責資訊單位。

附則：1. 本表依公務人員加給給與辦法第13條規定訂定。

2. 行政院77年11月8日台77人政肆字第41589號函規定以前已奉准成立之資訊機構人員及原已依行政院核定「電子作業技術人員技術加給支給標準表」支領有案者，得依本表繼續支領。

3. 依本表所支數額（專業加給表（二十））如較原支數額（原專業加給表(一)＋電子作業技術加給）為低者，補足其差額，並隨同待遇調整而併銷；至「待遇差額之併銷內涵」，係指因政府年度軍公教人員通案調整待遇而增加之俸給數額，暨其因職務調動（升）、考績晉級、升等所增加之俸給數額，均計入併銷內涵。調離原機關或原機關資訊單位者，即不得繼續支領待遇差額。

4. 本表102年8月1日修正生效前已依原規定支領有案而不符修正後規定之任務編組資訊人員，得繼續支領至調離該任務編組或該任務編組裁撤為止。

5. 依資通安全責任等級分級辦法第4條第3款至第5款規定之A級機關（不含中央一級機關）或關鍵基礎設施領域協調機關，支領本表且領有有效之數位發展部所訂資通安全專業證照及職能訓練證書各1張（含以上），並實際從事資通安全業務且由該部列冊之人員，擔任簡任職務及薦任第9職等主管職務者，另按月增支5,000元；薦任第9職等非主管職務及薦任第8職等以下職務者，另按月增支3,000元。

6. 本表自113年1月1日生效。

附表6：主管人員加給表

公務人員主管職務加給表

單位：新臺幣元

官等	職等	月支數額
簡任（派）	14	40,410
	13	32,740
	12	29,520
	11	19,130
	10	13,110
薦任（派）	9	9,710
	8	7,520
	7	5,750
	6	4,720
委任（派）	5	4,190

附則：1. 本表依公務人員加給給與辦法第13條規定訂定。
　　　2. 本表自113年1月1日生效。

附表7：地域加給表

單位：新臺幣元／月

各機關學校公教員工地域加給表

服務地區	偏遠地區			山僻地區				離島地區		
級別	第一級	第二級	第三級	第一級	第二級	第三級	第四級	第一級	第二級	第三級
支給對象	服務於山地或平地偏遠地區，由服務處至最近公共汽車站招呼站或火車站招呼站須步行15公里者，或平地路程在15公里以上而未滿35公里者。	服務於山地或偏遠地區，由服務處至最近公共汽車站、火車站須步行5公里以上而未滿15公里，或35公里者。	服務於山地或偏遠地區，由服務處至最近公共汽車站、火車站須步行15公里以上而未滿35公里者。	服務於海拔1,000公尺至2,000公尺地區之人員。	服務於海拔2,001公尺至2,500公尺地區之人員。	服務於海拔2,501公尺至3,000公尺地區之人員。	服務於海拔3,001公尺以上地區之人員（中央氣象局玉山氣象站）。	服務於馬公、白沙、西嶼、湖西（漁翁島、虎井、桶盤等）、小門、龜山、望安、七美、綠島、琉球等離島地區之人員。	服務於虎井、吉貝、鳥嶼、將軍嶼、東吉、東嶼坪、西嶼坪、綠島、蘭嶼等離島地區之人員。	服務於東沙、南沙、彭佳嶼、目斗嶼、大小金門、馬祖、烏坵、東引島、員貝島、東莒島、花嶼、大倉、東吉、花嶼、東嶼坪、西嶼坪等離島地區之人員。
基本數額（服務山僻地區、離島地區每月資加成，年按俸額加2%計算，最高比率為右列限）	3,090	4,120	6,180	1,030	2,060	4,120	8,240	7,700	8,730	9,790
	10%	20%	30%	10%	10%	20%	30%	10%	20%	30%

附則

1. 本表依公務人員加給給與辦法第13條及教師待遇條例第16條規定訂定。
2. 本表支給對象以各機關、學校編制內員工，或依業務需要經設置固定派出辦公場所，並實際長期派駐在本表各地區辦公達1個月以上之編制內員工為限。
3. 本表各地區之基本數額僅能擇一支給，但年資加成部分，應能擇優發給；另改支後基本數額如有差額，準予補足。
4. 本表自79年7月1日起實施，每服務滿1年，按俸額加2%計給，最高以本表所列各級最高比率為限。
5. 本表山僻地區之編制對象支給對象所稱「山地地區」者，係以新北市烏來、桃園市復興、宜蘭縣大同、南澳鄉、新竹縣尖石、五峰鄉、苗栗縣泰安鄉、臺中市和平區、南投縣信義鄉、仁愛鄉、嘉義縣阿里山鄉、高雄市茂林區、桃源區、那瑪夏區、屏東縣三地門鄉、霧臺鄉、瑪家鄉、泰武鄉、來義鄉、春日鄉、獅子鄉、牡丹鄉、臺東縣延平鄉、海端鄉、達仁鄉、金峰鄉、蘭嶼鄉（區）為限。
6. 花蓮、離島地區基本數額每月加給630元，不得再支給年資加成。手山冰站、子山冰站，則後不再調整。
7. 表列基本數額係視服務處所之機關學校定或改制為機關學校之機關學校員工地域加給之調整程度及經濟條件等因素訂定。
8. 地方政府得就本表規定或各機關學校公教員工地域加給合理化調整方案（以下簡稱合理化方案）擇一適用。適用合理化方案者，該地方政府所屬機關學校及其固定派出辦公處所內之中央及二級以上機關同意設於地方政府行政轄區內屬機關學校及其固定派出辦公處所，與地方政府一併依合理化方案辦理。
9. 本表自112年5月1日生效。

附表8：危險職務加給表

消防、海巡、空中勤務、移民及航空測量機關專業人員 危險職務加給表

單位：新臺幣元

級別	支給數額	適用對象
一	9,700	1. 內政部消防署特種搜救隊及各港務消防隊、各直轄市政府消防局（局本部除外）所屬大隊以下之單位、各縣（市）消防局（局本部除外）所屬消防（大）隊以下單位實際擔任消防專業工作之專業人員；內政部空中勤務總隊所屬勤務大隊實際執行救災、救難、救護、觀測偵巡及運輸任務之空勤專業人員；內政部移民署北區、中區、南區事務大隊及國境事務大隊實際執行面談、訪查、查察、逮捕、證照查驗、證照鑑識、監護、收容戒護、移送、遣送等工作之專業人員。 2. 海洋委員會海巡署巡防區指揮部、各分署所屬直屬船隊、海巡隊、岸巡隊、特勤隊、偵防查緝隊、查緝隊及空勤吊掛分隊實際擔任統合指揮岸海勤務、海上勤務、走私、滲透及安全情報之蒐集與調查處理、查緝走私、防止非法入出國及犯罪調查等工作之專業人員。
二	7,760	1. 各消防機關內不屬第一級之實際擔任消防專業工作之專業人員。 2. 於前開海巡機關編制內不屬第一級適用對象之專業人員。 3. 內政部空中勤務總隊編制內不屬第一級適用對象之專業人員。 4. 內政部移民署編制內不屬第一級適用對象之專業人員。 5. 行政院農業委員會林務局農林航空測量所擔任航空攝影之空照人員。

級別	支給數額	適用對象
三	2,590	交通部民用航空局各航空站實際擔任航空器失事及航空器意外災害事件消防搶救工作,及機場範圍內火災與重大災害消防救援專業工作之專業人員。
附則		1. 本表依公務人員加給給與辦法第13條規定訂定。 2. 原支警勤加給有案,並於本表核定前,已任職各級消防機關者,改按本表規定支給。 3. 本表適用對象欄所稱之「專業人員」如下,不包括任職於人事、會計、政風及秘書(含採購、後勤)等行政單位人員及業務單位之收發人員: (1) 消防機關:指消防機關業務單位內具警察官任用資格或職務歸列消防與災害防救、消防技術、電機工程、機械工程、土木工程、化學工程、衛生技術、護理助產職系等編制內人員(含內政部消防署業務單位職務歸列資訊處理、天文氣象地震職系,配置於行政院國家搜救指揮中心及負責建置全國防救災通訊系統人員)。 (2) 空中勤務總隊:指該總隊業務單位及所屬勤務大隊內職務歸列航空駕駛、航空管制、機械工程、電機工程、交通行政、資訊處理職系等編制內人員。 (3) 海巡機關:指於適用對象欄所列海巡機關業務單位實際擔任海巡業務,且職務歸列海巡行政或海巡技術職系之編制內人員。另職務歸列機械工程及交通技術職系之專業人員,於支援執行專案海上勤務期間,自96年4月1日起,得與同機關擔任海上勤務工作之海巡專業人員覈實支給相同危險(海上)職務加給。 (4) 交通部民用航空局所屬各航空站:指適用對象欄所列各航空站職務歸列消防與災害防救、消防技術、交通技術職系等編制內之消防隊長、消防班長與技術助理員,及編制內醫事人員。另各航空站編制內消防技工實際共同從事上開危險性工作者,得比照支給。 (5) 移民署:係指該署業務單位及所屬事務大隊內職務歸列移民行政職系,辦理移民行政工作之編制內人員。

級別	支給數額	適用對象
附則		4. 具警察官任用資格且原支警勤加給有案人員，於各級消防機關成立前已在職並隨同業務及機關改制移撥各級消防機關行政單位者，為維當事人既有權益，同意按第二級標準繼續支給，但嗣後調離該行政單位者，依新任職務及前項規定辦理。 空中勤務總隊在本表95年10月1日修正生效前，已依原規定支領本危險職務加給有案而不符修正後規定者，同意繼續支給至調離原業務單位為止。 5. 適用本表第一級海巡機關內實際擔任海上勤務之專業人員，得由機關一體選擇依「各機關船舶船（職）員海上職務加給」覈實支給海上職務加給，並改按第三級標準支給本危險職務加給；一經選定，不得再行變更。另按「警察人員警勤加給表」支領警勤加給者，不適用本表。 6. 適用本表之警察人員帶職帶薪全時進修取得較高學歷或學位者（包括中央警察大學研究所、二年技術學系、臺灣警察專科學校進修組，或經機關保送至國內外大學或專科學校進修相關班別），或其他以取得學歷或學位性質全時進修之班別等，該進修期間均按第二級標準支給且不得支給加成。但寒暑假返回機關（單位）實際服務期間，按所適用之級別及加成支給。 7. 各直轄市政府得視所屬消防機關（單位）消防勤務危險程度，以自籌經費（不列入基本財政支出設算，亦不得要求中央補助），依下列規定另加成支給： (1)臺北市、新北市政府消防局得按原支等級支給數額最高加一倍支給。 (2)桃園市、臺中市、臺南市、高雄市政府消防局得按原支等級支給數額最高加七成支給。 (3)各直轄市政府應依危險性質訂定評核指標，並就所屬消防局下設單位（如大隊、中隊、分隊等）之勤務危險程度，在最高加成成數範圍內，區分三級並訂定不同支給數額支給，及報內政部消防署備查。 (4)支領地域加給者，不得支給本項加成。 8. 本表自112年7月1日生效。

附表9：警察人員警勤加給表

警察人員警勤加給表

單位：新臺幣元

級別	支給 數額	支給對象
一	9,700	1. 各直轄市政府警察局及依地方制度法準用直轄市相關規定之縣警察局下列單位所屬警察人員： 分局；刑事警察大隊所屬偵查隊；保安、交通警察大隊所屬中隊；少年、婦幼、捷運警察隊。 2. 臺灣省各縣市警察局下列單位所屬警察人員： 分局；刑事警察大隊；保安、交通、少年、婦幼警察隊。 3. 金門縣警察局下列單位所屬警察人員： 分局；刑事警察大隊；保安、交通、少年警察隊。 4. 福建省連江縣警察局下列單位所屬警察人員： 警察所；刑事、交通、保安警察隊。 5. 內政部警政署所屬機關下列單位所屬警察人員： (1) 刑事警察局：偵查大隊、國際刑警科國際刑事偵查隊。 (2) 航空警察局：分局、大隊。 (3) 國道公路警察局：大隊、隊。 (4) 鐵路警察局：分局、大隊。 (5) 各港務警察總隊：隊、中隊。 (6) 保安警察第一、第四、第五總隊：維安特勤隊。 (7) 保安警察第二總隊：刑事警察大隊。 (8) 保安警察第三總隊：刑事警察大隊。 (9) 保安警察第六總隊：第一、二警官大隊。 (10) 保安警察第七總隊：第二大隊第二中隊第一、二小隊、第三大隊、第四大隊（第四分隊第一、二小隊除外）、第五大隊、第六大隊、第七大隊、第八大隊、第九大隊、刑事警察大隊。

級別	支給數額	支給對象
一	9,700	6. 內政部警政署調派支援刑事警察局打擊犯罪中心之警察人員。
二	8,730	1. 中央警察大學下列單位所屬警察人員：中隊。 2. 內政部警政署所屬機關下列單位所屬警察人員： 　(1)保安警察第一、二、三、四、五、六總隊：中隊。 　(2)刑事警察局：警備隊。 　(3)臺灣警察專科學校：中隊。 　(4)保安警察第七總隊：第一大隊、第二大隊（第二中隊第一、二小隊除外）、第四大隊第四分隊第一、二小隊。
三	7,760	各警察機關、學校組織編制內，不屬上列第一、二級而具有警察官任用資格人員。
附則		1. 本表依警察人員人事條例第27條規定訂定。 2. 刑事警察各按原支等級數額加六成支給。 3. 海洋委員會海巡署巡防區指揮部、各分署所屬隊之警察人員按第一級支給。海洋委員會依警察人員人事條例任用之警察人員，以及海岸巡防機關組織編制內，不屬第一、二級而具有警察官任用資格人員，按第三級支給。海洋委員會海巡署偵防分署偵防查緝隊編制內且實際從事偵防查緝工作之警察人員，按原支等級數額加六成支給。 4. 經權責機關依法令規定配置、代理（兼任）或核准支援、配賦於不同警勤加給級別之警察人員，按其實際服勤機關（單位）或勤務所適用之級別覈實支給。 5. 警察人員帶職帶薪全時進修取得較高學歷或學位者（包括中央警察大學研究所、二年技術學系、臺灣警察專科學校進修組，或經機關保送至國內外大學或專科學校進修相關班別）

級別	支給數額	支給對象
附則		；或其他以取得學歷或學位性質全時進修之班別等，該進修期間均按第三級支給，且不得支給加成。但寒暑假返回機關（單位）實際服務期間，按實際服勤機關（單位）所適用之級別及加成支給。 6. 各直轄市政府得視治安、交通、警察勤務狀況繁重程度，以自籌經費（不列入基本財政支出設算，亦不得要求中央補助），依下列規定就本表支給對象加成支給： (1) 臺北市、新北市政府警察局及其所屬機關（單位）按原支等級數額最高加一倍支給。 (2) 桃園市、臺中市、臺南市、高雄市政府警察局及其所屬機關（單位）按原支等級數額最高加七成支給。 (3) 各直轄市政府應依所屬警察機關（單位）勤務繁重狀況區分三級，在規定最高成數範圍內，訂定基準分級支給。 (4) 支領地域加給者，不得支給勤務繁重加成。 7. 各直轄市、縣（市）政府警察局所屬分局經甄試訓練合格，實際從事家庭暴力防治、性侵害防治、性騷擾防治、兒童及少年性交易防制及兒少保護等工作之專責辦理人員，各按原支等級數額加二成五支給。所需經費由各地方政府自籌支應（不列入基本財政支出設算，亦不得要求中央補助）。另同時符合支領本表附則6之勤務繁重加成者，優先支給勤務繁重加成，不另支給本項加成。 8. 內政部警政署國道公路警察局各公路警察大隊所屬警察人員，各按原支等級數額加三成五支給。另同時符合支領本表附則2之刑事加成者，不另支給本項加成。 9. 本表自112年7月1日生效。

附表10：重大交通工程機關職務加給表

重大交通工程機關職務加給表

單位：新臺幣元

級別	月支數額
第一級	8,000
第二級	7,000
第三級	6,000
第四級	5,000
第五級	4,000

附則：1. 本表依公務人員加給給與辦法第13條規定訂定。

2. 本表所稱重大交通工程機關，指實際辦理興建中之重大交通工程，且經交通部認定得按本表支給並報行政院核定之下列機關：

(1)交通部鐵道局及所屬機關。

(2)交通部高速公路局及所屬機關。

(3)交通部公路局蘇花公路改善工程處。

(4)臺北市政府捷運工程局及所屬機關。

(5)新北市政府捷運工程局。

(6)桃園市政府捷運工程局。

(7)高雄市政府捷運工程局。

3. 本表支給級別之認定基準，由主管機關（指中央二級機關及直轄市政府）衡酌工程業務之職責繁重、危險程度及同性質機關之衡平等因素訂定。

4. 重大交通工程機關，應就所屬實際執行工程相關業務之專業人員及技工工友，按其職責繁重及危險程度等因素審認職務適用之級別，並列冊報主管機關核定或備查。

5. 各機關適用本表之日前已在職且依原「國家重大交通工程機關職務加給表」支給職務加給有案之行政人員，得按第 4 點專業人員適用級別月支數額五成之範圍內支給至調任他機關為止。

6. 支給本項職務加給之行政人員，如依規定支領其他專業加給，其2項加給之合計數，超過同等級專業人員所支本項職務加給

與專業加給之合計數時，應按同等級專業人員所支本項職務加給與專業加給合計數之數額支給。

7. 擔任特殊艱難或危險性工程之專業人員，於從事特殊艱難或危險性工程期間，由主管機關衡酌工程情況，按其適用級別月支數額加計二成之範圍內支給。

8. 依本表支給職務加給之機關，不得再依「工程獎金支給表」支給工程獎金或其他同性質獎金。

9. 本表自112年9月15日生效。

(二) 考績權（公務人員考績法及其他施行細則）

1. 考績法相關規定

考績種類	年終考績	每年年終考核其當年1至12月任職期間之成績，要件： 1. 現職經銓敘合格實授 2. 年度內1月至12月均有任職事實者
	另予考績	同一考績年度內，任職不滿1年，而連續任職已達6個月辦理之考績，於年終辦理；但免除職務、撤職、休職、免職、辭職、退休、資遣、死亡、留職停薪者，應隨時辦理。
	專案考績	平時一次記2大功或2大過時，隨時辦理之考績。
考核項目		工作（65%）、操行（15%）、學識（10%）及才能（10%）
考績等次		甲、乙、丙、丁
考核	宗旨	綜核名實、信賞必罰、準確客觀
	準據	平時考核—考核紀錄及獎懲，為評定考績分數依據

2. 考績等第獎懲

等次／類別	年終考績	另予考績
甲等	1. 晉本（年功）俸1級及1個月俸給總額1次獎金。 2. 已敘年功俸最高俸級者，2個月俸給總額獎金。	1個月俸給總額1次獎金

等次／類別	年終考績	另予考績
乙等	1. 晉本（年功）俸1級及0.5個月俸給總額1次獎金。 2. 已敘年功俸最高俸級者，1.5個月俸給總額獎金。	半個月俸給總額1次獎金
丙等	留原俸級	不予獎勵
丁等	免職	免職

3. 專案考績獎懲

類別	專案考績
一次記兩大功	1. 晉本（年功）俸1級及1個月俸給總額1次獎金。 2. 已敘年功俸最高俸級者，2個月俸給總額獎金。 3. 同一年度內再因一次記二大功辦理專案考績者，不再晉敘俸級，改給2個月俸給總額1次獎金。
一次記兩大過	免職

(三) 公保給付權

公教人員保險說明簡表		
保險項目	給付條件	給付標準
失能給付	被保險人發生傷害事故或罹患疾病，經醫治終止後，身體仍遺留無法改善之障礙而符合失能標準，並經中央衛生主管機關評鑑合格之醫院鑑定為永久失能者。	1. 以確定失能日當月往前推算6個月保險俸（薪）額之平均數核給。 2. 因執行公務或服兵役致成全失能者，給付36個月；半失能者，給付18個月；部分失能者，給付8個月。 3. 因疾病或意外傷害致成全失能者，給付30個月；半失能者，給付15個月；部分失能者，給付6個月。

保險項目	給付條件	給付標準
養老給付	被保險人依法退休（職）、資遣，或繳付本保險保險費滿15年且年滿55歲以上而離職退保。	以發生保險事故當月起，前10年投保年資之實際保險俸（薪）額平均計算，加保未滿10年者，以其實際投保年資之保險俸（薪）額平均計算。 1. 一次養老年金給付：保險年資每滿1年，給付1.2個月；最高以給付42個月為限。但辦理優惠存款者，最高以36個月為限。 2. 養老年金給付：保險年資每滿1年，在給付率0.75%～1.3%間核給養老年金給付，最高採計35年，總給付率最高為45.5%。
死亡給付	被保險人死亡時，由其遺屬請領一次死亡給付。	1. 以發生事故退保當月之保險俸額為計算給付之標準。 2. 因公死亡給與36個月；病故或意外死亡給與30個月。但繳付保險費20年以上者，給與36個月。 3. 初任公務人員於實務訓練期間（適用年金費率者）死亡時，其符合請領遺屬年金給付條件之遺屬不請領一次死亡給付，得選擇請領遺屬年金給付。
眷屬喪葬津貼	被保險人之眷屬因疾病或意外傷害致死亡者。	1. 以發生保險事故當月起，往前推算6個月保險俸額平均數計算，但加保未滿6個月者，按其實際加保月數之平均保險俸額計算。 2. 父母及配偶之喪葬津貼，給與3個月。

保險項目	給付條件	給付標準
眷屬喪葬津貼	被保險人之眷屬因疾病或意外傷害致死亡者	3. 子女之喪葬津貼： (1)年滿12歲，未滿25歲者，給與2個月。 (2)已為出生登記且未滿12歲者，給與1個月。 4. 符合請領同一眷屬喪葬津貼之被保險人有數人時，應自行協商，
生育給付	被保險人繳付保費滿280日後分娩或181日後早產者	1. 以發生保險事故當月起，往前推算6個月保險俸額平均數計算，但加保未滿6個月者，按其實際加保月數支平均保險俸額計算。 2. 給與2個月生育給付。被保險人分娩或早產為雙生以上者，生育給付按比例增給。
育嬰留職停薪津貼	被保險人加保年資滿1年以上，養育3足歲以下子女，辦理育嬰留職停薪並選擇繼續加保者	1. 按被保險人育嬰留職停薪當月起，往前推算六個月保險俸額之平均數60%計算。 2. 自留職停薪之日起，按月發給；最長發給6個月。但留職停薪期間未滿6個月者，以實際留職停薪月數發給；未滿1個月之畸零日數，按實際留職停薪日數計算。 3.同時撫育子女2人以上者，以請領1人之津貼為限。

保險俸給：以公務人員俸給法規所定本俸或年功俸額為準。

保險費率：被保險人每月保險俸給7%至15%；現行費率：現職公務人員（不適用年金規定之被保險人）為7.83%；初任公務人員於實務訓練期間（適用年金規定之被保險人）為10.16%。

保險費：

1. 以被保險人每月保險俸給依保險費率核計。
2. 被保險人依法徵服兵役保留原職時，在服役期間，其自付部分保險費，公務人員部分由政府負擔。
3. 被保險人自付比率：35%。

給付請求權時效：10年

(四) 退休金給付權

1. 112.7.1起初入公門適用之新制退休給與—確定提撥制（個人專戶制）

《公務人員個人專戶制退休資遣撫卹法》重點規定

重點項目	主要內容
適用對象	1. 限定112年7月1日以後，初次依法銓敘審定任用之公務人員。（不包含曾任依公務人員退休資遣撫卹法令得併計退撫新制實施前、後之年資者；已結算年資者，亦同。） 2. 現職公務人員或是112年6月30日以前離職之公務人員，以及112年7月1日以後初任公務人員但具有適用現行確定給付制年資者，仍適用現行公務人員退撫制度。

重點項目		主要內容
在職提撥累積期	設置公務人員個人退休金專戶	委任公務人員退休撫卹基金管理機關（以下簡稱退撫基金管理機關）辦理。
	強制提撥	本（年功）俸加1倍按15％之提撥費率按月提撥（個人負擔35％；政府負擔65％）
	自願增加提繳	依個人意願在本（年功）俸加1倍之5.25％範圍內自願增加提繳。
	稅賦優惠	1. 個人強制提撥金額（即本〈年功〉俸×2×15％×35％），不計入提繳年度薪資收入課稅。 2. 個人自願增加提繳金額，亦不計入提繳年度薪資收入課稅。
	自主投資方式	設置自主投資平台，由退撫基金管理機關委外或自行辦理。
	設計不同收益、風險之投資組合標的	由退撫基金管理機關自行或委託金融機構或專業機構規劃設置保守型、穩健型、積極型及人生週期基金等至少4種投資組合標的，提供公務人員選擇。
	保證收益及標準	1. 保守型投資標的組合，給予最低保證收益（不得低於當地銀行2年期定期存款利率），如有不足，於離職或退休時，依公務人員參加該種組合期間之累計收益，由國庫補足。 2. 人生週期基金中，配置於保守型投資標的亦適用前開最低保證收益。
退休給付請領期	給付種類	一次、月或兼領。 1. 任職年資未滿15年限領取一次退休金。 2. 資遣及離職者，僅得請領一次給付。 3. 任職未滿5年離職之公務人員，得選擇暫不請領個人專戶金額，至遲於年滿60歲之日，由退撫基金管理機關一次發還其未領之退撫儲金。

重點項目		主要內容
退休給付請領期	給付種類	4. 資遣之公務人員，得暫不請領個人專戶金額，並由退撫基金管理機關代為投資且給予最低保證收益；至遲於年滿60歲之日，由退撫基金管理機關一次發還其未領之個人專戶累積總金額。 5. 任職5年以上離職且適用保留年資規定者，則於年滿65歲之日起6個月內，依規定請領保留年資退休金。其離職後，個人專戶金額管理運用，由退撫基金管理機關代為投資且給予最低保證收益。
	退休條件	維持與現行制度相同（詳見2.現行公務人員退休類別）。 1. 自願退休：任職年資25年以上，或任職年資滿5年且年滿60歲。 2. 屆齡退休：年滿65歲。
	請領年齡	無請領年齡限制，但須成就退休或資遣或離職條件。
	定期給付方式	以公務人員個人專戶之累積總金額請領月退休金者，按下列三種方式擇一支領： 1. 攤提給付：按平均餘命及利率攤提計算每月月退休金。 2. 定額給付：由當事人自行選擇每月領取金額。 3. 保險年金：退休時一次繳足購買符合保險法規定之年金保險。
	發放期程	月退休金：按月發給；但可選擇按季、按半年或按年發給。保險年金：依契約定期發給。
	請領年限	配合月退休金領取方式如下： 1. 攤提給付：固定，按請領時之計算公式及年齡對應之平均餘命計算年限。 2. 定額給付：不固定，領至個人專戶餘額結清止。 3. 保險年金：依年金保險契約而定。

重點項目		主要內容
退休給付請領期	退休給付之運用收益及保證收益標準	由退休人員選擇繼續自主投資，並自負盈虧；或交由退撫基金管理機關代為運用收益（不得低於當地銀行2年期定期存款利率），並於專戶結清時計算保證收益，如有不足，由國庫補足。（二擇一）
		為因應長壽風險，於退休時購買年金保險支付定期給付或於開始請領月退休金時，一次提繳一定金額，投保年金保險，作為超過以平均餘命計算固定請領期數後之年金給付之用。
		請領一次退休金者，亦可申請暫不請領，暫不請領期間，由退撫基金管理機關代為運用收益並給予最低保證收益。
	遺屬給與	得選擇一次領回專戶內之餘額，或按月支領 1. 退休人員個人專戶累積總金額未領罄前亡故時，由其遺族一次領回餘額；或得選擇按亡故退休人員支領月退休金之方式，按月支領個人專戶內賸餘金額至用罄為止。 2. 遺族範圍及順位同現行制度。
		以保險年金給付方式支（兼）領月退休金者，其遺族請領年金保險保證金額之餘額。 1. 一次發給遺族，或依約定由遺族繼續領取者，從其約定。 2. 遺族範圍及順位同現行制度。
因公命令退休		1. 請領一次退休金時，任職年資未滿5年者，以5年計給；請領月退休金時，任職年資未滿20年者，以20年計給。 2. 加發一次退休金、退休金給付金額計算基準、基數內涵、計算標準均比照現行制度計給；加發給與由各級政府編列預算支給。

重點項目		主要內容
因公命令退休		3. 實際撥繳年資未滿5年或20年部分之退撫儲金費用，由服務機關全額負擔並一次補足存入個人專戶累積金額。 4. 應發給之退休金，由其個人專戶累積之退撫儲金（不包含自願增加提繳之本息）及上述加發存入個人專戶累積總金額支應；如有不足支應加發之一次退休金及退休金時，由各級政府編列預算接續發給。 5. 因公命令退休條件之認定標準及審查程序，均照現行規定辦理。
撫卹	撫卹條件	在職病故或意外死亡、因公撫卹之條件，均維持與現行制度相同。
	給付方式	1. 一次撫卹金或一次及月撫卹金（含未成年子女加發撫卹金）均照現行計算標準給與。 2. 因公撫卹者，照現行規定給予擬制年資，實際撥繳年資未滿擬制年資部分之退撫儲金費用，由服務機關全額負擔並一次補足存入個人帳戶累積金額。 3. 因公撫卹者，照現行規定加發一次撫卹金；加發給與由各級政府編列預算支給。 4. 撫卹金之支給均先以其個人專戶累積之退撫儲金收益（不包含自願增加提繳之本息）及存入個人專戶累積總金額支應，不足部分，由各級政府編列預算接續發給。
	因公撫卹審定方式	維持與現行制度相同。
	發放期程及月撫卹金請領年限	維持與現行制度相同。
	請領遺族範圍及順序	維持與現行制度相同。

2.現行公務人員退休類別

自願退休	一般自退	1. 任職滿5年,年滿60歲。 2. 任職滿25年。
	失能自退	任職滿15年,有下列情形之一者: 1. 已達公教人員保險失能給付標準所定半失能以上或身心障礙等級為重度以上等級者。 2. 罹患末期之惡性腫瘤或為安寧緩和醫療條例第3條第2款所稱之末期病人。 3. 領有全民健康保險永久重大傷病證明,並經服務機關出具不堪勝任職務證明文件。 4. 符合法定身心障礙資格及經依勞工保險條例第54條之1規定出具終生無工作能力之證明。
	危勞自退	「任職滿5年,年滿60歲」之自願退休年齡,對於擔任具有危險及勞力等特殊性質職務人員得酌予減低,但不得低於50歲。
	原民自退	1. 任職滿5年,年滿55歲,並配合其平均餘命與全體國民之差距之縮短,逐步提高至60歲。 2. 任職滿25年。
	精簡自退	公務人員配合機關裁撤、組織變更或業務緊縮,經其服務機關依法令辦理精簡並符合下列情形之一者,應准其自願退休: 1. 任職滿20年。 2. 任職滿10年而未滿20年,且年滿55歲。 3. 任本職務最高職等年功俸最高級滿3年,且年滿55歲。
屆齡退休	一般屆退	任職滿5年,且年滿65歲者。
	危勞屆退	任職滿5年,且年滿65歲者」之屆齡退休年齡,對於擔任具有危險及勞力等特殊性質職務人員得酌予減低,但不得低於55歲。

命令退休	一般傷病失能命退	公務人員任滿5年且有下列情事之一，由其服務機關主動申辦命令退休： 1. 未符合前述自願退休條件，並受監護或輔助宣告尚未撤銷。 2. 有下列身心傷病或障礙情事之一，經服務機關出具其不能從事本職工作，亦無法擔任其他相當工作之證明： (1) 繳有合格醫院出具已達公保失能給付標準之半失能以上之證明，且已依法領取失能給付，或經鑑定符合中央衛生主管機關所定身心障礙等級為重度以上等級之證明。 (2) 罹患第三期以上之惡性腫瘤，且繳有合格醫院出具之證明。
	因公傷病失能命退	前述人員受監護或輔助宣告或身心傷病或障礙，係因執行公務所致者，其命令退休不受任職年資滿5年之限制。

(五) 撫卹金權

公務人員在職亡故撫恤金說明簡表	
撫卹順位	一、 由未再婚配偶領受二分之一；其餘由下列順序之遺族，依序平均領受之：一、子女。二、父母。三、祖父母。四、兄弟姊妹。 二、 無前項第一款至第三款遺族者，其撫卹金由未再婚配偶單獨領受；無配偶或配偶再婚時，其應領之撫卹金，依序由前項各款遺族領受；同一順序遺族有數人時，撫卹金由同一順序具有領受權之遺族平均領受。 三、 同一順序遺族有死亡、拋棄或因法定事由而喪失或停止領受權者，其撫卹金應由同一順序其

公務人員在職亡故撫恤金說明簡表		
撫卹順位		他遺族依規定領受；無第一順序遺族時，由次一順序遺族依規定領受。但第一項領受遺族中之「子女」有死亡、拋棄或因法定事由而喪失領受權之情事者，由其子女代位領受之。 四、生前預立遺囑，於第一項遺族中，指定撫卹金領受人者，從其遺囑。但未成年子女之領受比率，不得低於其原得領取比率。 五、亡故公務人員之遺族行蹤不明，或未能依規定取得一致請領之協議者，得由其他遺族按具有領受權之人數比率，分別請領撫卹金。
撫卹金	年資未滿15年發給一次撫卹金	一、任職滿十年而未滿十五年者，每任職一年，給與一又二分之一個基數；未滿一年者，每一個月給與八分之一個基數；其未滿一個月者，以一個月計。 二、任職未滿十年者，除依前目規定給卹外，每少一個月，加給十二分之一個基數，加至滿九又十二分之十一個基數後，不再加給（如附表）。但曾依法令領取由政府編列預算或退撫基金支付之退離給與或發還退撫基金費用本息者，其年資應合併計算；逾十年者，不再加給。 三、任職未滿十五年而病故或意外死亡且遺有未成年子女者，其遺族除上述規定給卹外，每一未成年子女每月再比照國民年金法規定之老年基本保證年金給與標準，加發撫卹金，至成年為止。
	年資滿15年發給一次撫卹金及月撫卹金	一、一次撫卹金： 前十五年給與十五個基數一次撫卹金。超過十五年部分，每增一年，加給二分之一個基數，最高給與二十七又二分之一個基數；未滿

公務人員在職亡故撫恤金說明簡表		
撫恤金	年資滿15年發給一次撫恤金及月撫恤金	一年之月數，每一個月給與二十四分之一個基數；未滿一個月者，以一個月計。 二、月撫恤金： 每月給與二分之一個基數之月撫恤金。 三、任職滿十五年而病故或意外死亡且遺有未成年子女者，除依上述規定給恤外，每一未成年子女每月再比照國民年金法規定之老年基本保證年金給與標準，加發撫恤金，至成年為止。 四、因公死亡而遺有未成年子女者，其遺族除依上述規定及下述因公年資從寬認定、加發一次撫恤金之規定給恤外，每一未成年子女每月再比照國民年金法規定之老年基本保證年金給與標準，加發撫恤金，至成年為止。 五、任職滿十五年死亡者，其生前預立遺囑，不依月撫恤金計算規定請領撫恤金者，得改按一次退休金之標準，發給一次撫恤金。其無遺囑而遺族不依月撫恤金計算規定請領撫恤金者，亦同；但其因公撫恤加發之一次撫恤金，仍依上述年資滿十五年之一次撫恤金所訂標準計給。 六、因公死亡，或任職滿十五年病故或意外死亡，且遺族僅存祖父母或兄弟姊妹者，應改按一次退休金之標準，發給一次撫恤金。
	因公撫恤加給一次撫恤金	辦理因公撫恤者，除依上開規定給恤外，並依下列規定，加給一次撫恤金： 一、依下述第一款規定撫恤者，加給百分之五十。 二、依下述第二款規定撫恤者，加給百分之二十五。 三、依下述第三款、第四款第二目與第三目及第五款規定撫恤者，加給百分之十。 四、依下述第四款第一目規定撫恤者，加給百分之十五。

公務人員在職亡故撫恤金說明簡表		
因公死亡	因公死亡之認定	所稱因公死亡,指現職公務人員係因下列情事之一死亡,且其死亡與該情事具有相當因果關係者: 一、執行搶救災害(難)或逮捕罪犯等艱困任務,或執行與戰爭有關任務時,面對存有高度死亡可能性之危害事故,仍然不顧生死,奮勇執行任務,以致死亡。 二、於辦公場所,或奉派公差(出)執行前款以外之任務時,發生意外或危險事故,或遭受暴力事件,或罹患疾病,以致死亡。 三、於辦公場所,或奉派公差(出)執行前二款任務時,猝發疾病,以致死亡。 四、因有下列情形之一,以致死亡: (一) 執行第一款任務之往返途中,發生意外或危險事故。但如係因本人之重大交通違規行為而發生意外事故以致死亡者,以意外死亡辦理撫卹。 (二) 執行第一款或第二款任務之往返途中,猝發疾病,或執行第二款任務之往返途中,發生意外或危險事故。但如係因本人之重大交通違規行為而發生意外事故以致死亡者,以意外死亡辦理撫卹。 (三) 為執行任務而為必要之事前準備或事後之整理期間,發生意外或危險事故,或猝發疾病。 五、戮力職務,積勞過度,以致死亡。
	因公死亡年資擬制採計	因公死亡者,依下列規定擬制撫卹金給與年資: 一、依上述第一款撫卹者,其任職未滿十五年者,以十五年計給撫卹金;其任職滿十五年而未滿二十五年者,以二十五年計給撫卹金;其任職滿二十五年而未滿三十五年者,以三十五年計給撫卹金。

公務人員在職亡故撫恤金說明簡表		
因公死亡	因公死亡年資擬制採計	二、依上述第二款至第五款規定撫卹者，其任職未滿十五年者，以十五年計給撫卹金；其任職滿十五年者，以實際任職年資計給撫卹金。
	月撫卹金給卹期限	一、在職亡故後，其遺族月撫卹金之給與月數規定如下： (一) 依上述第一款規定撫卹者，給與二百四十個月之月撫卹金。 (二) 依上述第二款規定撫卹者，給與一百八十個月之月撫卹金。 (三) 依上述第三款、第四款第二目與第三目及第五款規定撫卹者，給與一百二十個月之月撫卹金。 (四) 依上述第四款第一目規定撫卹者，給與一百八十個月之月撫卹金。 (五) 病故或意外死亡者，給與一百二十個月之月撫卹金。 二、領受人屬未成年子女者，於前項所定給卹期限屆滿時尚未成年者，得繼續給卹至成年為止；子女雖已成年，仍在學就讀者，得繼續給卹至取得學士學位止。上述所定在學就讀者，以就讀國內學校具有學籍之學生，且在法定修業年限之就學期間為限；就讀大學或獨立學院者，以取得一個學士學位為限。 三、領受人屬因身心障礙而無工作能力之子女，得檢同法定重度以上身心障礙手冊或證明，或已受監護宣告尚未撤銷之證明，依規定給與比率，申請終身給卹；其屬已成年子女者，並應每年度出具前一年度年終所得申報資料，證明其平均每月所得未超過法定基本工資。

公務人員在職亡故撫恤金說明簡表	
其他事項	一、撫卹金基數內涵之計算，以附表一所列平均俸額（不論年資、年齡）加一倍為準。 二、於退撫新制實施前、後均有任職年資者，其撫卹年資應合併計算。但退撫新制實施前任職年資，最高採計三十年；退撫新制實施後任職年資，可連同併計；併計後不得超過四十年。前述任職年資之取捨，應優先採計退撫新制實施後年資。 三、受有勳章或有特殊功績者，得給與勳績撫卹金。 四、具有撫卹金領受權之同一順序遺族有數人請領時，得委任其中具有行為能力者一人代為申請。遺族為無行為能力者，由其法定代理人代為申請。 五、依法審定之同一順序月撫卹金領受人，於月撫卹金領受期限內均喪失領受權時，依下列規定辦理： (一) 依一次退休金之標準，計算一次撫卹金，減除已領月撫卹金金額後，補發其餘額；無餘額者，不再發給。 (二) 依前款規定核算而應補發餘額者，依序由次一順序之遺族平均領受；無次一順序遺族或次一順序遺族均喪失領受權時，不再發給。 六、死亡而無遺族可申辦撫卹者，其繼承人得向退撫基金管理機關申請發還原繳付之退撫基金本息；無繼承人者，得由原服務機關先行具領，辦理喪葬事宜。有賸餘者，歸屬退撫基金。

(六) 加班費及費用請求權

1. 加班費：公務人員保障法23條、各機關加班費支給辦法

要件	・規定上班時間以外 ・主管覈實指派延長工作 ・可資證明加班之紀錄
一般 加班費	・上班日不超過4小時 ・放假及例假日不超過8小時 ・每月不超過20小時
專案 加班費	業務性質特殊或處理重大專案等需要，報經主管機關或其授權機關核准，支給專案加班費。
支給標準	・非主管：(月支薪俸+專業加給)/240 ・主管人員及簡任非主管比照支給者：(月支薪俸+專業加給+主管加給)/240 ・補休規定 　▲ 加班後1年內補休完畢 　▲ 補休以小時計 　▲ 不另支加班費

加班費不得不實虛報，如經查明嚴予議處

2. **費用請求權**：公務人員保障法24條、24-1條

項目	規定內容	相關解釋
償還之規定 （24條）	公務人員執行職務墊支之必要費用，得請求服務機關償還之。	「必要費用」，如機關因公務需要派遣公務人員赴他處執行職務，所支付之交通費、住宿費及膳雜費等，或外交人員之交際費等等。
請領時效 （24-1條）	請求發給一般健康檢查之費用、加班費及執行職務墊支之必要費用，請求權消滅時效期間為2年。	─

(七) 身分保障權及職務執行保障權

項目	規定內容	相關解釋或補充
身分保障權	保障法第9條： 公務人員之身分應予保障，非依法律不得剝奪。基於身分之請求權，其保障亦同。	1. 所稱「公務人員身分」依公務人員任用法等規定，指具有公務人員任用資格，依法任用經銓敘審定合格之現職人員。 2. 所稱「非依法律不得剝奪」，係指公務人員身分之剝奪應依法律為之，例如依公務人員考績法所為之專案考績一次記二大過或年終考績考列丁等發生免職之效果、公務員懲戒法上之免除職務或撤職處分、因刑事犯

項目		規定內容	相關解釋或補充
身分保障權			罪受法院為褫奪公權之宣告者等，均為依「法律」而剝奪公務人員身分之情形。 3. 所稱「基於身分之請求權」係指因公務人員身分所產生而得向機關請求之權利，例如俸給權、退休金權、保險金權、或其他因公務人員身分所產生之公法上財產請求權等，如遭受侵害，因對其權利有重大影響，自得依保障法所定復審程序請求救濟。
職務執行保障權	因公涉訟保障	保障法第22條第1項： 公務人員依法執行職務涉訟時，其服務機關應延聘律師為其辯護及提供法律上之協助。	所稱「依法執行職務」。保訓會實務認為，公務人員執行職務之行為態樣具有多樣性，因此，公務人員是否依法執行職務，應就具體個案認定之，且服務機關理應知之最詳，應由服務機關就該公務人員之職務權限範圍，認定是否依法令（包括依法律、法規或其他合法之命令以執行其職務，均屬之）規定。
	合法工作指派	保障法第16條： 公務人員之長官或主管對於公務人員不得作違法之工作指派，亦不得以強暴脅迫或其他不正當方法，使公務員為非法之行為。	為免機關長官之命令是否違法之爭議，並釐清責任歸屬，保障法第17條爰更進一步規定，公務人員對長官所發命令認有違法情事者，除其係違反刑事法律而不應服從外，應隨時報

項目		規定內容	相關解釋或補充
職務執行保障權	合法工作指派		告，陳述意見，並得請求該長官以書面命令下達，該長官以書面下達命令時，公務人員即應服從，其因此所生之責任，則由該長官負之，如該長官拒絕以書面下達命令時，則視為撤回其命令，以兼顧公務人員服從義務與所負責任之衡平，並保障公務人員權益。
	工作條件保障	1. 提供良好工作環境：保障法第18條規定「各機關應提供公務人員執行職務必要之機具設備及良好工作環境」。	所稱之「必要」、「良好」之用語，乃屬不確定法律概念，應就公務員之官職等級、職務、工作條件、勤務性質、機關之財務狀況及事務管理規則之規定等因素綜合判斷，且應顧及行政之「效率性」、公務員之「尊嚴性」及民眾之「便利性」等，而非以個別因素作考量。
		2. 保障執行職務安全：保障法第19條規定「公務人員執行職務之安全應予保障各機關對於公務人員之執行職務，應提供安全及衛生之防護措施……」。	各機關不僅應消極的維護公務人員執行職務之安全，更應積極的提供必要之防護措施，例如安全維護之規劃、人員訓練，機具設備之提供，人力協調支援、救援，醫療救助等，以降低公務人員執行職務時之風險，保障其身心安全與健康。另為維護公務人員本身之安

項目		規定內容	相關解釋或補充
職務執行保障權	工作條件保障		全，保障法第20條規定，公務人員執行職務時，現場長官認已發生危害或明顯有發生危害之虞者，得視情況暫時停止執行，賦予其長官得斟酌情況，決定是否暫時停止執行職務，並可避免造成公務人員畏難規避及責任歸屬之爭議。
		3. 請求國家賠償：保障法第21條第1項規定，公務人員因機關提供之安全及衛生防護措施有瑕疵，致其生命、身體或健康受損時，得依國家賠償法請求賠償。	各機關雖依規定提供了安全及衛生防護措施，但仍免不了有瑕疵，如因此致生命、身體或健康受損，可依實際狀況，提起國家賠償，機關並應發給慰問金。
		4. 發給慰問金：保障法第21條第2項規定，公務人員執行職務時，發生意外致受傷、失能或死亡者，應發給慰問金。但該公務人員有故意或重大過失情事者，得不發或減發慰問金。	

(八) 請假及休假權

假別	得准之日數	規定內涵
事假	7日	—
家庭照顧假	7日	1. 家庭成員預防接種、發生嚴重之疾病或其他重大事故須親自照顧時，得請家庭照顧假。 2. 請假日數應併入事假計算，超過規定日數之事假，應按日扣除俸（薪）給。
病假	28日	1. 因疾病或安胎必須治療或休養者，得請病假。 2. 因重大傷病非短時間所能治癒或因安胎確有需要請假休養者，於依規定核給之病假、事假及休假均請畢後，經機關長官核准得延長之。其延長期間自第一次請延長病假之首日起算，二年內合併計算不得超過一年。請假期限屆滿，仍不能銷假者，應予留職停薪。
生理假	每月得請1日	女性公務人員因生理日致工作有困難者，每月得請生理假1日，全年請假日數未逾3日，不併入病假計算，其餘日數併入病假計算。其超過者，以事假抵銷。

假別	得准之日數	規定內涵
婚假	14日	自結婚之日前10日起3個月內請畢。但因特殊事由經機關長官核准者，得於1年內請畢。
產前假	8日	因懷孕者，於分娩前，給產前假8日，得分次申請，不得保留至分娩後。
娩假	42日	娩假應一次請畢。分娩前已請畢產前假者，必要時得於分娩前先申請部分娩假，並以12日為限，不限1次請畢。
陪產檢及陪產假	7日	1. 因陪伴配偶懷孕產檢，或因配偶分娩或懷孕滿20週以上流產者，得分次申請。 2. 陪產檢應於配偶懷孕期間請畢；陪產應於配偶分娩日或流產日前後合計15日（含例假日）內請畢。
流產假 懷孕滿20週以上流產	42日	1. 應1次請畢。 2. 流產者，其流產假應扣除先請之娩假日數。
流產假 懷孕12週以上未滿20週流產	21日	
流產假 懷孕未滿12週流產	14日	一

假別		得准之日數	規定內涵
喪假	父母、配偶死亡	15日	除繼父母、配偶之繼父母以公務人員或其配偶於成年前受該繼父母扶養或於該繼父母死亡前仍與共居者為限外,其餘喪假應以原因發生時所存在之天然血親或擬制血親為限。喪假得分次申請,並應於死亡之日起百日內請畢。
	繼父母、配偶之父母、子女死亡	10日	
	曾祖父母、祖父母、配偶之祖父母、配偶之繼父母、兄弟姐妹死亡	5日	
休假	服務滿1年	7日	初任人員於2月以後到職者,得按當月至年終之在職月數比例於次年1月起核給休假
	服務滿3年	14日	—
	服務滿5年	21日	—
	服務滿9年	28日	—
	服務滿14年	30日	—

(九) 結社權

協會由來	1. 憲法第14條規定:「人民有集會及結社之自由。」 2. 公務人員協會法自92年1月1日施行。
協會宗旨	1. 加強為民服務。 2. 提昇工作效率。 3. 維護公務人員權益。 4. 改善工作條件。 5. 促進聯誼合作。

協會種類	1. 機關公務人員協會：總統府、國安會、五院、各部及同層級機關、各直轄市、縣（市）機關，各機關成立之機關公務人員協會以一個為限（30人以上發起得籌組）。 2. 全國公務人員協會：由機關公務人員協會（中央機關逾1/5及逾地方機關協會1/3成立時得籌組）組成。
協會功能	**建議權**：關於公務人員權益或各項人事行政、法規等事項
	協商權：對辦公環境之改善、行政管理、服勤之方式及起訖時間，得提起協商。但法律已有明文規定、個人權益、申訴、復審、訴訟及涉及國防、安全、警政、獄政、消防及災害防救等事項者，均不得提出協商。
	得辦理之事項：辦理福利、調處協助及交流互訪等事項。
	參與權：全國公務人員協會得推派代表參與涉及全體公務人員權益有關之法定機關（構）、團體。 1. 依《公務人員退休撫卹基金監理委員會委員產生辦法》規定，軍公教人員代表由下列機關、團體推派人員組成：一、公務人員代表四人，其中二人由中華民國全國公務人員協會推派之；其餘二人由銓敘部會商中華民國全國公務人員協會推派之。 2. 依《公教人員保險監理委員會組織規程》規定，委員成員中，應有全國公務人員協會推派代表2人。各主管機關已成立公務人員協會者，其考績委員會及甄審委員會指定委員中應有1人為該機關公務人員協會之代表。

(十) 申訴、再申訴權、復審權、訴訟權

公務人員權益救濟程序分為下列2種（保障法第4、25、26、77條）

1. **復審**：適用權益影響較大案件，此案件在機關做成的決定，稱行政處分。公務人員不服，可向保訓會提起復審，仍不服該會做成的復審決定，可向行政法院提行政訴訟。

2. **申訴、再申訴**：適用權益影響較輕案件，此案件在機關做成的決定，稱管理措施。公務人員不服，可向原決定的機關提起申訴，仍不服該機關的函覆，可向保訓會提起再申訴，經保訓會做成決定，為終審決定，不能再提行政訴訟。

公門人的福利

類別	說明	適用法規
生活津貼補助	公教人員如有結婚、生育（包括本人或配偶）、眷屬喪葬（包括父母、配偶及子女）之事實發生時，得請領2至5個月薪俸額之補助；子女就讀小學至大學時，得依學制每學期請領新臺幣500元至35,800元之補助。（詳後「公教人員婚喪生育補助表」及「子女教育補助表」）	全國軍公教員工待遇支給要點

類別	說明	適用法規
全國公教員工房屋貸款一築巢優利貸款	1. 為使全國各機關學校及公營事業機構員工辦理購置房屋時有適當貸款管道，經由行政院人事行政總處以公開徵選方式，選出條件最優的銀行辦理（111年-113年由臺銀及中信銀獲選辦理本貸款業務）。 2. 專案利率：依中華郵政二年期定儲機動利率固定加碼0.465％機動計息（112年年息為2.06％）。 3. 貸款期限 (1) 臺銀：最長為30年，惟得視業務需要增加，最長不得逾40年。 (2) 中信銀：最長為35年。 4. 本貸款額度及擔保品規定 (1) 額度：依各該金融機構綜合評估借款人收入、還款能力、信用情形、擔保品座落、擔保品價值、借款用途等核予。 (2) 擔保品：借款人應提供本人或其配偶之不動產（含本人或其配偶與他人共購之不動產）設定第一順位抵押權予各該金融機構。擔保品範圍包含合宜住宅、捷運共構宅（不含無建物所有權之標的）及各該金融機構認定確實供住宅使用之農舍。	一
辦理優惠存款	1. 採自願參加方式，按月定額存入，隨時自由提取，利率按存款當時各承辦儲蓄單位牌告2年期定期儲蓄存款利率機動計息，但不由國庫負擔補貼。	鼓勵公教人員儲蓄要點

類別	說明	適用法規
辦理優惠存款	2. 78年元月起，每一職員最高儲蓄額為1萬元，工友5千元；每人最高限額為職員70萬元、工友35萬元；超出部分，改按活期儲蓄存款利率計息。	鼓勵公教人員儲蓄要點
申請急難貸款	1. 適用對象為中央各機關或學校編制內員工。 2. 貸款項目及額度 　(1) 傷病醫護貸款：每一員工最高新臺幣60萬元。 　(2) 喪葬貸款：每一員工最高新臺幣50萬元。 　(3) 災害貸款：每一員工最高新臺幣60萬元。 　(4) 育嬰貸款：每一員工最高新臺幣60萬元；雙生以上者，最高新臺幣120萬元。 　(5) 產後護理貸款：每一員工最高新臺幣30萬元。 　(6) 長期照護貸款：每一員工最高新臺幣60萬元。 3. 貸款償還： 　(1) 還款期間：最長分6年（72期），平均償還本息。 　(2) 利息負擔：按郵政儲金二年期定期儲蓄存款機動利率減年息0.025厘計算機動調整。	中央公教人員急難貸款實施要點

類別	說明	適用法規
全國公教員工消費性貸款—貼心相貸	「貼心相貸」--全國公教員工消費性貸款（以下簡稱本貸款），係行政院人事總處為使公教員工在生活需要時，有適當貸款管道，經過公開徵選金融機構承作後，由臺灣土地銀行獲選提供服務，辦理期間自110年7月1日起至113年6月30日止，為期3年。其相關規定如下： 1. 貸款利率：依中華郵政2年期定期儲金機動利率加0.485%。 2. 相關費用：票信查詢費每人每次新臺幣（以下同）100元。 3. 貸款期限：最長為7年。 4. 貸款額度：每人核貸最高200萬元，借款人加計其他金融機構同性質貸款，合計每月應攤還本息之金額不得超過每月俸（薪）給總額三分之一，且於全體金融機構之無擔保債務歸戶後之總餘額，除以月平均收入，不得超過22倍。 5. 保證責任：借款人借款金額逾80萬元者，應提供不動產擔保或自行覓妥1位一般保證人。	—
參加文康活動	1. 文康活動分為藝文及康樂2類活動，藝文活動係指各機關所辦理之各類藝文研習、欣賞或競賽等活動；康樂活動係指各機關所辦理之各類社團研習、體能競賽、慶生、聯誼、服務、休閒等活動。 2. 以現職員工參加為原則。但得視活動性質，邀請退休員工參加或眷屬自費參加。	中央各機關學校員工文康活動實施要點

類別	說明	適用法規
參加文康活動	3. 文康活動辦理時間，以利用休閒及例假日為原則；在不影響機關業務正常運作下，得利用辦公時間舉辦。利用辦公時間舉辦之文康活動，參加人員除代表機關參加藝文、體能競賽活動外，均不得以公假登記。 4. 各機關辦理文康活動所需經費，應本撙節開支原則，在各機關年度預算相關科目內列支。	中央各機關學校員工文康活動實施要點
2023～2025年「健康99—全國公教健檢方案」	為促進公教員工自主健康管理，特推出「健康99-全國公教健檢方案」，行政院人事行政總處配合公務人員保障暨培訓委員會訂定之公務人員一般健康檢查實施要點第4點第1項附表「公務人員一般健康檢查之檢查項目」規定，請各醫療機構按受檢人之性別、職務或年齡，並參考上開附表以4,500元規劃多種健檢方案（另對於從事重複性、輪班、夜間、長時間工作等有危害安全及衛生顧慮工作之公務人員，得增加必要之檢查項目）。邀請符合資格之醫療機構，提供以新臺幣（以下同）4,500元進行多項檢查項目之健康檢查方案，作為現職員工、退休人員及其眷屬自費健康檢查時之選擇參考。	行政院所屬及地方機關學校員工協助方案

公教人員婚喪生育補助表

項目	補助基準（除生育補助按事實發生當月起，往前推算六個月薪俸額之平均數計算外，其餘補助以事實發生日期當月薪俸額為準）	限制	說明
結婚補助	二個月薪俸額	離婚後再與原配偶結婚者，不得申請結婚補助。	1. 表列各項補助必須在結婚、生育或死亡事實發生時符合請領規定，並於三個月內向本機關或學校申請。但申請居住大陸地區眷屬之喪葬補助者，其申請期限為六個月。 2. 請領表列各項補助，應依規定填具申請表、繳驗戶口名簿，並分別繳驗結婚證明書、出生證明書或死亡證明書。惟如戶口名簿或戶籍謄本得確認申請人之親屬關係及各該事實發生日期及法律效果，得以戶口名簿或戶籍謄本替代上開證明文件。各項證明文件如屬大陸地區製作之文書，經行政院設立
生育補助	二個月薪俸額（雙生以上者，按比例增給）	1. 支給對象及條件 (1) 配偶分娩或早產；未婚男性公教人員於非婚生子女出生之日起三個月內辦理認領，並與其生母完成結婚登記者，得請領生育補助。 (2) 夫妻同為公教人員者，以報領一份為限。	

項目	補助基準（除生育補助按事實發生當月起，往前推算六個月薪俸額之平均數計算外，其餘補助以事實發生日期當月薪俸額為準）		限制	說明
生育補助	二個月薪俸額（雙生以上者，按比例增給）		2. 配偶為各種社會保險（全民健康保險除外）之被保險人，應優先適用各該社會保險之規定申請生育給付，其請領之金額較本表規定之補助基準為低時，得檢附證明文件請領二者間之差額。 3. 配偶於國外生育，如在國內辦妥戶籍登記，得依規定申請生育補助。	或指定之機構或委託之民間團體驗證者，推定為真正。 3. 因案停職人員，在停職期間發生可請領表列各項補助之事實，得於復職後三個月內依規定向本機關或學校申請補發。其數額應依事實發生時之規定計算。 4. 結婚雙方同為公教人員，得分別申請結婚補助。 5. 因早產申請生育補助需胎兒產出時，妊娠週數二十週以上但未滿三十七週。 6. 申請（外）祖父母喪葬補助，以（外）祖父母無子女或子女未滿二十歲或年滿二十歲無力謀生，因而必須仰賴申請人扶養經查明屬實者為限，其補助為五個月薪俸額。
喪葬補助	父母、配偶死亡	五個月薪俸額	1. 父母、配偶以未擔任公職者為限。 2. 夫妻或其他親屬同為公教人員者，對同一死亡事實，以報領一份為限。	

項目	補助基準（除生育補助按事實發生當月起，往前推算六個月薪俸額之平均數計算外，其餘補助以事實發生日期當月薪俸額為準）		限制	說明
喪葬補助	子女死亡	三個月薪俸額	3. 子女以未滿二十歲、未婚且無職業者為限。但未婚子女年滿二十歲有下列情形之一，必須仰賴申請人扶養經查明屬實者，不在此限： (1) 在校肄業而確無職業。 (2) 無力謀生。 4. 前點所稱必須仰賴申請人扶養經查明屬實者，係指應繳驗前一年度所得稅申報受扶養親屬證明。至無力謀生係指子女符合下列情形之一者： (1) 受監護或輔助宣告，尚未撤銷。 (2) 領有身心障礙手冊且不能自謀生活。 (3) 符合全民健康保險法規定之重大傷病且不能自謀生活。	－

子女教育補助表

單位：新臺幣元

區分		支給數額	説明：
大學及獨立學院	公立	13,600	1. 公教人員子女隨在臺澎金馬地區居住，就讀政府立案之公私立大專以下小學以上學校肄業正式生，可按規定申請子女教育補助。
	私立	35,800	2. 申請期限：當學年上學期於十月二十五日前、下學期於四月十日前向本機關或學校申請。 3. 申請手續及繳驗證件：
	夜間學制（含進修學士班、進修部）	14,300	(1) 填具申請表：由申請人本誠信原則提出申請，經人事單位複核後，以造冊方式辦理支付。 (2) 戶口名簿：於本機關第一次申請時，須繳驗戶口名簿以確認親子關係，爾後除申請人之親子關係變更須主動通知人事單位外，無須繳驗。 (3) 收費單據：國中、國小無須繳驗；公私立高中（職）以上繳驗收費單據，如係繳交影本應由申請人簽名。又未能繳驗收費單據者，得以其他足資證明繳付學雜費（支付）事實之證明文件，併附原繳費通知單申領。
五專後二年及二專	公立	10,000	4. 公教人員子女以未婚且無職業需仰賴申請人扶養為限。公教人員申請子女教育補助時，其未婚子女如繼續從事經常性工作，且開學日前六個月工作平均每月所得（依所得稅法申報之所得）超過勞工基本工資者，以有職業論，不得申請補助。
	私立	28,000	5. 公教人員子女具有下列情形之一者，不得申請子女教育補助。但不包括領取優秀學生獎學金、清寒獎學金、民間團體獎學金及就讀國中小未因特殊身分獲有全免（減免）學雜費或政府提供獎助者： (1) 全免或減免學雜費（含十二年國民基本教育學費補助）。
	夜間部	14,300	(2) 屬未具學籍之學校或補習班學生。 (3) 就讀公私立中等以上學校之選讀生。

| 五專前三年 | 公立 | 7,700 | (4) 就讀無特定修業年限之學校。 |
| | 私立 | 20,800 | (5) 已獲有軍公教遺族就學費用優待條例享有公費、減免學雜費之優待。 |

| 高中 | 公立 | 3,800 |
| | 私立 | 13,500 |

高職	公立	3,200
	私立	18,900
	實用技能班	1,500

| 國中 | 公私立 | 500 |

| 國小 | 公私立 | 500 |

(6) 已領取其他政府提供之獎（補）助。

6. 公教人員子女除就讀國中小未因特殊身分全免（減免）學雜費及政府提供獎助者，依表訂數額申請子女教育補助外，其實際繳納之學雜費低於子女教育補助表訂數額者，僅得申請補助其實際繳納數額。

7. 公教人員請領子女教育補助，應以在職期間其子女已完成當學期註冊手續為要件。其申請以各級學校所規定之修業年限為準。如有轉學、轉系、重考、留級、重修情形，其於同一學制重複就讀之年級，不再補助。又畢業後再考入相同學制學校就讀者，不得請領。

8. 夫妻同為公教人員者，其子女教育補助應自行協調由一方申領。

9. 因案停職人員，在停職期間發生可請領子女教育補助之事實，得於復職後三個月內依規定向本機關或學校申請補發。其數額應依事實發生時之規定計算。

10. 公教人員子女就讀公私立高中（職）綜合高中班級（含二年級以上專門學程）及普通班非綜合高中班級之職業類科者，其子女教育補助應按公私立高中高職數額支給。

對公門人的要求

公門人的義務

類別	法規規定	備註
忠實努力依法執行職務義務	1. 公務員應恪守誓言，忠心努力執行其職務。（服務法§1） 2. 雙重國籍不得任用為公務人員。（公務人員任用法§28-1-2） 3. 執行職務，應力求切實，不得畏難規避，互相推諉或無故稽延。（服務法§8）	
服從命令義務	1. 公務員對於長官監督範圍內所發之命令有服從義務，如認為該命令違法，應負報告之義務；該管長官如認其命令並未違法，而以書面署名下達時，公務員即應服從；其因此所生之責任，由該長官負之。但其命令有違反刑事法律者，公務員無服從之義務。（服務法§3-1） 2. 前項情形，該管長官非以書面署名下達命令者，公務員得請求其以書面署名為之，該管長官拒絕時，視為撤回其命令。（服務法§3-2） 3. 公務員對於兩級長官同時所發命令，以上級長官之命令為準；主管長官與兼管長官同時所發命令，以主管長官之命令為準。（服務法§4）	1. 公務員服務法（以下稱服務法） 2. 公務人員任用法（以下稱任用法） 3. §28-1-2表示，第28條第1項第2款
保守機密義務	公務員有絕對保守政府機關機密之義務，對於機密事件，無論是否主管事務，均不得洩漏，離職後亦同。（服務法§5-1）	

類別	法規規定	備註
不能隨意發表與業務有關言論義務	1. 公務員未經機關（構）同意，不得以代表機關（構）名義或使用職稱，發表與其職務或服務機關（構）業務職掌有關之言論。（服務法§5-2） 2. 所稱發表，指以發行、播送、上映、口述、演出、展示、傳輸或透過各種媒介，使不特定人或多數人得以共見共聞方式，提示言論內容。所稱職務言論，指以代表服務機關（構）名義或使用服務機關（構）職稱，所發表與公務員個人職務或服務機關（構）業務職掌有關之言論。（公務員發表言論同意辦法§2） 3. 公務員發表職務言論，不得有下列情事之一（公務員發表言論同意辦法§8）： (1) 有損公務員名譽。 (2) 有損政府、機關（構）信譽。 (3) 洩漏公務機密。 (4) 未經同意或逾越機關（構）同意範圍。 (5) 明知內容為虛偽不實。 (6) 違反其他法令規定。	—
保持品位操守義務	公務員應公正無私、誠信清廉、謹慎勤勉，不得有損害公務員名譽及政府信譽之行為。（服務法§6）	
保持廉潔義務	1. 公務員不得假借權力，以圖本身或他人之利益。（服務法§7） 2. 公務員不得餽贈長官財物或於所辦事件收受任何餽贈。（服務法§17） 3. 公務員不得利用視察、調查等機會，接受招待或餽贈。（服務法§18）	

類別	法規規定	備註
不為一定 行為義務	公務員有下列不為一定行為的義務：（服務法§14、15、16、20、21、22） 1. 不得經營商業。所稱商業，包括依公司法擔任公司發起人或公司負責人、依商業登記法擔任商業負責人，或依其他法令擔任以營利為目的之事業負責人、董事、監察人或相類似職務。 2. 非依法不得兼任公營事業機關或公司代表官股之董事或監察人。 3. 除法令規定外，不得兼任領證職業及其他反覆從事同種類行為之業務。但於法定工作時間以外，從事社會公益性質之活動或其他非經常性、持續性之工作，且未影響本職工作者，不在此限。 4. 除法令所規定外，不得兼任他項公職，其依法令兼職者，不得兼薪。所稱兼職，依公務員兼職同意辦法§2，指下列情形之一者： 　(1) 依法令兼任他項公職。 　(2) 依法令兼任領證職業。 　(3) 依法令兼任其他反覆從事同種類行為之業務。 　(4) 兼任教學或研究工作。 　(5) 兼任非以營利為目的之事業或團體職務。 5. 於機關離職後三年內，不得擔任與離職前五年內之職務直接相關之營利事業董事、監察人、經理、執行業務之股東或顧問。 6. 非因職務之需要，不得動用行政資源。	—

類別	法規規定	備註
不為一定行為義務	7. 職務上所保管之文書財物，應盡善良保管之責，不得毀損、變換、私用或借給他人使用。 8. 公務員對於與其職務有關係者，不得私相借貸，訂定互利契約，或享受其他不正利益。	―
遵守廉政規範義務	1. 正常社交禮俗標準：指一般人社交往來，市價不超過新臺幣3,000元者。但同一年度來自同一來源受贈財物以新臺幣10,000元為限。（廉政規範§2-1-3） 2. 公務員不得要求、期約或收受與其職務有利害關係者餽贈財物。但有下列情形之一，且係偶發而無影響特定權利義務之虞時，得受贈之（廉政規範§4）： (1) 屬公務禮儀。 (2) 長官之獎勵、救助或慰問。 (3) 受贈之財物市價在新臺幣500元以下；或對本機關（構）內多數人為餽贈，其市價總額在新臺幣1,000元以下。 (4) 因訂婚、結婚、生育、喬遷、就職、陞遷異動、退休、辭職、離職及本人、配偶或直系親屬之傷病、死亡受贈之財物，其市價不超過正常社交禮俗標準。 3. 公務員遇有受贈財物情事，應依下列程序處理（廉政規範§5）： (1) 與其職務有利害關係者所為之餽贈，除合於前述規定情形外，應予拒絕或退還，並簽報其長官及知會政風機構；無法退還時，應於受贈之日起三日內，交政風機構處理。	公務員廉政倫理規範（以下稱廉政規範）

類別	法規規定	備註
遵守廉政規範義務	(2) 除親屬或經常交往朋友外，與其無職務上利害關係者所為之餽贈，市價超過正常社交禮俗標準時，應於受贈之日起三日內，簽報其長官，必要時並知會政風機構。 4. 下列情形推定為公務員之受贈財物（廉政規範§6）： (1) 以公務員配偶、直系血親、同財共居家屬之名義收受者。 (2) 藉由第三人收受後轉交公務員本人或前款之人者。 5. 公務員不得參加與其職務有利害關係者之飲宴應酬。但有下列情形之一者，不在此限（廉政規範§7）： (1) 因公務禮儀確有必要參加。 (2) 因民俗節慶公開舉辦之活動且邀請一般人參加。 (3) 屬長官對屬員之獎勵、慰勞。 (4) 因訂婚、結婚、生育、喬遷、就職、陞遷異動、退休、辭職、離職等所舉辦之活動，而未超過正常社交禮俗標準。 6. 公務員於視察、調查、出差或參加會議等活動時，不得在茶點及執行公務確有必要之簡便食宿、交通以外接受相關機關（構）飲宴或其他應酬活動。（廉政規範§8） 7. 公務員出席演講、座談、研習及評審（選）等活動，支領鐘點費每小時不得超過新臺幣5,000元。公務員參加上述活動，	一

類別	法規規定	備註
遵守廉政規範義務	另有支領稿費者，每千字不得超過新臺幣2,000元。公務員參加前述活動，如屬與其職務有利害關係者籌辦或邀請，應先簽報其長官核准及知會政風機構登錄後始得前往。（廉政規範§13）	—
財產申報義務	1. 應申報財產之公務員如下：（財產申報法§2） (1) 各級政府機關之首長、副首長及職務列簡任第十職等以上之幕僚長、主管；公營事業總、分支機構之首長、副首長及相當簡任第十職等以上之主管；代表政府或公股出任私法人之董事及監察人。 (2) 司法警察、稅務、關務、地政、會計、審計、建築管理、工商登記、都市計畫、金融監督暨管理、公產管理、金融授信、商品檢驗、商標、專利、公路監理、環保稽查、採購業務等之主管人員；其範圍由法務部會商各該中央主管機關定之。 2. 公職人員應申報之財產如下：（財產申報法§5-1） (1) 不動產、船舶、汽車及航空器。 (2) 一定金額以上之現金、存款、有價證券、珠寶、古董、字畫及其他具有相當價值之財產。 (3) 一定金額以上之債權、債務及對各種事業之投資。 3. 公職人員之配偶及未成年子女所有之前項財產，應一併申報。（財產申報法§5-2）	公職人員財產申報法（以下稱財產申報法）

類別	法規規定	備註
行政中立義務	1. 公務人員應嚴守行政中立，依據法令執行職務，忠實推行政府政策，服務人民。（中立法§3） 2. 公務人員應依法公正執行職務，不得對任何團體或個人予以差別待遇。（中立法§4） 3. 公務人員得加入政黨或其他政治團體，但不得兼任政黨或其他政治團體之職務。公務人員不得利用職務上之權力、機會或方法介入黨派紛爭；不得兼任公職候選人競選辦事處之職務。（中立法§5） 4. 公務人員不得利用職務上之權力、機會或方法，使他人加入或不加入政黨或其他政治團體；亦不得要求他人參加或不參加政黨或其他政治團體有關之選舉活動。（中立法§6） 5. 公務人員不得於法定上班時間、因業務狀況彈性調整上班時間、值班或加班時間、因公奉派訓練、出差或參加與其職務有關活動之時間，從事政黨或其他政治團體之活動。但依其業務性質，執行職務之必要行為，不在此限。（中立法§7） 6. 公務人員不得利用職務上之權力、機會或方法，為政黨、其他政治團體或擬參選人要求、期約或收受金錢、物品或其他利益之捐助；亦不得阻止或妨礙他人為特定政黨、其他政治團體或擬參選人依法募款之活動。（中立法§8） 7. 公務人員不得為支持或反對特定之政黨、其他政治團體或公職候選人，從事下列政治活動或行為（中立法§9）：	公務人員行政中立法（以下稱中立法）

類別	法規規定	備註
行政中立義務	(1) 動用行政資源編印製、散發、張貼文書、圖畫、其他宣傳品或辦理相關活動。 (2) 在辦公場所懸掛、張貼、穿戴或標示特定政黨、其他政治團體或公職候選人之旗幟、徽章或服飾。 (3) 主持集會、發起遊行或領導連署活動。 (4) 在大眾傳播媒體具銜或具名廣告。但公職候選人之配偶及二親等以內血親、姻親只具名不具銜者,不在此限。 (5) 對職務相關人員或其職務對象表達指示。 (6) 公開為公職候選人站台、助講、遊行或拜票。但公職候選人之配偶及二親等以內血親、姻親,不在此限。 8. 公務人員對於公職人員之選舉、罷免或公民投票,不得利用職務上之權力、機會或方法,要求他人不行使投票權或為一定之行使。(中立法§10) 9. 公務人員於職務上掌管之行政資源,受理或不受理政黨、其他政治團體或公職候選人依法申請之事項,其裁量應秉持公正、公平之立場處理,不得有差別待遇。(中立法§12)	—
利益衝突迴避義務	1. 公務員執行職務時,遇有涉及本身或其親(家)屬之利害關係者,應依法迴避。(服務法§19) 2. 公職人員知有利益衝突之情事者,應以書面向機關(構)辦理迴避。(迴避法§6)	公職人員利益衝突迴避法(以下稱迴避法)

公門人的責任

憲法第二十四條規定：「凡公務員違法侵害人民之自由或權利者，除依法律受懲戒外，應負刑事及民事責任。被害人民就其所受損害，並得依法律向國家請求賠償」。因此，公務人員在處理公共事務發生違失時，所面臨的責任有刑事、民事與行政責任等三種。

責任別		規定內容
行政責任	1. **懲處處分**：公務人員之工作或生活言行，有違反職務上要求或風紀時，其所屬機關基於行政監督權作用，依公務人員考績法（以下稱考績法）所為之處分。	1. 兩大過--有下列情形之一者，一次記二大過處分，記兩大過免職：（考績法§12-3） (1) 圖謀背叛國家，有確實證據者。 (2) 執行國家政策不力，或怠忽職責，或洩漏職務上之機密，致政府遭受重大損害，有確實證據者。 (3) 違抗政府重大政令，或嚴重傷害政府信譽，有確實證據者。 (4) 涉及貪污案件，其行政責任重大，有確實證據者。 (5) 圖謀不法利益或言行不檢，致嚴重損害政府或公務人員聲譽，有確實證據者。 (6) 脅迫、公然侮辱或誣告長官，情節重大，有確實證據者。 (7) 挑撥離間或破壞紀律，情節重大，有確實證據者。 (8) 曠職繼續達四日，或一年累積達十日者。

責任別	規定內容
行政責任	2. 記大過--有下列情形之一者，一次記大過處分：（考績法施行細則§13-1-2） (1) 處理公務，存心刁難或蓄意苛擾，致損害機關或公務人員聲譽者。 (2) 違反紀律或言行不檢，致損害公務人員聲譽，或誣陷侮辱同事，有確實證據者。 (3) 故意曲解法令，致人民權利遭受重大損害者。 (4) 因故意或重大過失，貽誤公務，導致不良後果者。 (5) 曠職繼續達二日，或一年內累積達五日者。 3. 小過、申誡：其標準由各機關自行訂定，報上級機關備查。（考績法施行細則§13-3） 4. 平時考核，獎勵分嘉獎、記功、記大功；懲處分申誡、記過、記大過。於年終考績時，併計成績增減總分。平時考核獎懲得互相抵銷（嘉獎3次作為記功1次；記功3次作為記1大功；申誡3次作為記過1次；記過3次作為記1大過），無獎懲抵銷而累積達二大過者，年終考績應列丁等。（考績法§12-1-1、考績法施行細則§15）
	2. 懲戒處分：國家為維持官紀起見，對於公務人員違反義務之行為，由機關依公務員懲戒法（以下稱懲戒法）所為之懲戒或移付公務員懲戒法院所為之處分
	1. 懲戒事由（懲戒法§2） (1) 違法執行職務、怠於執行職務或其他失職行為。 (2) 非執行職務之違法行為，致嚴重損害政府之信譽。

責任別	規定內容
行政責任	2. 懲戒種類（懲戒法§9） (1) 免除職務，免其現職，並不得再任用為公務員。（懲戒法§11） (2) 撤職，撤其現職，並於一定期間停止任用；其期間為1年以上、5年以下。（懲戒法§12-1） (3) 剝奪退休（職、伍）金，指剝奪受懲戒人離職前所有任職年資所計給之退休（職、伍）或其他離職給與；其已支領者，並應追回之。（懲戒法§13-1） (4) 減少退休（職、伍）金，指減少受懲戒人離職前所有任職年資所計給之退休（職、伍）或其他離職給與10%至20%；其已支領者，並應追回之。（懲戒法§13-2） (5) 休職，休其現職，停發俸（薪）給，並不得申請退休、退伍或在其他機關任職；其期間為6個月以上、3年以下。（懲戒法§14-1） (6) 降級，依受懲戒人現職之俸（薪）級降一級或二級改敘；自改敘之日起，2年內不得晉敘、陞任或遷調主管職務。（懲戒法§15-1） (7) 減俸，依受懲戒人現職之月俸（薪）減10%至20%支給；其期間為6個月以上、3年以下。（懲戒法§16） (8) 記過，得為記過一次或二次。自記過之日起1年內，不得晉敘、陞任或遷調主管職務。（懲戒法§17） (9) 申誡，以書面為之。（懲戒法§18）

責任別	規定內容
刑事責任：指公務人員之行為觸犯刑法或貪汙治罪條例規定時應負之責任。	1. 有下列行為之一者，處無期徒刑或十年以上有期徒刑，得併科新臺幣一億元以下罰金（貪汙治罪條例§4）： (1) 竊取或侵占公用或公有器材、財物者。 (2) 藉勢或藉端勒索、勒徵、強占或強募財物者。 (3) 建築或經辦公用工程或購辦公用器材、物品，浮報價額、數量、收取回扣或有其他舞弊情事者。 (4) 以公用運輸工具裝運違禁物品或漏稅物品者。 (5) 對於違背職務之行為，要求、期約或收受賄賂或其他不正利益者。 2. 有下列行為之一者，處七年以上有期徒刑，得併科新臺幣六千萬元以下罰金（貪汙治罪條例§5）： (1) 意圖得利，擅提或截留公款或違背法令收募稅捐或公債者。 (2) 利用職務上之機會，以詐術使人將本人之物或第三人之物交付者。 (3) 對於職務上之行為，要求、期約或收受賄賂或其他不正利益者。 3. 有下列行為之一，處五年以上有期徒刑，得併科新臺幣三千萬元以下罰金（貪汙治罪條例§6）： (1) 意圖得利，抑留不發職務上應發之財物者。 (2) 募集款項或徵用土地、財物，從中舞弊者。

責任別	規定內容
	(3) 竊取或侵占職務上持有之非公用私有器材、財物者。 (4) 對於主管或監督之事務，明知違背法律、法律授權之法規命令、職權命令、自治條例、自治規則、委辦規則或其他對多數不特定人民就一般事項所作對外發生法律效果之規定，直接或間接圖自己或其他私人不法利益，因而獲得利益者。 (5) 對於非主管或監督之事務，明知違背法律、法律授權之法規命令、職權命令、自治條例、自治規則、委辦規則或其他對多數不特定人民就一般事項所作對外發生法律效果之規定，利用職權機會或身分圖自己或其他私人不法利益，因而獲得利益者。
民事責任：公務人員於執行職務之際，因故意或過失，違法侵害他人之權利時，應負損害賠償責任。	1. 民法第186條：公務員因故意違背對於第三人應執行之職務致第三人受損害者，負賠償責任。 2. 國家賠償法第2條：公務員於執行職務行使公權力時，因故意或過失不法侵害人民自由或權利者，國家應負損害賠償責任。公務員怠於執行職務，致人民自由或權利遭受損害者亦同（第一項）。前項情形，公務員有故意或重大過失時，賠償義務機關對之有求償權（第二項）。

參考文獻

1. 郝明義（2012年3月），工作DNA。台北市，大塊文化出版公司。

2. 杜書伍（2009年10月），打造將才基因。台北市，天下雜誌公司。

3. 魚凱（2016年9月），公門菜鳥飛。台北市，大塊文化出版公司。

4. 蓋登氏編輯委員會（2002年1月），企業人職場訓練平台。台北市，蓋登氏管理顧問公司。

5. 鄭吉男（2004年9月），優勢力加分。台北市，正中書局。

6. 行政院青年輔導委員會第四處（1997年6月），就業面面觀－青年職業生涯規畫與發展座談彙編第二輯。台北市，行政院青年輔導委員會。

7. 阿爾伯特‧哈伯德著，杜風譯（2006年1月），態度決定一切。台北市，喬木書房。

8. Samuel Smiles著，劉曙光、宋景堂、劉志明譯（2009年11月），品格的力量（精華版）。新北市，立緒文化事業公司。

9. 黑幼龍（2000年12月），快樂上班卡內基。台北市，商業周刊出版公司。

10. 張潤書（2020年5月），行政學。台北市，三民書局。

11. 吳定、張潤書、陳德禹、賴維堯、許立一（2007），行政學（上、下）。新北市，空中大學。

12. 廖泉文（2018年5月），人力資源管理。台北市，高等教育出版社。

13. 銓敘部（2010年12月），傑出楷模公務生涯經驗分享。台北市，德伸文化公司。

14. 陳皎眉、胡悅倫、洪光宗（2012年12月），人格測驗在國家選才上之使用與發展。台北市，國家菁英季刊6-4期。

15. 何鴻榮，如何與「政府」和「企業」打交道─公私部門差異性之比較。台大政治學系系友聯誼會電子報第五期，2009年6月。

16. 嚴長壽等（2008年7月），給社會新鮮人的十封信。台北市，聯經出版公司。

17. 王壽來（2001年9月），公務員DNA。台北市，聯合文學出版社有限公司。

18. 王壽來（2009年1月），公務員快意人生。台北市，九歌出版社有限公司。

19. 愛瑞克（2021年8月），內在原力。新北市，遠足文化公司。

20. 公務人員保障暨培訓委員會（2016年5月），人在公門─在保障培訓改革的道路上前進。新北市，鈞嶽文化事業公司。

21. 楊艾俐，〈一流文官，帶領獅城向前奔〉。台北市，《天下雜誌》，403期，2008年8月13日，頁137。

22. 陳鈺婷，公務員飯碗，不如想像好棒（專訪考選部政務次長董保城）。台北市，Career，407期，2010年3月4日。

23. 勵志，經典語錄（2014年12月），https://www.facebook.com/inspiration.classic/posts/948349301842686/

24. 518職場熊報，新鮮人找工作先求有再求好？請掌握這三個步驟，https://www.518.com.tw/article/198

25. 許佳政（2021年11月），公職是鐵飯碗，但你做得來嗎？有這3項特質，代表你不合適。https://lemonkao.com/blog/%E5%85%AC%E8%81%B7%E6%98%AF%E9%90%B5%E9%A3%AF%E7%A2%97%EF%BC%8C%E4%BD%86%E4%BD%A0%E5%81%9A%E5%BE%97%E4%BE%86%E5%97%8E%EF%BC%9F%E6%9C%89%E9%80%993%E9%A0%85%E7%89%B9%E8%B3%AA%EF%BC%8C%E4%BB%A3%E8%A1%A8/

26. 大鵬網職涯發展平台,「學長學姊－公務員生活初體驗 帶著熱忱與服務的心前進」。https://youngeagle-ctdr.nsysu.edu.tw/p/406-1070-183169,r2734.php?Lang=zh-tw

27. 國家考試(公職、專技)簡介,https://cdif.pu.edu.tw/p/406-1102-41761,r1301.php?Lang=zh-tw

28. 公務人員考試準備策略分享,https://dacct.ndhu.edu.tw/ezfiles/35/1035/img/2469/635346827.pdf

29. 國家考試發展趨勢,https://gl.nuk.edu.tw/p/406-1057-64000,r1507.php?Lang=zh-tw

30. 職涯規劃,邁向公職之路,https://career.nptu.edu.tw/p/404-1094-143148-1.php?Lang=zh-tw

31. Yahoo!新聞,松浦彌太郎說:假如我現在25歲,最想做的50件事,https://hk.news.yahoo.com/%E6%9D%BE%E6%B5%A6%E5%BD%8C%E5%A4%AA%E9%83%8E-%E5%81%87%E5%A6%82%E6%88%91%E7%8F%BE%E5%9C%A825%E6%AD%B2-%E6%9C%80%E6%83%B3%E5%81%9A%E7%9A%8450%E4%BB%B6%E4%BA%8B-100340776.html?guce_referrer=aHR0cHM6Ly93d3cuZ29vZ2xlLmNvbS8&guce_referrer_sig=AQAAACp2GPVcb7qCDeWF_FLvtE1sCpNZufqCxGD0JYaxd5HPuRArAL5gnTsuH45VpBxK-TCBpOGypEcOK0BRycIQiKZNrCow1qx9NSjXJHLFT7dJScnbFwd3xsXTguyrbpsGeXLQ1bcmQf5g1qE_1ZD5zHsJqXDL1r6xEqZJbQdNK_dh

32. 今周刊,你了解自己嗎?四種狀態你是哪一種?https://www.businesstoday.com.tw/article/category/80407/post/202009260017/

33. Know Yourself主創們(2020年9月),你了解自己嗎?四種狀態你是哪一種?https://www.businesstoday.com.tw/article/category/80407/post/202009260017/

34. 丁菱娟（2019年11月），你做事讓人放心嗎？四種態度影響未來格局。https://www.smartm.com.tw/article/36313335cea3

35. 楊偉苹（2019年12月），工作對你而言，是職業、事業，還是志業？2位地方創生青年告訴我的最深體悟。https://www.cheers.com.tw/article/article.action?id=5095936

36. 三個建築工人的故事，https://kknews.cc/zh-tw/story/g9bnqa9.html

37. 關中（2009年11月），如何做一位好的公務人員。https://www.exam.gov.tw/public/Data/011317512971.pdf

38. 百度百科，一萬小時定律。https://baike.baidu.hk/item/%E4%B8%80%E8%90%AC%E5%B0%8F%E6%99%82%E5%AE%9A%E5%BE%8B/8255848

39. 優活健康網（2018年8月17日），腦力？提升腦力3步驟。https://tw.news.yahoo.com/%E5%8F%AA%E7%94%A8%E5%88%B03- %E8%85%A6%E5%8A%9B-%E6%8F%90%E5%8D%87%E8%85%A6%E5%8A%9B3%E6%AD%A5%E9%A9%9F-041500285.html?guce_referrer=aHR0cHM6Ly93d3cuZ29vZ2xlLmNvbS8&guce_referrer_sig=AQAAACp2GPVcb7qCDeWF_FLvtE1sCpNZufqCxGD0JYaxd5HPuRArAL5gnTsuH45VpBxK-TCBpOGypEcOK0BRycIQiKZNrCow1qx9NSjXJHLFT7dJScnbFwd3xsXTguyrbpsGeXLQ1bcmQf5g1qE_1ZD5zHsJqXDL1r6xEqZJbQdNK_dh

40. 做西行的馬，不做原地打轉的驢，https://kknews.cc/history/2ygx3xg.html

41. 維基百科，三隻小豬，https://zh.wikipedia.org/zh-tw/%E4%B8%89%E9%9A%BB%E5%B0%8F%E8%B1%AC

國家圖書館出版品預行編目(CIP)資料

公門新鮮人成功3部曲 / 廖世立作. -- 第一版.
-- 新北市：商鼎數位出版有限公司, 2024.04
　　面；　公分
　ISBN 978-986-144-265-5(平裝)

　1.CST: 公務人員 2.CST: 職場成功法

494.35　　　　　　　　　　　　　113003352

公門新鮮人 成功3部曲

作　者　廖世立

發 行 人　王秋鴻
出 版 者　商鼎數位出版有限公司
　　　　　地址：235 新北市中和區中山路三段136巷10弄17號
　　　　　電話：(02)2228-9070　傳真：(02)2228-9076
　　　　　客服信箱：scbkservice@gmail.com

編輯經理　甯開遠
執行編輯　廖信凱
美術設計　黃鈺珊
編排設計　蕭韻秀

商鼎官網

2024年4月15日出版　第一版／第一刷